精神

中国人的

Spirit of Chinese People II

杜 川 译

陕西师范大学出版社

辜鸿铭 著

目　录

尊王篇

总督衙门论文集

上篇

这是一个中国人为中国的良治秩序和真正的文明所做的辩护。此书是辜鸿铭的英文代表作之一。1901年由上海别发洋行出版发行。1923年曾由日本人办的《北华正报》社重版再印。主要是辜鸿铭在义和团运动爆发后至庚子议和前后公开发表的英文文章的合集。此时他在湖广总督张之洞幕府当幕僚，故称《总督衙门论文集》。封面的"尊王篇"三个汉字，乃赵凤昌（江苏常州人，曾官至广东巡抚）手笔。

怀念 赫尔曼·布德勒（Hermann Budler，已故德国驻广州领事）

红红白白的野李花
在寒空中开放，
阳光照射下的丛林
一片美丽的橙黄。

珍珠般的河水清澈透亮，
静静地流向大海。
那灵魂的骚动纯粹只为了
自己能够自由自在。

爱、鲜花和音乐往日都是你的，

但爱对于你
是一种摧折，就像盐海之水
那般辛酸苦涩。
你诚笃的灵魂渴望着
实现更高贵的计划：
梦想高尚时代能够重来，
唉！这只能是梦想。

年复一年地住在河谷之上，
它成为你这个流放异族者的家乡。
的确，你形同流放，因为
这儿不是你该来的地方。

我们坐着谈论新式的信条
和古老的学说，
还有那现代的主义，从古至今
滔滔不绝地谈个不停。

你渴望的是
最优和最优者的结合，
要打破那
东方与西方的畛域。

啊，朋友，尽管我们种族不同，
你那高贵的面孔，
那过于苍白的面容，
却永远留在我的心中。

虽然你心胸博大，

但仍容不下世事的悲哀，

当我们还在工作和等待，

你却已撒手离开。

别了！我为你伤心地吟唱，

让快帆将它带到

你那遥远的西方，

直到你安息。

辜鸿铭

原注：此诗作于并发表于布德勒先生去世之时，他 1893 年在广东走完了人生旅途。

序 言

下面的文章，除了其中的一篇之外，都曾在横滨出版的《日本邮报》上发表过，而那篇文章则题为《为吾国吾民争辩书》，于1891年长江教案期间发表在上海。这些文章以现在的形式结集再版，目的在于让更多的读者读到它。我本来希望像以前一样也匿名发表这些文章，但是考虑到这一系列文章中最为重要的篇章创作的特殊背景及其性质，我不得不署上真名了。此外，我公开自己的身份还有其他原因。正如英国人自然会对勋爵之位心存敬慕一样，在华的外国人也会仰慕他们所住地方的总督。孔子说："君子怀德，小人怀土。"（注：意思就是说道德高尚的人关注的是言行是否符合道德的要求，而道德低劣的人只关心地位的高低与实际利益的得失。）因此，当人们知道这些作品不是一个总督写的，而是出自一个总督的幕僚之手时，这些作品可能会因此失去吸引"怀土"诸君的魅力。

鉴于上述原因，这些文章这次便以我的真名面世了。下述戈登先生评价埃及的话，似乎也适用于当前的中国："异族统治埃及多久，埃及人民的声音被

孔子是儒家学派的创始人

压制多久，那么埃及作为最低等王国的时间就有多久。"

我拟在后面的文章中阐明的道理，可以归结为以下几点：

第一，中国现在呈现出的所谓"和解"状态是非常虚假的。中国国内时局的态势，在去年的一系列事变中达到了激化的顶点——我绝对不会把一切错误都归于外国人身上，而是认为中外双方都有错，正如慈禧太后在她的手谕中所说的那样："彼此办理不善。"这一认识，也是慈禧太后的清政府企图从欧美列强那里所寻求的解决问题的基点。作为对教案事件的回应，"文明开化"的列强需要的则是——斩首！在被夸大的恐惧感激起的兴奋面前，要求惩罚和复仇是自然而然的，也是可以理解的。但是，当八国联军占据北京以后，列强就已经牢牢掌握了局势。在这里我需要指出的是，此时那些位高权重的政治家们

慈禧太后，载淳（即同治帝）的母亲。姓叶赫那拉，满洲镶黄旗人

提出这些冷静的，甚或说是冷酷的、顽固的斩首要求，则体现出了一种道德上的自甘堕落和行为上的犬儒主义。所谓的"文明"国度的政治家们需要为此负责，并为之蒙羞——这一行为可以说不比横行在中国北部的西方列强军队的野蛮行径强到哪里去。大清国的亲王和一些大臣在这次事变中自杀，因而导致一些中国人需要对此负责，我确实很同情这些无辜的人。至于慈禧太后，据称她曾说过"人的一生无非一死"这样的话，而但丁则说过，人"无望求得彻底的死"——实际上，慈禧太后就是按照这个

"原则"行事的——再引用一句法国革命家丹东的话，"Tout est perdu fors l'honneur！"（"除了荣誉，一切都可以舍弃！"）

　　牛津大学齐舍勒外交学教授蒙特古·伯纳说过，"和平条约必须包括消除一切可能引起战争事端、救济下民报上的冤情并防止此类悲剧的再次发生，以上是必需的条款。这是谈判者们一定要处理的事情。如果不对这类事情加以有效、清楚地解决，那么接下来的所谓和解，也是虚弱无力的。"时下，驻在北京的外国官老爷们并没有按照这一原则去平息已经出现的事端，他们甚至没有试着去理解那些可怜的人。反而，这些官老爷们竟然主张要拆掉吴淞炮台！我之所以在这里强调"炮台"这个词，乃是想让整个世界关注列强最近硬生生地架在中国国土上的那一座座炮台——传教士炮台！我斗胆预测，除非中国的"传教士炮台"问题得到全世界应予以的关注，否则，将来外国人在中国就很难再混下去了——除非依靠抢劫。

　　我要在这些文章中申明的下一件事，详情如下：时下，对于想要在中外贸易中获利的诸国来说，我想，很明显的，也是作为首要条件的，中国必须存在一个好的政府。但是，除非北京的清帝国政府获得足够的自由，并且能按照自己的意思行事，能够决定何事对中国的"好政府"来说是正确以及有利的，否则，所谓的"好政府"无疑就是镜花水月。需要我再次阐明的是，欧美列强现在的对华政策，就是支持各省所谓的"开明总督"反对所谓的"反动中央政府"，即慈禧太后和她的顾问们。这一精心谋划并准备贸然付诸执行的政策，实际上旨在分裂清帝国，或者说至少要把中国的政局搅乱，让这个古老的国度陷入到不可救药的混乱与无序中去。可以预见，这一无序与混乱最终将使欧美列强控制中国的迷梦破灭，作茧自缚的他们将不得不再收拾乱局，以让一切回归秩序。

　　目前，西方人对中国国情和时局的认识不足与他们掌握的相关信息的虚假，其荒谬程度往往令人咋舌。在这一背景下，他们制定、采用的可以称得上是正确、甚或显得比较实用的对华政策，不是"门户开放政策"，而是"让中国人独立"。这一政策应该由列强中的领头羊带头采纳，并努力在道德上强迫、或者以其他方法强制列强中别的国家也同样采用。除此之外，只要能够保证治外法权的享有，列强中的领头羊应该坚持：列强都应该为在华外国人建立一个"好政府"，并进而采取足够有效的措施。为了大不列颠帝国的声誉，我要在此力陈，关于列强应该为所有在华外国人建立一个"好政府"之事，究其所作所为，英国人所做的一丝努力便是在上海设立了不列颠高等法院。一些未谙世事的英国年轻人，他们被任命至各通商口岸领事馆工作——我在这里必须公平地指出，这些年轻人的言行真正体现了"责任"二字的分量，颇为符合人们对于一个英国人的期望。但是现在，这些可怜的年轻人的热情却被压制住了，他们的勇气无法得以彰显。一个英国领事曾经在一桩显然是非正义的案件中，对一个当地总督手下的官员说："我感到非常抱歉，我无法考虑事件的正义与否，因为我身不由己。"另外一个在华的英国人也曾经写信给我，说："我必须要依靠您和我之间的友谊，只有您的帮助才可以使我不至于陷入困境（hot water）中去。您不能告诉任何人我曾经给您写过关于这次冲突（即传教士问题）的信，否则情况会对我极为不利。"诸位请看，可怜的维京海盗的后裔啊，如今竟然连热水（hot water）都不敢趟了！

作为对列强这一正确政策的回应，并为了更好地执行它，首先，列强应该向中国派遣更优秀、更能干的代理人。爱默生说过："政府总是在最后关头才会明白，用一个靠不住的代理人，对于国家与对个人同样有害。"现在，一个真正靠得住、真正能干的驻京外国使臣，不用我教他，他也能够明白，他的任务不是教习或者帮助他的同胞们做生意，或者是以兜售信仰、叫卖狗皮膏药、出售铁路股份以及后膛装填步枪来谋生，而是要让他同胞的行为规矩些，以体面、守序的方式做生意，并努力在一个文明有序的国家内建立所谓的"好政府"。已故的新加坡殖民总督理查德·麦克唐纳爵士，他曾经为了改善种植园的中国苦力的生活条件做过一些事情。一个来自英国的代表团为此前来劝他就此事发表一些演讲，他对苦力们说："别忘了，你们这些种土豆的家伙！是女王陛下派我来统治你们的。"但是，在列强向中国派遣的公职人员中，从政府高官和舰队司令到普通的船长和警察，他们脑子里想的只是不断被邀请参加宴会，发表演讲——在这个前提下，当外国老百姓看到中国义和团兴起和欧美无政府主义盛行的时候，怎么会不感到惊奇？

总之，列强实行的惟一正确的对华政策就是"让中国人独立，并为在华的外国人寻求一个好政府"。但是"门户开放"政策又作何解释呢？是的，只要能够找到一个真正铁面无私的法官，或者至少找到一个像理查德•麦克唐纳爵士那样的官员，让他们可以管束进入中国国门的外国人，使其循规蹈矩，搞"门户开放"倒也没什么。"不过，噢！"刚正不阿的洋清官对我说，"究竟有哪些外国人在中国不守规矩呢？"这个问题就像当年下令钉死耶稣•基督的罗马总督彼拉多问过的话一样可笑——"到底什么是真理？"那么，听着，去年夏天，在天津和北京，就有外国公民、传教士，甚至还有一些外国官员，竟然在中国的大街上极不体面地公开劫掠！《字林西报》，这份在上海出版、并算不上是明察秋毫的报纸也为此感到羞愧，因而不得不在社论中大声呼吁："难道中国和本国都没有政府当局了吗？谁能来阻止这一可耻事态继续在北京蔓延？"

一年前，罗伯特•赫德爵士带着他为之苦心孤诣而作的学术新作，在世人面前宣称："根本就没有发生过抢劫案件。"因此，很明显，无论是让彼拉多总督做耶稣的法官，还是让像罗伯特•赫德爵士那样脑子里少根"道德之弦"的学者来判断事情的是非，都很不容易。近日，上海一个被称为"玛丽•菲奇夫人"的女传教士，针对那些头脑简单的在华洋人写了一篇文章，并提出了一个尖锐的问题："中国人和西方人，到底谁是魔鬼？"

现在说到最后一点了。我在"关于中国问题的近期札记"系列文章中曾努力阐明，有人告诉我，对于西方人来说，这些文章让西方人看了以后会很不愉快，特别是英国人。我想说的是，我是故意以现代英语"公平竞争"的调子来写作这些文章的。我很明白，无论如何，当这种调子被一个中国人所使用时，是很不讨英国人喜欢的，因为现代的英国人相信，或者至少努力让自己相信，他们是维京海盗的惟一后裔。最近，一个英国人在上海对我这样说："你们中国人很聪明，记忆力很好，但是，我们英国人仍然认为你们中国人是劣等种族。"我并没有反驳这个出言不逊的英国人，也没有争辩说只有死海古猿才没有记忆力，而是想起了曾国藩大人的忠告（见本书第50页）。我温和地笑了笑，并努力让自己看上去显得愚蠢。那么，在英国人身上，在他们所有那些让人厌恶的国民性中，最糟糕的甚至还不是他们那种麻木迟钝的"盎格鲁-撒克逊式"的傲慢——这种傲慢态度往往会以所谓"冷酷的英国式逼视"把人吓呆。我想说的是，英国国民性中最糟糕的乃是现代英国人满口伪善言辞的语言习惯。在英国人说的所有伪善言辞中，最荒谬和最让人难以忍受的，莫过于他们硬说自己是维京海盗的惟一后裔。身为一个受过近代教育的人，持有这种信仰，真是不可思议——即便这一信仰已被证明只有部分是真诚的。对于这真诚的部分，我不持怀疑态度，但是我不禁要为可怜的现代英国人如此忽视自己所受的教育而感到悲哀。对于时下的现代欧洲文化，如果说这一文化可以承认、包容一切，那么也应该认可孔子说过的这么一句话："有教无类。"最后，我要认真地给现代英国人一句忠告——前提是听忠告的人知道该把黄油涂在面包的哪一侧——那就是公平合理地参与竞争，将骨子里的伪善清除掉；如果非要保持那份傲慢，那么也请在自己的傲慢中贯之以真诚。

闲言少叙，书归正传。我在那些写于近日的札记中要说明的乃是，当今世界上真正存

曾国藩曾率领湘军，经过10余年的战争，镇压了太平天国，被清廷称为"同治中兴"的第一功臣

9

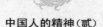

在的无政府状态不是在中国——尽管如今中国人正在饱受其折磨——而是在欧美诸国。检验一个国家是否存在无政府状态，并不在于境内或者统治范围内是否出现了不同程度的无序状态，以及管理不善的状况。"无政府"（Anarchy）一词原来在希腊语中的含义是"无君"，即"没有君主了"。

这种所谓的"无君"或曰"无政府"状态，总共有三个发展阶段：第一阶段，一个民族或者一国缺乏雄才大略、其才能足以安邦定国的君主；第二阶段，人们开始公开地或者在暗地里不再相信君主政体统治的权威性了；第三个阶段——这个阶段也是最坏最可怕的阶段，即人们不仅不再相信、承认君主政体统治的权威，甚至开始连"君主统治"这种千年来绵延不绝的政体本身也不相信了——事实上，事情发展到这种程度，人们便丧失了辨识"君主政体"、自身之道德价值甚至人类尊严之所在的能力了！在我看来，现在，欧美诸国——恰恰是这些所谓的"文明国度"，其本身正迅速地堕落至"无政府状态"这一最后和最坏的阶段。德意志诗圣歌德曾在 18 世纪末以下列诗句哀叹这种时代精神的没落：

Frankreieh's traurig Geschick, die Grossen moeen, bedenken;

Abet bedenken firwahr solhn es Kleinenoch mehr.

Grosse gingen zu Grunde; doth wet besehitzte die Menae Gegen die Menge?

Da war Menge der Menge Tyrann.

译成英文，意思就是：

Dreadful is France's misfortune, the classes should truly bethink them;

But still more, Of a truth, the Masses should lay to heart.

Classes were smashed up; well, then, who will protect now the Masses

Against the Masses？ The Masses against the Masses did rage.

上面几句诗的大致意思是——在 18 世纪的法国大革命中，暴民们的怒吼声余音未消，该欧陆文明古国所遭遇的不幸让人觉得实在可怕，但是，"肉食者"（the Classes）们真的应该好好反省一下了！不过，更为必要的还是普罗大众（the Masses）也应该认真考虑考虑这个问题。如果"肉食者"

们全部被打倒,那么谁来操心大众们不曾操心过的事,谁来保护彼此争斗的大众们? 彼时,所谓"大众"可能已经成为压迫"大众"本身的暴君。

现在,在欧美诸国,"肉食者"乃至所谓的"好人"们出于绝望之心态,都开始对本国的"群氓"(或曰暴民)放任不管——甚至部分"肉食者"为了所谓的"民主"而迎合为数众多的"群氓",也加入了他们的队伍。眼下,各国官老爷们惟一要处理的事情,便是以所谓的"爱国主义"、帝国主义和殖民政策去愚弄本国的"群氓",以转移他们的斗争视线,转嫁本国的统治危机。我们以中国的情形为例:英国的政治家们已经弄得很清楚了,他们的所作所为已经导致一个大困局的出现,因此,他们现在通过所谓的"中国协会",试图愚弄上海那些唯恐天下不乱、希望借机胡作非为的"群氓",其手段便是拆除吴淞炮台! 然而,我认为,当权者应当尽量保持一些"诚实"。我在这里所提的"诚实",不仅是指财政方面,而且还指理智方面——总之,当权者要老实承认错误,勇敢面对困难。法国先哲伏尔泰说过:C'est le malheur des gens honntesqu'ils sont des laches——意思就是"怯懦乃善人之不幸。"中国的圣人孔子也说过:"君子喻于义,小人喻于利。"在这里,君子应该追求的"义",就是我所说的"理智之诚实"或者"诚实之理智"——反过来意思也差不多。最后,歌德的诗句亦足以平静地陈说"义"之微言大义:

Sage,thun wir nicht recht? Wir mossen den Pobel betrigen;

Sieh nur, Wie ungeschickt, sieh nur wie wild er sich zeigt!

Ungeschickt und wild Sind alle rohen Betrognen;

Seid nur redlich und so fahrt ihn zum Monschlichen an.

译成英文,意思是:

Aren't we just doing the right thing? The mob,we can only befool them;

See,now,how shiftless! And look now how wild! Such is the mob.

Shiftless and wild all! Sons of Adam are when you befool them;

Be but honest and true. Thus you will make human,them all.

难道我们这样做有什么不对吗？群氓，我们必须愚弄他们；

你瞧，他们多么懒惰无能！看上去多么野蛮！

所有亚当的子民，当你愚弄他们的时候都是无能和野蛮的；

惟有真诚，才能使他们焕发人性。

　　我们再回过头来评价评价中国。即便到了眼下的地步，我们也不能说大清帝国已经完全陷入纯粹的无政府或者"无君"状态。去年夏天，八国联军悍然侵占了中国的首都，两宫西狩，洪水肆虐，当整个中国政府机构的运行几乎完全陷于瘫痪时，中国的民众却仍然忠诚地服从于他们认定的权威，并没有起来作乱。世界上没有哪一个民族能够做到这一点，我对此深信不疑。总而言之，眼下中国可能存在的"无政府状态"只是一种功能失调，而欧美诸国本身存在的"无政府状态"乃是更要命的组织混乱。

　　接下来，我想从我的一本书中摘录一段话，以说明当前中国的统治状态——这本书写于四年前，我准备在将其进行压缩后以《中国的治体和公职服务》为书名出版：

1900 年 8 月 14 日凌晨，八国联军对北京发动总攻

"在一个公允无偏的旁观者眼里，中国政治今日存在的弊端实在不是'误治'，而是'无治'。所谓'误治'，是指任意地、没有限制地滥用权力——不受节制的贪官污吏们公然欺上瞒下，残酷、专横地践踏民众的根本利益，伤害他们的感情，乃至盗用、挪用公款，导致贪渎横行的恶劣局面出现。目前，中国政治的腐败尚没有外国人想像得那么严重，但不幸的是，这类事情的确存在。不过，我必须指出，现在此类腐败的情形主要存在于有关'洋务'的那些部门或者事务上——诸如建立兵工厂、购舰、购置外国机器及战争物资等事。甲午中日战争发生以前，天津①出现的情形大抵就是如此。我们将这样一种事物状态称为'误治'，是非常恰当的，并且这已经成为致使中国公职人员道德堕落的最恶劣根源之一。至于各省的公务部门，其所存在的弊端正如我说过的那样，'误治'情形远不如'无治'情形严重，而所谓'无治'，就是完全忽视地方的利益和人民的福利，甚至连官员自己所欲求的好处都得不到满足了。"

"在中国，之所以出现这种'无治'状态，其原因不难找到——为了应付洋老爷们到来所引发的统治危机，也即为了满足列强的侵略野心——洋老爷们称之为'帝国之目标'，整个清帝国被压榨得油尽灯枯。与此同时，为了维持中央政府的统治，中国各省的地方利益也不得不被忽略了。当太后陛下的政府在全力关注清帝国统治命运的时候，那些封疆大吏们(诸如各总督，或者准确地说，应当称他们为'制军'大人)被赋予的职责是关注整个帝国的问题和利益，因而，他们手中的权力实际上被无限扩大了。他们不仅享有挥霍公款的特权，甚至开始拥有官员的任免权。至于那些本该对各省或者地方负责的巡抚们，则什么权力也没有了。此外，在现在中国的公职服务体系中，还存在一个寡头政治集团或者说是'派系'，他们伪装'进步'，以获取洋人的青睐。当大清政府的政策合乎这些人的洋主子的意愿时，他们便被起用，以管理'洋务'——这些人一上任，便开始大捞特捞帝国的'油水'，同时，其他本分的官员，特别是那些须对地方负责的官员，则被抛下与饥民们一道挨饿。"

鉴于上述理由，我想将我要阐明的观点进一步总结，罗列如下：

第一、目前，在中国达成的媾和是虚假的，因为欧美列强并没有原原本本地去弄清中国眼下的"无政府"局面出现的根源。

第二、欧美列强可能在中国施行的惟一正确的政策，只能是"让中国独立，看管好在华洋人，使他们循规蹈矩，安居乐业。"

第三、遍观当今世界，真正的"无政府"状态不在中国，而在欧美诸国。

最后，我还想说明一件事：不得不承认，这是一件非常伤害我自尊心的事——

如果说中国有人有权利抱怨太后陛下的清政府，那么我就有这个权利。我已经为这个政府工作了十八年，但是至今我仍然停留在刚入职的官位上，始终没有得到升迁。再论及我现在的薪水，甚至还不如赫德爵士手下的一个四等助手。我承认，这种事非常有损于我那颗在西洋诸国培养起来的自尊心。总之，我强调这一现状的意图，与其说是要证明我写上述文字时所持有的正直无私的心态，倒不如说是我想让人们记住这么一个教训：现在，在欧美列强的对华政策之下，如果有人像我这样只关心中国现实的"良治"秩序和真正的文明状态，那么他绝对升不到一个最能使他为国家尽忠效力的位置上，因为这不是列强想看见的事情。反之，那些热爱李提摩太先生兜售的"进步"、"文明"等诸如此类狗皮膏药的人，或者那些欣赏日本驻上海总领事提出的"秘密满洲政策"的老爷们——这样一些身居中国政府高位、却受洋人操纵的官老爷们，终将使整个国家蒙受耻辱并走向灭亡。因此，太后陛下的政府无论如何都不能说是完美的。否则，在这样的危急时刻，我就会站在太后身边为她出谋划策了——如果必要，我甚至可以为之献出生命，而不是仅仅通过撰写这本书在国际社会中大声争辩，以维护她的荣誉和祖国的尊严了。

辜鸿铭

于武昌，1901 年 11 月 18 日

总督衙门论文集

一个中国人对于义和团运动和欧洲文明的看法

太后，臣等愿肝脑涂地，以报圣恩！
　　——关于中国人民对皇太后陛下及其权威的真实感情的声明书

箴 言

"请记住：一个不满的民族意味着更多的军队。"
　　——出自一封戈登将军发于毛里求斯的信

中国的事态现已发展到这样的地步，在某些人看来，眼下似乎只有奉行"公理通行之前只有依靠强权"的信条，非诉诸武力不可了。然而，本人却宁可倾向于赞同索尔兹伯理侯爵的做法，他在克里特危机发生之后，为了支持海军将领，反对那些只会卖弄口舌的外交官员，应付那场严重的危机，表达了一种不同于"强权即公理"的看法。同样，在中国这里，自这场危机（庚子事变）爆发以来，欧美列强所采取的最为明智的措施，乃是联军司令所发布的那则重要通知。那则通知发得正是时候，它使得中国南方各省的督抚们能够以之安抚其管辖范围内的民众，使他们不必再面对那种正在中国北方蔓延的恐慌。

不过，此时此刻，所有具备思考能力和责任心的人都应该关注的问题是："所谓'公理'，它还可行吗？"对于这个问题，长江流域诸省的总督们已经以他们的实际行动做出了肯定性的答复。如果说正义还是可行的，那么接下来要问的问题就是：如何实行？为了有助于回答第二个问题，本人拟通过报章杂志等媒体提出下列建议：

首先，列强应尽可能快地同意我们的做法，他们必须充分而清楚地说明此次各国联军出兵中国北方的目的，以及他们关于中国之未来所存的意图；列强应专门指派某个人，并令其作为他们的全权代表，去公开地向所有中国人宣布这一消息，而这个人必须具有权威性。

其次，除非列强决定承担统治中国的责任，否则，他们首先应该立即向外界公开保证，在对待我大清国的皇太后陛下时，要与对待我国的皇帝陛下一样，不得侵犯其人身自由、权利、尊严和荣誉。

下面，本人欲对此作进一步的说明：

其一，各总督、各省巡抚以及所有现在直接或间接地对中国的良治和秩序维持负有责任的人，都绝对不应该同情设立于上海的外国报刊媒体谈到的所谓"新党"。

1900 年，八国联军侵入北京，大肆搜捕、屠杀义和团团民

其二，对于中国人民对皇太后陛下个人及其正统权威所存的感情，那些所谓的"新党"在国内散播、随后又经上海的外国报刊加以附和的断言，绝对是虚妄而毫无根据的。

其三，中国是一个"以孝治天下"的国家，因此，中国最根本的国法乃是基于子女绝对服从父母的原则。作为国母的皇太后陛下在中国享有至高无上的权威，并得到了中国人的绝对认可，这一点毋庸置疑。

其四，在当前局势中，所谓的"新党"在中国的上海及国外报刊上所散布的种种谣言，以及那些被用来诋毁皇太后陛下的关于其品质、意图和所谓"反动政策"的毫无根据的报导，再加上其他一些莫须有的罪名，很大程度上起了推波助澜的作用，导致了这场灾难的发生。由这些谣言所造成的成见使得中国与列强之间的不信任和猜疑增加，破坏了外国使节和皇太后陛下及其政府之间存在的那种原有的良好信任。目前，皇太后陛下要以坦率、自信和坚定的态度去处理帝国政府所面临的许多新困难和错综复杂的问题，因此，中国与列强彼此间重新建立信任是非常必要的。

以上，是我接受委托要加以声明的内容。完成这一任务后，我想进一步对这些声明所包括的一些观点提供几点建议，它将有助于人们对这些观点形成更加清晰的认识。

首先，关于中国的所谓"新党"，西方人是十分偏爱和支持的，因为这些自命为"维新人士"的人，声称自己是"进步"人士，是西方文明的追随者，是西方人的朋友。然而，关于这帮政见鄙陋、知识贫乏的年轻狂热分子对所谓"进步与文明"的拙劣模仿以及他们此举的真正意图，我们只要问一问这帮头脑发热的人为什么希望中国进步和强大就可以了。我们可以从康有为新近发表的一篇文章中，找到这一问题的答案。这篇文章被翻译后，发表在《字林西报》上。在这篇文章中，那些所谓的"维新人士"在不经意间就暴露出了他们的真实嘴脸。

公正地说，人们对"维新"运动的支持被无端夸大了。这场运动在方兴未艾之时，确实得到了很多热心于"救亡图存"的中国人的支持，因为中国在中日甲午战争中战败，中国的士大夫阶层感受到了莫大的耻辱。然而，与古今中外所有的政治运动一样，在这场维新运动中，也仍然存在着许多不同的意见，这些分歧也引起了国民的不满。所有这些持不同意见者可以分为两派：一派由一心救国、社会经验丰富且具备出色判断力及辨别力的人组成，他们希望在中国推行近代化改革，希望中国能够进步，对于这些人来说，在西方文明中，只要是同中国现实国情并行不悖、且能使这个古老国度实现长治久安之"良治"事业的事物，他们都会尽可能采取"拿来主义"的态度，尽量使用；至于另一派，我们则可以称之为"过激派"，这个派别由那些聪明的、头脑发热的年轻人组成，这些狂热分子自称是"爱国人士"，其实他们的本质是浮躁的，他们虚荣、自私、野心勃勃，既没有治国的实践经验，又缺乏判断和辨别能力。这帮狂热的年轻人倾向于要求在中国推行彻底、全面的改革，实现快速进步，而毫不考虑在这一过程中可能会遇到的阻碍——即便那样会意味着要冒颠覆大清帝国的危险，他们也在所不惜。究其目的，他们只是为了满足自己的虚荣心和野心，他们充满无知地设想，以为通过推行这样的激进改革便可以轻而易举地使中国获得现在西方列强所掌有的财富、权力和荣耀。这就是"新党"——康有为及其党徒的真实嘴脸。让人感到讽刺的是，这些狂徒居然还能从西方人那里得到如此之多的同情与支持。这些人之所以整天叫嚷着"维新"和"进步"，是因为他们尽管渴求、艳羡西方人的财富和权力，却又极端憎恨他们——不

康有为，清末维新变法运动领袖

难理解，这种极度的憎恨正是由前面提到的渴求和艳羡本身所滋生的。因此，他们也恨皇太后陛下，因为他们认为她对列强过于温和。

外国媒体报道说皇太后陛下推行所谓的"反动政策"，并断言这些政策对中国所要追求实现的"良治"事业已产生了恶劣影响，以我之愚见，这些报道是无知、鲁莽又毫无道理可言的。如果想要证明事实与此大相径庭，是再容易不过的事情，即皇太后陛下的政策不仅不"反动"，而且，实际上，大清国能在今日国际社会博得当前的地位，正应归功于她一贯坚持的稳健温和的政策与足智多谋的机会主义的从政风格——这是一个久经政治风浪考验、有着四十年治国经验的国家元首经深思熟虑后所制定的政策——此时此刻，皇太后陛下的存在及其所能发挥的影响，乃是大清帝国保持稳定与团结的惟一保证。

为了证明我的上述观点，我想我不用精心准备什么论据，下面这几个众所周知、简单明了的事实便足以为我证明。

事实之一：翟理士（Hebert Allen Giles, 1845–1935）博士在他的《中国人名辞典》一书中（第 799 页），关于皇太后陛下的生平细节是这样记述的："（慈禧太后）生于 1835 年。西太后；同治皇帝之母；咸丰皇帝的妃子（在她的儿子同治皇帝登基后，她被提升到与皇后同等的地位，同尊为皇太后）；此外，她还是光绪皇帝的姨母（一说为养母）。1861 年，咸丰皇帝驾崩于热河行宫，八个极端仇洋

光绪皇帝

排外的王公大臣被指定为小皇帝的辅政大臣。当时，恭亲王正在北京与英国和法国议和。这个时候，慈禧太后站出来支持恭亲王。在醇亲王的帮助下，那八个排外的辅政大臣被抓了起来，有的处死，有的则恩准其自裁。"

翟理士博士这段不带偏见的历史记述中的最后两句所提供的证据，可以彻底推翻关于皇太后"一贯排外"或"反动"的指控——人们甚至可以反问一句，如果当时皇太后陛下真的排外并站在辅政八大臣一边，那么现在的中国将会呈现出一种什么样的景象？

翟理士博士，英国汉学家

事实之二：无论人们用什么样的借口都难以否认，北京的总理衙门诸大臣从某种程度上说对于中外双方彼此间存在的不信任和猜疑，并进而引发的这场灾难负有责任，因为他们除了公事公办地与驻京各国公使进行官方交往外，同其他一切外国事物都持与之隔绝的态度。另一方面，在北京的当权者中，皇太后陛下是惟一一个尽管身居高位，却愿与外国公使的夫人们交往并成为知心朋友的人，胸怀广阔的她甚至还会请那些外国女人去宫里做客。还有什么比这更令人感动、令人产生同情感的证据，更能表明皇太后陛下渴望自己以及治下的臣民与外国人和平友好地相处呢？然而，对于那些听风就是雨的新闻界的政客们来说，他们只会从这一切当中嗅到深藏其中的虚伪气息，这一点不假。但是，我相信任何人都会同意——如果事情果真如此，那么帝国国母以这种礼貌好客的态度对待外国人，这样的"榜样"岂不会事与愿违地对臣民们产生极坏的影响？除此之外，人们还应记住的是，可能是生怕臣子们指望不上，出于这种绝望心理，皇太后陛下甚至还一度让她的儿子，即年轻的同治皇帝学习起英语来！

事实之三：应该承认，我们现在在长江流域诸省享有和平，应归功于坐镇南京的两江总督刘(坤一)大人的智慧、人道和政治家风范——由于一些显而易见的原因（辜鸿铭为湖广总督张之洞的幕僚），我不便为张(之洞)大人邀功。在眼下这个攸关社稷存亡的关头，幸亏有老成持重的刘坤一大人坐镇南京，南方诸省才得以免遭生灵涂炭之苦。本来刘大人曾屡次乞骸骨，要求退隐，他之所以至今仍担任两江总督之职，应该完全归功于仁厚的帝国女主人的热情挽留与个人恳求。因此，如果说这一事实与皇太后陛下之间还存在某种逻辑联系的话，那么我们中国人，以及所有外国人——甚至包括那些正凭着一股愚蠢的狂热与冲动在上海的报章上歇斯底里地对皇太后陛下大加诋毁和持有偏见的人——都应该承认，在中国南部我们现在还能幸运地享有和平与安全，归根到底应当归功于皇太后陛下的圣明和远见卓识。可是，迄今为止，有些人竟然还在一味指责她"排外"和"反动"！

如果外国读者对中国过去的四十年历史不熟悉，那么本人恐怕也很难使其懂得，在那四十个灾害频仍、国家动荡的岁月里，身为掌舵之人的皇太后陛下应该需要怎样的政治家风范、胆略、耐心、意志和政治智慧才足以驾驭大清帝国这艘庞大的龙舟？本人在此稍举以下一事，通过此事读者足以对皇太后陛下的伟业做一个管中窥豹的了解。1861年，当皇太后陛下与已故的东宫慈安太后一道(众所周知，后者没怎么承担实际的治国工作)为辅佐同治皇帝陛下而垂帘听政的时候，帝国统辖的内地十八省之中，已有十三个省份正惨遭叛乱的太平军与捻军的蹂躏。皇太后陛下既具备女性特有的同情心和洞察力，又拥有完美的德行和智识，她知人善任，并以此激发御下大臣的忠勇之心，使其鞠躬尽瘁，尽效犬马之劳。同时，她还唤醒了举国乡绅的勇武精神。为了辅助她这个照顾着幼主的可怜寡妇，湖南和其他省份的各级乡绅们在曾国藩侯爵的率领下，以其拳拳赤子之心和抑悲之调哭喊着："Moriamur pro rege, regina！"（太后，臣等愿肝脑涂地，以报圣恩！）最终，皇太后陛下得以消弭可怕的叛乱，使整个国家逐渐恢复到往日正常与和平的状态，实现了所谓的"同治中兴"。

在前文中我已经谈过"维新变法运动"的兴起。我曾阐明，中日甲午战争之后，中国的统治阶层以及士大夫们因忧心国事而产生了极度的耻辱感和绝望感，这是维新变法运动兴起的源头。从这场运动方兴未艾之时到它突然急剧泛滥，正如我曾说的那样，其中包含了许多思想倾向和形形色色的论调，在中国统治阶层中，甚至还一度存在过因不同派系之间互相倾轧而几乎导致政府崩溃、帝国瓦解的危险。让人称奇的是，正如在所有国家都发生过的政治危机中经常发生的情况一样，在中国，以帝师翁同龢为代表的偏执顽固的极端保守派（或称法利赛派，典出《圣经》），出于彻底的绝望，悍然加入到——更确切地说，是任用了——肆无忌惮的"过激派"（或称"税吏和罪人派"，与"法利赛派"一样，典出《圣经》）中去了。所谓的"过激派"人士则把大清帝国这架精密的国家机器和行政管理工具搞得一团糟。皇太后陛下获悉这一情况后，不得不放弃多年来一直为她所渴望且极其需要的退隐的休养生活，站出来帮助皇帝陛下收拾残局，重新料理国政。现在，人们都可以看到她是如何应付风雨如磐之时局的：皇太后陛下是一个天赋异秉的老练的政治家，她凭着自己那明晰和敏锐的洞察力一眼就探知，在现存所有的政治危机中，两大派别中对于国家有最大之危害的，在于那些极端的偏激狂。因此，她毫不犹豫地出手，给两种极端的偏激派——极端保守派和过激派的首领以迅速、严厉而果断的打击。她褫夺了翁同龢的一切头衔，不过，总的说来，皇太后陛下对其所做的处置还算宽大——这与其说是她仔细掂量的结果，还不如说是出于同情朝廷老臣的恻隐之心。她将翁同龢开缺回籍，申明朝廷对其将永不叙用。至于寡廉鲜耻的"过激派"的年轻头目康有为及其党徒，皇太后陛下认为对这些过激分子中表现最为恶劣的人要大加刑戮，以儆效尤，事实证明她这么做是有必要的。此外，皇太后陛下还通令全国，追捕余下的在逃犯。因此，在非常短的时间里她就控制住了局势，重新成为帝国的女主人，使国家渡过了危机。

自从这场我所努力描述的危机过去之后，皇太后陛下已经避开了一切极端的道路，她明智且始终如一地坚持其稳健和通权达变的执政风格，在中国的统治哲学中，这叫做"允执厥中"之道。作为帝国政府的最高首脑，她懂得自己应对国家的长治久安负责，

张之洞，洋务派重要领袖人物之一

所以无论她在个人情感上可能同情哪一方，都宣布不许结党营私，即她既不排外也不会媚外，既不反动也不进步。如果非要把这个问题说清楚的话，归根到底，我倒倾向于认为她的思想更接近主张"进步"的一方。关于这一点，我们可以从任何一张有关各省高级官员任用状况的名录上推断出来：在选用朝廷和地方官员方面，她按照自己所希望得到的结果而因材施用。因此，像李鸿章、刘坤一、张之洞大人与袁世凯这样的洋务办理者，以及保守的徐桐、李秉衡、刚毅、赵舒翘等人，尽管他们的政治观点和思想倾向是冰炭不同器，但在皇太后陛下的指挥棒下却都能人尽其才，各得其所。仅此一点，便可表明皇太后陛下的统治手段是多么灵活，其心胸是多么宽广，她在事情的判断和策略的使用上又是多么老练！

然而，皇太后陛下之所以成为帝国长治久安的保证，不仅在于其自身的出色执政能力以及其作为政治家的才干，还在于她在中国所拥有的深刻的实际影响。她以太后的身份君临中国四十年以来，国家处于多事

之秋，她历尽发捻（太平天国与捻军）叛乱与列强凌侮的重压，先后遭遇丧夫与丧子的变故——尽管她个人生活十分不幸，却一直坚持不懈地关怀她的苦难臣民并给他们指明生活的方向，努力要改变他们悲惨的生活与命运。不用怀疑，所有这一切，都存留在大清国朝野上下士民们的回忆中，太后陛下也因此赢得了他们的一致爱戴，甚至还得到她的臣民们的同情。显然，太后陛下在中国民众心中具有强大的号召力与影响力，她统治的合法性应该就在于此。依本人愚见，皇太后陛下受到士民们尊敬与爱戴的程度有多深，就意味着康有为及其党徒有多么卑鄙无耻、丧尽天良。然而，近来的一些事实证明——对于康有为这些本该很了解过去四十年间本国历史的士人们来说——康有为及其党徒受到的惩罚并未有助于缓减从他们对皇太后陛下的憎恨、诋毁中所体现出来的那种不体面、感情用事和刻毒的情绪。

鉴于此，我忍不住要点明，设于上海的外国报章自以为是地发起的一场针对皇太后陛下个人品质的不正当的非难与不合适的诽谤，对于客居中国的外国侨民来说，这样的有关外国报章的问题让我这个中国人首先站出来提出抗议，实在不是一件体面的事情。无论皇太后陛下她个人有什么样的缺点，至少她维持了这个庞大帝国的秩序，因此，在这个遥远的东方国度，才会有如此之多的外国人得以在异乡舒心地安家落户。我们在这里且不提她作为一国之母的高贵身分和崇高地位——作为帝国的女主人，实际上，外国人在她统治的国家里过着宾至如归的安康生活。再单就她的性别、年纪以及她那为全世界众所周知的个人私生活之不幸而言——她从 26 岁开始就过着长期孤独的孀居生活，她如同一个帝王般日夜为国操劳，同时还要替她年幼的儿子——真正的皇帝担忧。后来（1874 年），她惟一的儿子（同治皇帝）突然患病死去，又给她这个慈爱的母亲一次残酷的打击。对于这个可怜的女人来说，如今所剩下的，只是一个饱经风霜的皇太后的头衔以及一个历尽生活苦难折磨的母亲的孤寂心灵。在了解了所有有关这个可怜女人生活的情况后，我想，肯定可以使那些愚昧无知、肆无忌惮的报纸——特别是那些由"文明"的欧洲人经营的报纸——撤回关于皇太后陛下个人私生活所做出的不负责的中伤与恶评。但是，对于眼下的西方世界的情形，当年埃德蒙·伯克（Burke）那句不朽名言说得好："在欧洲，骑士时代已一去不复返了！"

接下来，我打算谈谈在本文要谈的问题中最核心也是最难辩出个明白的部分。之所以说它难以辩出个明白来，并不是表明我在解析将要谈的问题的前因后果时有什么危险倾向或偏见，而是因为被日前所谓的"庚子事变"（我指的是不幸的义和团运动）所激起的那种强烈情绪还阴魂不散。如同在"维新运动"中一样，这场运动中事实上也存在着两种不同的政治倾向，不幸的是，对此西方人没能加以区别：其中一种我们可以称之为"防御型民众运动"，它类似于古老的盎格鲁-撒克逊民兵（fyrd）制或德国的战时后备军制。这种由基层民众结合起来旨在共同防御外敌或对抗社会内部动荡的结社，在中国自古以来就存在，而且是完全合法的。

每逢国内动乱之时，帝国的中央政府就会鼓励民间组织这种结社。这样一种村社防御制度，过去称之为"保甲"，现代则称之为"团练"。"义

义和团运动是以北方农民为主体的自发的反帝爱国运动

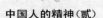

和团"的"义"字，在这里的意思是善良、诚实或曰正直（相当于法语中的brave），它的帮规规定，所有成员都必须是善良和忠实可靠的好人，乱臣贼子绝对是要被拒之门外的。而"和"字的意思则是"和睦"与"和谐"，这个字眼意味着"义和团"这一社团原本即是一个友好的团体，同时，其中也包含有 mutual（即彼此共有）的意思。至于"团"字，指的乃是一个相同人群之集合，或者说是一个团体。

综上所述，"义和团"最初是一个以练拳术来锻炼身体、保卫国家的社团的合法称谓，广义上它可以被译成"善良、忠实、可靠之民众构成的友好团体"，或"旨在组织共同防御、抵制动乱的良民团体"。为了贯彻这一"义和团"结社的宗旨——即在他们的家乡保卫人民的人身和财产安全，以免遭贼寇们（也包括居心不良的外国人）的侵犯，这些团体的成员必须练习"拳术"和接受其他一些具备准军事性质的体力训练。此后，这些团体传授给民众的"高尚的自卫艺术"，甚至还包括了中国的古老艺术和学问，而并非仅仅是像社团本身的称谓所显示的那样只是把人们组织起来练"义和拳"。

毋庸赘述，我认为，上述理由就是所谓"义和团"运动的起源，它完全是一种合法的仅具备防御性质的村社组织，其目的在于防御，而不是攻击。

然而，不容忽视的是，"义和团"运动中出现的另外一个倾向——无疑这一倾向的产生应归结于特殊的地方时局——这场运动脱离了原先所应遵循的轨道，使一部分成员变得更富攻击性，进而陷入一种完全失控的狂热状态，无论是对于他们的朋友还是敌人，都成为一大灾难。至于这种狂热状态是如何在这场灾难中达到巅峰的，后面我再做公正的评判。现在我可以这么说：只有当这一事变的全部来由被调查清楚，在相关的所有真相大白于天下之后，我们才有可能盖棺论定地搞清楚究竟是皇太后陛下犯了所谓"邪恶、软弱、判断失误或误信庸臣"之罪行，还是"地方乱局"导致了这场人祸的发生——显然，所谓的"地方乱局"，往往是拜一些居心叵测的外国人甚至是外国公使所赐。因此，外国人对中国内政的干预，妨碍了皇太后陛下的统治事业，使她无法始终如一地以自己那镇定从容和坚定果敢的从政风格去处理眼下的困局。在前述的"地方乱局"中，我要特别提出两个问题：一是外国传教士们的传教方式要不要讲究一些策略？二是现在对于中国老百姓来说还很陌生的外国技师大量云集于中国内地，又是开矿又是筑路，这些人该不该受到管束？那些来自希腊、意大利等欧洲国家的洋技师们，身上带着那种近代欧洲文明所谓 L'homme sensuel moyen（耽于肉欲的庸俗之辈）的行为举止（即使不是出于他们的个人品行问题），突然出现在贫弱、古朴、淡泊的穿长袍的中国人面前，难免会引发文化上的冲突，中国内地民情不安，与此不无关系。

同时，在事实真相还没有探清之前，我请求欧美列强，乃至诸国的人民不要忘记你们西方人所主张的现代法治的首要原则：无罪推定。我们不要先下判决，在得到充足的证据以后再作宣判也不迟。

在这里，就有人指控皇太后陛下一开始便拒绝镇压、乃至纵容"义和团运动"中的过激行为的观点，本人拟提出反驳，说皇太后陛下一开始就坚决拒绝这么做，是不符合事实的。作为一个政治家，她所拒绝的只是不加区别的一概镇压。对于义和团运动中那些富有攻击性、真正的好战骚乱分子，她命令朝廷官员对其加以剿灭；而对义和团中那些善良的分子，对于那种只具备纯防御性的举动，对于她的人民为了自卫而付出的努力，她却不同意对其加以镇压。皇太后陛下为什么会这样做？在回答这个问题之前，我认为有必要驳斥那种指控她阴谋利用拳民驱逐洋人的说法。对于这一指控，毋庸我多言，具备基本时政常识的人一看到这个就会觉得荒谬可笑。然而，不容我们忽视的是，这种无耻的指控也是有来源的。中日甲午战争之后，皇太后陛下准确无误地判断出，乱世就要降临在她的国度，她的臣民将要遭受板荡之灾。这种考虑不仅是出于列强赤裸裸的武装侵略，也是由于国家经济状况日益恶化，大清帝国治下各地可能会陷入一种无法无天的危机状态。

事实上，她以天才政治家的敏锐嗅觉预见到，大清帝国在不远的将来可能要经受一场巨大政治风险的考验，用卡莱尔的话来说，古老的中国也许要陷入一种所谓"警察缺位的社会动乱"中去。可以想像，一个国家陷入这样的状况会有多么可怕。在这种情况下，出于对治下臣民的爱护和关怀，皇太后陛下感到自己有责任鼓

卡莱尔，19世纪英国杰出的思想家，是对辜鸿铭的思想影响最大的西方人之一

励他们做好与动乱做斗争的准备，重新启用这一古老村社制度，让他们自发组织起来保卫自己的家园。

诸位请看，寰宇之中任何一个正直的人，能够引用什么样的正义原则去谴责事实上作为一国之主的她这样做呢？实际上，任何一个有良心与道德意识、能理解中国文字所渲染出的那种情感力量的外国人，只要读一读许多皇太后陛下最近颁发的谕旨——那些嘱托各省的督抚们做好准备去保卫委托给他们统治的帝国的神圣领土，以及嘱托她的人民重新组织旨在共同抵御外敌的村社组织即"义和团"的谕旨，就会感到其中充满了无限的怜悯之情和悲怆感，仿佛是一个慈母留给爱子的哀痛的临终告诫，絮絮叨叨而又感人至深："我可怜的孩子们，你们生不逢时，赶上这亘古未有的多事之秋，为娘我已饱受痛苦和悲伤的折磨，并照顾你们多年。现在我老了，不久以后就要离你们而去。勇敢些，孩子们，你们每个

人都要做好准备去保卫好自己的家园。那个灾难时刻一旦来临，我将不能再照顾你们并与你们一道捍卫帝国的领土与荣誉了。"

如果说在上述文字中我多少还代表中国人民成功地表达了一点对于皇太后陛下的最个人化的真情实感，那么西方人就应该理解，为什么那些十三四岁的中国男孩能够"昏头昏脑、不顾一切"地向利用现代化杀人利器武装到牙齿的西方军队发起一次次徒劳的冲锋。崇尚近代欧洲科学及其所滋生的物质文明的人们只要一遇到他们不能解释的有关人类灵魂、精神的特别事物，他们都一概称之为"狂热"。然而，何为"狂热"？

所谓"狂热"，乃是一种"惟一之冲动"，即主宰人们的心智，能够驱使他们去从事那些需要巨大勇气和英雄气概、需要他们能为之献身的特殊行动或使命——总之，它是一种因渴望保卫他们心中赞美、热爱和崇敬的事物而被激发出的冲动。当这种赞赏、热爱和崇敬被放大到极大限度而越出常轨时，那种勇气和英雄气概也会随之成为个人的永无止境的精神动力源泉，激发出超出常人的力量——是为所谓的"狂热"。

那么，作为一个个体以及作为一个民族，一个普通的中国人和中国人民热爱和崇敬的是什么呢？作为个人，中国人热爱、崇敬其父母双亲，这种情感，为其少年时代所有关于家庭的记忆所萦绕，并被其日常生活经验证明为神圣而不可侵犯的；作为一个民族，生活在儒家伦理与秩序中，中国人民由衷地爱戴、尊敬他们的国母皇太后陛下以及依照她的意志而指定的帝位继承人——皇帝陛下，整个帝国的国运都系赖于她的个人意志。更重要的是，她的个人意志不是无根无据的私人恣意，而是来自这个王朝——迄今为止，该王朝的统治已经惠泽中国人民二百五十多年了。义和团的小伙子们表现出的狂热已经充分证明了中国人心中的这种感情有多深——这种"狂热"，正如我前面所说，是一种依凭无限、超常的勇气而激发出的冲动，它驱使中国人奋不顾身地保卫他们心中最热爱、最崇敬的东西。迄今为止，从总理衙门接收到的所有消息来看，这些消息对导致帝国首都这场危机骤然爆发的原因还无法做出清楚的解释。不过，我最近从非官方途径得到的一则可靠消息，可以立刻阐明那个一直让我弄不明白的问题——根据这一消息，那个让中国人"再也不能忍受的最后一击"，其实是一则无耻的谣言。这则谣言，正好赶在总理衙门召开那场预定会议之前，像电击一样迅速传遍京城——那就是外国使臣打算逼迫中国政府接受的四项条件之一，即让皇太后陛下归政于皇帝陛下。正是这一谣言，一下子就使得帝国军队的将士以及许多普通民众奋起加入"义和团"，从而导致了这场危机的发生。众所周知，这场危机伴随着大沽炮台的不幸失陷而达到白热化状态。

因此，很明显，中国人针对列强宣战，其真正的 Causa belli（宣战原因），以及促使整个大清帝国上下士民都想与西方人开战的实实在在的冲动情绪，乃是源于他们确信列强打算冒犯皇太后陛下，甚或要限制她的自由行动。不客气地说，这场变乱乃是一场"人民战争"，而非一场由政府发动并主宰的战争——事实上，它毋宁说是置政府于不顾的。这就是在这场战争中那些被西方人称为"现代文明战争的严格规则"没有得到认真奉行的不幸原因。

现在，我不知道欧美诸国那些或多或少具备了民主意识的人民，那些陶醉于空泛的"爱国主义"而不能自拔的西方人，他们是否能够或是

义和团在天津与英法联军鏖战

否愿意记得，在西方过去的历史中，存在一个比现代的"爱国主义"（patriotism）更为神圣的字眼：关于这个字眼的含义，我在本文开头已经借用一个词试图加以阐明，它就是 Loyalty（忠）——即仆人对于主人的"忠"，孩子为父母尽孝的"忠"，妻子为丈夫守身如玉的"忠"——上升到国家、民族的高度，即人民为君主而奉献的"忠"。如果"文明"的西方人还记得这个字眼的含义，他们就会懂得，对于整个西方世界，为何全中国的人——而不是中国政府——都会处于战争状态，无可奈何地与整个西方世界进行徒劳的抗争。这个时候，在古老的中国，从南到北，自东徂西，一个声嘶力竭的悲愤声音在空中飘荡："Moriamur Pro Rege, Regina！"（太后，臣等愿肝脑涂地，以报圣恩！）

说到这里，全文该结束了。我说过，在中国目前所处的境况下，有关"公理是否还靠得住"这个问题，长江流域诸省的总督们已经做出了肯定的答复。接下来的问题是，"怎么办？"现在，我想我能够用几句话回答这一问题了。

首先，中国人民的"宣战原因"在于他们相信列强已经采取措施，或打算采取措施推翻皇太后陛下本人的统治乃至限制她的自由。其次，列强的"宣战原因"则在于北京的列国公使馆被围，急待救援。

显而易见的是，在双方达成和解之前，这两个基本的"宣战原因"必须消弭。事到如今，北京的帝国政府已经尽了最大努力消除了列强方面的"宣战原因"，我敢肯定，列国的公使们一定会被安全地转移到天津。因此，现在剩下的问题就是要看列强方面是否能够或愿意消除中国人民方面的"宣战原因"了。在此，我大胆地补充一点：为了对那些目前正竭尽全力维持治下领域和平状态的总督和其他官员公平起见，列强们应抓紧时间，不失时机地尽快做出决定。眼下，每一次拖延，不仅会使维持和平更加困难，甚至还会削弱获致和平的希望。

附注——

孔子的祖国，鲁国国君鲁哀公曾经问孔子："怎样做才能使人民服从？"孔子回答说："捍卫正义之事，镇压不义之事，人民就会服从；而捍卫不义之事，镇压正义之事，人民就不会服从。"

上面的文章于 1900 年发表在《日本邮报》上，那是一份在横滨出版的英文报纸，当时还附有致该报编辑的一封信，原文如下——

敬爱的编辑先生：

在请求您刊出这篇文章之前，我想要说明的是，我这一做法完全由我自己负责。文章写作和准备发表的时间是（1900 年）7 月 27 日。当时，（张之洞）总督大人刚刚发出那封与坐镇南京的两江总督刘（坤一）大人联署的致英国政府的超长电报，电报的内容就是本文所要讨论的问题。作为"授权声明"，本文所述乃是对那份电报的大略意思的英文翻译。其余的内容则是我自己为了使这一声明便于理解而做的评论。

我先是受张之洞总督委托，准备一份内容为体现他那封电报大意的英文翻译，以供在报章上发表之用。后来，在各种外界因素的影响下，我不由自主地将其写成一篇关于那封电报内容的长文，总督大人得知此事后，只好收回成命。我没有事先将全文呈送给总督大人，原因之一是为了让他能尽快见到文章的效应，因为要将这篇东西译成适当的中文，要花费我不少时间。而在当时那风雨如磐的时局中，举国士人心中痛苦不堪，为了尽快给皇太后陛下及其治下的中国正名，每一分钟都是珍贵的——那时我打算以这篇文章来拯救北京以及那里的诸国公使。后来，我相信——至今我几乎还愿意相信——如果当时我能够凭借自己的西文写作能力成功地消除或缓解部分外国人针对皇太后陛下及其政府所持的愤激敌对情绪，那么，彼此双方有关人员所遭受的惊恐和精神上的极度痛苦将会有所缓解，从而也更便于当权的"肉食者"们更清楚地了解时局，在避免不必要的流血之前提下解决问题。

于是，我设法让文章能够被递到索尔兹伯理侯爵手里，我相信他即便不会出于慷慨，起码也会出于盎格鲁–撒克逊民族对"公平竞争"的热爱而会对我的意见做出积极反应。时至今日，此文究竟是否真的被送到侯爵府上，我仍是不得而知。但是，不管它被达与否，我都没有发现它对大不列颠帝国以及其他列强的对华政策产生我所希望看到的那种影响。

因此，现在，我只好以自己的名义将此文呈现给整个"文明世界"。

由于我打算另撰一文，专门就目前列强的对华政策进行全面的点评，所以，关于列强为何还没有采取能够顺利解决时下的中国问题的政策，在此我将不再赘述。

同时，除在本文已经囊括的建议之外，我再冒昧地补充三点：

（一）英国王后陛下，作为西方世界王后之首，应尽快以谦和感人的友好态度直接给中国的皇太后陛下拍一封公开电报——不必用客套的官方语言，而用出自一个王者心灵的质朴语言——对中国的皇太后陛下、她的儿子皇帝陛下以及她治下的人民在目前的困局中所遭受的苦厄，表示同情。

（二）外国公使，尤其是大不列颠的公使，应当制定一个条例，给那些在中国各通商口岸城市出版的外文或中文报刊划定一些规矩，规定如有报刊胆敢随意发表侮辱或不尊重中国的皇太后及皇帝陛下言论的，要给以严厉处罚。

（三）赫德先生应当指派上海的海关人员出版一份《中华帝国报》（Imperial Gazette of China），除了定期刊登《京报》的准确译文之外，还要登载一些关于中国国家大事的官方消息——有时可能还有必要对其他报刊上散布的不利谣言加以驳斥。

对于有些读者而言，上述建议中的前两条可能看上去有些感情用事，可是我将借用一句绝妙的法文短语 La politique du coeur——以不容置疑的极富常识性的实践理性来证明这一"心灵之政治"（La politique du coeur）存在并应该被加以推行的必要。中国人，作为一个有着悠久文明传统的民族，其文明的基础使得他们更加赞赏、尊崇和畏惧道德的力量，而非外在的物质力量。中国人不能像西方列强那样只愿意肯定外在的物质力量，这种源自对于近代科学的无限迷信的愚昧无知只能使中国陷入道德沦丧的混乱局面。因此，如果西方列强或他们在中国安排的高级代理人真的渴望和平解决中国问题，那么他们越早意识到必须运用真诚、智慧等道德力量，问题就越好解决。

目前，最为急迫的乃是，西方人要使中国人确信他们真的不是"洋鬼子"，而是如他们一样是有血有肉的人类。对于这一点，外国报纸——特别是在上海出版的外国报纸——完全丧失了他们的常识。然而，如果那些在华管事的外国人也丧失他们的常识，那将会酿成一场可怕的灾祸。正是借助于这种常识，我才得以站出来为中国人民辩护——甚至为发生在处于"拳祸"阴影中的保定府和太原府的恐怖事件以及参与人员辩护。当年，当英国地方当局动用其全部警察力量也控制不了群氓们的暴力行为，无法制止他们捣毁斯特德（Stead）先生及其朋友们的集会的时候，尊敬的贝尔福先生以其令人钦佩的英国绅士的机智对此加以评论，那时他所使用的就是这样一种常识性论据。在那个场合，贝尔福先生说，人们对于"人性"这种东西不必抱太多奢望。中国人的人性与欧洲人的人性是相同的，具有此种人性的人，当他们获悉一则可怕的预兆（即便是谣言），感到有人要灭绝他们，不让他们活下去的时候，就会做出可怕的事情来与之对抗。而且，中国人民也有一

贝尔福，英国首相和外交大臣

种最质朴深沉的民族感情，这种感情一旦遭到他人的践踏和伤害，他们将对此产生可怕的怨恨情感，这种情感能够毁灭一切。

就目前中国的整个局势来看，呈现出的是一种可怕的彼此畏惧的状况——中国人为亡国灭种而感到恐惧；西方人则为他们在华同胞的生命财产安全而感到恐惧。赫德爵士身为大清帝国的海关总税务司，遗憾的是，他的相关文章让我这个中国人看到，其所作所为加深了西方人的担忧与恐惧，进而导致了局势的恶化。

我绝不会像赫德爵士那样悲观，因此，我认为，为了缓解这种既有的可怕的彼此恐惧之心理，我正在为中国人和外国人（包括在华所有外国人）做一些有利于他们的好事。

以我目前在这里的职位，以我对于中国政府统治现状的了解以及我在中国三个最大的地方政府衙门——两广、湖广和两江总督衙门任职十六载的阅历，我想强调的是，当下在中国，只有一个人能够真正消弭一场并非不可能发生的可怕的内战，或者说至少是一种混乱的无政府状态——这种状态足以摧毁一切外国人和中国人有资格享有的真实与合法的权益。这个人就是皇太后陛下，我的这一结论成立的前提是她得到西方人道义以及智识上的大力支持。

因此，我提出了那个常识性建议：我们必须直接求助于皇太后陛下的心智，要使她确信西方人，甚至于那些在华西方人不是"魔鬼"，而是有血有肉的人类。如果说我在上面提出的第二个建议看上去显得有些不公平，那么，我将把它归咎于在上海出版的外国报纸捏造的那一恶毒指控，即指控皇太后陛下试图毒死她的外甥——皇帝陛下。对于这样的恶毒指控，只有当我设想在华西方人都处在一种可怕的恐惧心理状态中时，才可以原谅他们的这种行为。西方人永远不会忘记，在法国大革命中，在雅各宾派上台大搞专政的恐怖时期，前法国王后玛丽·安托万内特（Marie Antoinette）也曾遭受到同样恶毒的指控，当时，她曾无助地替自己简单地辩护道："我求助于普天之下所有的母亲！"

我认为，提及这一恶毒的指控是必要的。现在，光绪皇帝的健康状况如何，国人众所周知，这是中国国内政局所面临的一个重大危险：陛下身体虚弱至极，而目前经中国的合法政府确定，有继承权的人是端王的儿子，爱新觉罗•溥儁。

危机之后，北京的各国公使提出"不可更改的条款"，已将被告人——中国置于辩护之外（horsded bats）的地位，即不再听被告人申辩就径直宣判并着手执行——这是"文明"的欧洲人在法国大革命的恐怖统治时期使用过的审判程序。现在，我请求在远东的所有渴望和平的西方人：即便为了你们自身的利益，也应该支持我想出一种办法来制止外国公使即将对中国执行的判决——尤其是对于端王和在目前的灾祸中被指控为"凶犯"的那些人的判决。多年以前，在长江教案引发骚乱时——那时西方人还没有读到我为了解决目前的中国问题而发表的系列文章——承蒙《字林西报》允许，我斗胆发表了一篇题为《为吾国吾民争辩书》的文章。伦敦《泰晤士报》在评论它的一篇社论中认为，它不可能出自一个清国大辫子的手笔，如果是的话，"所用语言将绝不会有那种极其高贵的冷静。"

现在，作为一个没什么名望的中国人，我首次以自己的名义自行负责地站出来公开对世界发言，我想，所谓"文明世界"诸公有权质问我就这一重大问题发表意见的资格。因此，我认为有必要自我介绍一下：现在你们所看到的文章的作者是一个如假包换的中国人，他自幼学在西洋，花了整整十年时间在欧洲列国学习语言、文学、历史和制度，成年后他又花了二十年时间去研究祖国的典章制度及文化传统。关于本人的品行，我只能说，尽管现在的我不能自夸是一个 Chevaliersanspeur et Sans re-proche（无可指摘、无所畏惧的骑士），然而我想，那些在华外国人——无论是与我有着私人交往、深知我为人的人，还是从任何途径同我有过接触的人，当我说自己绝不会因做过任何卑鄙无耻之事以取悦、讨好洋人而应该遭到他们的冷遇和唾弃时，他们都会给予证实。

最后，我冒昧地公开请求俄国驻日本公使阁下，请他将我所写的这些东西以我个人名义献上最崇高敬意，呈送给沙皇陛下过目。承蒙沙皇陛下记得，多年以前在他访问汉口的时候，我曾有幸在他和张之洞总督大人之间做过翻译。

另外，我还冒昧地请求德国驻日本公使阁下，也请他转达我的最崇高的敬意，把我的这篇小文呈交给普鲁士的海因里希亲王殿下，他在访问武昌期间，我曾荣幸地得到他馈赠的特别礼物。

如此冒昧而公开地利用他们高贵的名字，我希望能够得到沙皇陛下和海因里希亲王殿下的谅解，因为我是迫不得已这样做的，在此我不仅代表中国和中国人民，也是在为了世界的和平与真正文明而大声呼吁。我知道，并且相信，这两位高贵的人都是世界文明与和平最热心的维护者——因为我曾听到他们亲口做过这样的承诺。

爱丁堡大学文学硕士

辜鸿铭　于武昌

又及：我不得不极为悲痛地告诉读者，正当我写完上述文字的时候，却传来英国女王维多利亚一世不幸去世的消息，因此，实施我的第一个提议已不可能——女王陛下无法与中国的皇太后陛下进行心灵之对话了。我原本拟通过上述提议，以女王陛下的尊荣来帮助解决中国问题，并维护世界和平与真正的人类文明。如果我的提议变成现实的话，这一心灵对话足以成为女王陛下漫长的帝王生涯中最辉煌的顶峰，也能给她赢得更多的荣誉。但让人难过的是，她刚刚离开了人世，这一提议已经无法实现了。因此，我现在对上述建议略作修改，伴随着我所代表的中国人民的最崇高敬意，请俄国驻日本公使阁下再将我的提议呈献给俄国的皇太后陛下——我认为，目前她是最有资格代替女王陛下将这一提议付诸实行的人。

为吾国吾民争辩书

有关目前外国传教士与近年教案之关系的结论

箴 言

人能弘道，非道弘人。

——《论语·卫灵公第十五》

近日，鉴于中国底层民众屡屡发起反对在华外国传教士的骚乱，本人拟在此对他们的传教事业、他们为之而做的实际工作以及其传教目的予以检视与调查。在进行这样的检视之后，为了中外双方的共同利益，我想请求外国政府采取一些措施——即便不是将其全部撤走，至少也应该对目前在中国业已初步成型的整个基督教系统做出一些调整。至于将我这个建议付诸实施的时机是否已经成熟，下面我来进行进一步的分析。

目前，在华外国传教士们公开宣称，他们传教的目的——这正是我将专门提出来加以检视的——我想，可以归纳为以下几点：

一、提升中国国民之道德

坦白地说，最初中国政府被请求接受在华传播基督教的行为，这一目的理应是合理且合法的。按照他们最初的设想，这样的善行无疑应得到中国政府的全面支持：任何能够提高人民道德水平，并使他们成为更加遵纪守法的百姓和具有高贵心智之公民的计划，花费一切纯粹世俗的东西都是值得的。因此，如果能够证明西方的传教士们以他们目前在中国传播基督教的手段与方式，将有实现这一目标的些许希望，那么我绝对赞成让他们得到全面的保护——如果必要，我们的政府甚至可以用枪炮和战舰来镇压不服的民众。但是，西方人能够提出让人心悦诚服的证明吗？

如果只是接受具备现代知识的传教士们带入中国的形式上的基督教便能有助于中国人提高其道德水平，使其变得更加善良、高尚，那么人们一定会自然而然地想到该民族的那些最优秀分子——即便中国现在很贫弱，西方人也不能否认，在中国仍然存在好人和高尚的人——他们将是最愿意被吸纳入教的人。但是，事情果真如此吗？

我想请求每一位真正了解中国那些最优秀、最有教养的人所思所想的外国人坦诚直白地说，是否有可能将这些人吸纳入教？他们关于本民族文化传统的信仰，是否能够自然而然地容忍传教士们带入中国的形式上的基督教这样一种宗教信仰？我认为，答案是否定的。相反，一个公开而残酷的事实是，在中国人之中，只有那些人品最糟糕、为人最软弱无知、最为

外国传教士和他们的武装

贫贱堕落的人，才会是第一批响应传教士号召而皈依基督教的人。

我们再来审视一下，除了这些人之外，传教士们还吸纳了什么样的人？如果有人认为我这种观点过于武断而绝对，那么我要求他向我证明，传教士们所吸纳的中国教民作为一个社会阶层，不要说其道德水准较高了，即便他们能像那些没有皈依基督教的中国人那样受过教育，或者能像他们一样善良或一样对社会有用也可以。但是，事实是怎么样的呢？我再请求反对我的观点的人向我证明，这些皈依者，这些丢弃了他们先辈信仰的中国人，是否确实听从外国老师吩咐，对他们自己民族既往的历史与传统持既不蔑视也不同情的中立态度？总之，我仍然要坚持自己的观点：这些孤立地生活在中国社会而为本民族的人所不容的弃民，一旦他们那种意在追求纯粹的金钱利益的希望破灭和其他外在的道德、制度约束消除之后，这些人便会迅速堕落成比目前中国社会中最坏的人还要邪恶的恶棍。如果有任何人怀疑我在此所道出的事实，那么我将请他老人家去读一读太平天国叛乱的历史——将来，这场叛乱会被中国乃至全世界的史家称为"加入基督教会的中国弃民之叛乱"。很明显，无论是在道德上还是在智识上，太平天国的叛乱分子都属于那种皈依基督教的中国人的典型。

因此，我请求在中国的每一个有评判资格的外国人——也包括那些传教士本人——扪心自问，他们是否完成了传教计划中的这一部分，即通过传播基督教使中国人道德水平提高，让他们变得更加善良、高尚？他们在这方面的活动是否还没有被证明就已经痛遭失败？接着我想进一步发问，特别是问那些新教传士们，这种惨痛的失败是不是促使他们将传教工作重心转向了他们称之为"科学宗教"和"慈善宗教"方面？

接下来，我们再来讨论一下外国传教士们的另外两个传教目的。

二、开启中国国民之民智

无疑，这也应该是一项伟大而高尚的工作。如果说世俗的、相对于文化思想交流而言更易于腐烂的商品的交流是必需而有价值的，那么民族之间不朽思想的交流则更为必要，也更有价值。因此，如果能够证明在中国的传教事业是一种智识运动，如果传教士们能够证明，他们确实为笼罩于愚昧无知之黑暗中的中国人带来了光明，也就可以说，他们通过融汇贯通更高层次的思想交流使东西方之间的文化联系变得更加紧密了。如果事情真是这样的，我希望他们得到中国所有善良之人的支持。但是，我又要发问，现实真的能够证明这一主张吗？

无疑，新教传教士们近年带来了大量他们称之为"科学"和"科学宗教"的东西，他们敢毫不犹豫地告诉传教处所在地方的中国学生们：你们的朝廷官员愚蠢到对月食也会大惊小怪的地步——但是，讽刺的是，在紧接着进行祈祷时他却又会告诉同样一批学生：太阳和月亮至今仍然听命于犹太耶稣会长约书亚，在空中停止不动。然后，他们还会告诉这些学生：《圣经》是一本记载着世界所有事物真实情况的书，是一本由全知全能的造物主所口述的圣书。现在，凭心而论，我请求每一个心中尚存以智识启蒙儿童之目的人说，世上是不是还有比这种说教更反科学的东西了？用一个不至于让洋大人们感到过于刺耳的名词，我们可以称之为"知识杂耍"。虔诚的传教士们自己也许没有意识到这一事实，我认为，这反而显得更可悲，也更能证明其说教的毒害有多么大，同时又有多么隐晦，杀人于无形！

基于这一观点，我认为，无论新教的传教士们能够给中国人带来多少纯科学的信息，他们同时也引狼入室，带来了一大祸害，这一祸害最终将葬送启蒙中国民众智识的全部希望。因为，为了反对与之同根的"知识杂耍"，欧洲近代所有伟大的人类精神解放者已经与之奋力战斗了数百年——甚至直到今天，他们仍然在继续战斗！的确，对于任何一个完全了解欧洲启蒙思潮发展历史的人来说，那些在欧洲焚烧科学进步书籍、迫害科学家的基督教卫道士，却在中国把自己打扮成科学和智识启蒙事业的斗士，这看起来该是多么奇怪和荒唐可笑！因此，外国传教士们在中国奋力开拓的传教事业，非但不是真正的智识运动，甚至任何一个中国人

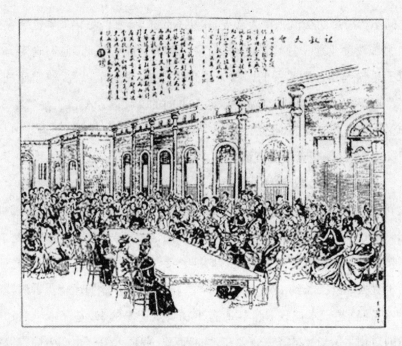

晚清西方传教士在中国设立女子学堂

只要有耐心浏览完那些以传教名义出版的愚不可及的小册子，就很容易发现这些东西实在无法使受过教育的中国人在智识上看得起外国人。对于那些受过教育的中国人，他们看到这些愚昧的东西正在被强加给中国人民，一方面伴之以传教士的傲慢自大和狂妄放肆，另一方面又伴之以某些外国政府炮舰的威胁，他们便自然而然地对那些外国人充满憎恶了。这不是一般的憎恶，而是只有看到他们奉之为至高至圣的东西、那些属于整个民族国家同时也属于他们自己的东西——诸如他们的处世之道，他们的文化和文学的优雅——都处在无可挽回的损伤和破坏的危险中时才能有的憎恶。这，让我在此指出，就是受过教育的中国人憎恶西方人的根源。

因此，我认为，如果就传教士传播福音这一合理合法的目的本身而言，鉴于人们仍可以抛开其纯粹的基督教外在形式而相信其教义精神，所以它对中国人来说还是有某种好处的，起码没有任何害处。然而，当他们以反科学的"知识杂耍"来传播"科学"的虚伪面目暴露时,肯定连这样一点好处也谈不上了。如果像我曾经指出的那样,外国传教士在中国传播福音的工作已彻底破产,那么我也必定会认为,最近某些传教士关于"科学"和"科学器物"能够使中国强盛的叫嚣(无疑,它带有反对其祖国的终极目的)不是一种显而易见的欺骗,便是一种幻想。

三、在中国开展慈善工作

尽管我们可以肯定这也是一种值得赞赏的事,但是必须承认,一个世俗的工作,其本身必须以纯粹世俗利益的天平去衡量。如果在中国的基督教传教活动是并且只是一个纯粹的慈善计划,那么我请求证明:作为一种慈善活动,与它的花费相比,它应有等值的意义。无疑,新教医院和天主教孤儿院对于单个的中国人来说是一种行善的手段,但是传教士们是否能够证明,这种善行在数量上与它所花费的钱相配吗?且不提其他费用,仅就其本国政府为传教士在中国所提供的特别保护与补偿费用而言,这一切都值得吗?我个人认为,所有这样被花费掉的钱,与其被用于期望传教机构去行善,还不如代之以职业的医生和护士去行同样的善更为值当(如果你们欧洲人愿意的话),在救死扶伤方面,后者的收益不知要大到多少倍,而且也更加能够胜任。如果人们还要认为基督教传教是为减轻中国人民的痛苦而行善,那么让我再问,他们实际上所做的工作,与他们叫嚷每年都"的的确确"用在中国人民福利事业上的那样一笔庞大的钱款相比,是否值得呢?在欧美人民为支持传教所捐助的数以百万元计的费用中,到底有多少被用于减轻中国人民的痛苦,而又有多少被用于供养传教士及其家眷,用于修建他们漂亮的住房和疗养院,用于支付他们长篇累牍的信笺和邮票费用, 或者用于支持他们的讨论会呢?因此,我请问,这种被当作为纯粹的慈善计划的东西,难道不是每个在中国的公正无私的外国人都知道的公开秘密吗?在中国的整个传教事业,难道不只是一个为那些从欧美来的失业的专职人员提供福利的巨大慈善计划吗?对于这种慈善问题,谁也不愿意如此来谈论,但是我认为一旦发现真理，就应该毫无保留。不仅如此，我请求那些心胸最为博大的人们开口说点什么。这些本来受雇而来要带给这个国家和平与亲善的人们，此时却正在对该国政府极尽侮辱和叫嚣报复之能事，而这个政府尽管焦头烂额、困难重重，仍然在忠实地设法保护他们；这些口口声声对这里的人民念着仁慈和宽爱的人们，如今却只是为了那些愚昧之举——甚至于在最近这些骚乱中，即使那些受难最深的合法起诉人在公正的法庭上，也只能证明这些举动并不比可以理解的无知更坏——便以炮弹威胁他们。事实上，我请求那些心胸最为博大之人，当人们对上述这些人仅以真理相告的时候，他们是否有资格要求人们嘴上留情？

不过，我在这里对传教士们道出这番逆耳忠言的目的，并非只是逞自己口舌上的一时之快。前面我已经跟大家说明，他们传播福音的工作已然失败；此外，我还证明，他们那所谓的"传播科学"和"进行智识启蒙"的事业不是一种欺骗，便是一种幻想；进而，我还证明，那些被认为是纯粹的慈善计划的在华传教事业，充其量不过是一个为了那些在欧美各国失业的专职人员而设计的巨大慈善计划——像这样一种东西是不值当它的花费的，即便仅以供养他们的钱款而论，也不合算。我之所以要证明这些目的，是要请求每一个具备明达智慧、公正无私的西方人，如果他发现我所表明的（他可以加以补充和修改）观点确实可信，那么我请求他说说看，这种不值得的慈善计划还该不该让它继续为害下去——此时此刻，它所威胁到的东西比它已经损害到的东西要多得多——它不仅威胁到四万万中国人民生命财产的安全，而且威胁到欧美各国在中国的巨大的商业、工业和其他利益，并使之危若累卵，面临倾覆之险。因此我认为，传教士在中国的存在，无论对于中国人还是外国人都是一个危害。

下面，我将证明，目前外国政府支持在中国的传教活动，既是对中华民族的侮辱，也是对他们自身利益的损害。我之所以说它对中华民族是一种侮辱，是因为中国的高级官员，那些正雇佣着大批有技术、有教养的外国专家的高级官员，当他们看到连他们所雇佣的这些人也不相信传教士的鬼话，而外国政府却偏要坚持将其作为宗教导师送到中国来"提高中国人民的道德水平"时，他们所想到的会是什么呢？我说它对中国人民是一种侮辱，还因为当外国领事调来炮舰为传教活动撑腰的时候，那些在他们的领事馆干活的中国苦力们却知道，传教士作为一个整体，并不被那些地位较高的外国人当成道德教师。

再者，它不仅仅是对于中国人的一种侮辱，还是一种导致了中国人民起来反对在华传教的侮辱。我已经提到，它对于欧美列国人民来说也是一笔巨大的花费——一笔经由他们的政府为传教士及其财产提供专门保障而不得不支付的浪费。此外，在所有这些骚乱中，外国公众只能听取传教士——有偏见的一方的一面之辞，而中国人民的声音他们却听不到。现在，代表那些中国人民，我斗胆提出下列意见，我想每个正直无私的外国人都将认为它是合理的。

一般人都承认，对于一切错误行为，只有两种途径可以加以有效的控制，那就是法律和公众舆论。但是对于在中国的传教士，那些被允许带着comitatus（我称之为中国的"社会弃民"）四处游荡的人，他们的眼中却没有法律，因为他们的领事远在天边，而中国人对之又没有直接审判权。同时，他们也不害怕中国的公众舆论，因为他们只同那些中国弃民，即他们的皈依者们接触，很少有人主动地接触普通中国民众。因此，我以为在那些中国人甚至于目前的那些骚乱者受到谴责之前，应该揭示这样一个事实，即：那些缺少所谓一般人都必需的两种基本约束力的传教士们，是能够堕落无恶不作的地步的。他们出于对那些中国弃民也就是他们的皈依者的偏心，出于他们自己对于"圣洁"的"高见"，能够对他们生活于其中的中国人表现得蛮横而放肆，到处插手中国社会事务或对中国老百姓施以小小的暴虐行经。如果有人怀疑就其主体而言，传教士们会做出这些事情来，那么请他去看一看并记下这些人不仅在有关中国人的问题上，而且在只与外国人有关的问题上，"无论何时涉及到传教士自身的事情与私利时，他们在报纸上所发表的言论以及其所持之共同论调和精

神"。因此，我说，在中国人受到外国公众舆论的道德谴责之前，请拿出证据来说明这些骚乱不是日积月累的侮辱和伤害所激起的愤慨的总爆发。至于那些关于婴儿及其被挖出的眼珠的骇人传闻，其实不过是点燃这场随时可燃的烈焰的导火索罢了（见1879年爆发的福州乌石山教案的相关报道[15]）。

上述这些原因，我认为就是中国民众对于传教士存在于中国的事实持强烈不满的真正原因。至于我称之为"来自欧美的失业的专职人员"这一阶层，他们可以带着中国的弃民在中国的土地上自行其事、无所约束。除了他们身上的纯粹的圣职之外，没有什么是他们不敢侮辱、伤害的，这样的事实让我不得不在此再次强调，这就是中国民众憎恶外国人的根源——它与我在本文第二节（即"智识启蒙"部分）谈到的受过教育的中国人憎恨外国人的根源有所不同。这样，传教士就对中国人憎恨外国人仅有的两个深层原因都负有不可推卸的责任。基督教传教士在华传教给中国带来的所有灾难，都可以从一个丑恶而凶暴的史实中管窥全豹。这个事实就是我称之为"在华基督教传教团教导出的中国弃民的叛乱"的太平天国叛乱。正是这一暴乱，改变了我们曾经喜爱并自豪地称之为"花国"（Flowerly Land）[16]的本来面目，就像将一个如花似玉、面带微笑的少女变成一个形容枯槁、憔悴不堪的老妇人一样。

下面，我长话短说，想简单地谈谈传教士在中国的存在为何对于外国的利益也是一种危害。在此，我只需请求所有明智的外国人想一想一个资深外国驻华领事曾对我说过的话："对于中国人持久的伤害，最终也要伤害到外国人。"因此，如果我所做的关于传教士在中国不是行善而实在伤害了中国人的说明有可信之处，那么传教士在中国的存在也就必然是对外国人的伤害了。我曾说过，传教士对中国人憎恶外国人负有责任。现在，毫无疑问的是，中国人的这种憎恨对于外国人不可能有什么好处。面对今日中国的这种危急现状，我坚持认为，此种憎恨已使外国人在华的巨大商业利益和其他利益面临着大大受损的威胁。一切愚蠢和感情用

英国鸦片船"北京"号起卸鸦片的情形

事的憎恨当然应当制止，但那种归根结蒂是正义情绪的憎恨，我相信再多的炮弹也摧毁不了它，那些试图如此行事的人将只能造成混乱，并以伤害他们自己而告终。

现在，传教士们正叫嚷要以炮舰镇压中国人，并试图引导外国公众相信，那些请求外国人在这些教案中不要以炮舰相威胁的官员们不过是出于自私的目的。但我想，那些了解人民脾气的人应当告诉外国公众，外国炮舰为所谓"传教事业"所发出的第一炮，就将成为一场战争的标志，不是与中国政府的对抗——正如我们迄今为止所经历的对外战争那样——而是一场反对中国人民的战争。传教士们已经在以大声"鸦片战争"相恐吓，但他们应称之为一场"传教战争"。我们现在正饱受这样一场战争的折磨——除非能有一些公正无私、有足够的常识，并富有正义感的外国人挺身而出，否则，要阻止这场战争是不可能的。因此，凭着这种常识和正义感，我要说，为了中外人民的共同利益，我极力请求外国政府着手解决中国的传教问题——即便不将其完全撤离，起码也应该对他们做某些限制。我想请问列国政府，这样一种时机是否还没有到来？对于此种传教计划，我已经证明，它不过是救济来自欧美诸国的失业专职人员

的一种毫无价值的慈善计划罢了。

现在，我讲出了多年来反复沉思的话，这些话鉴于我个人和其他更深刻的考虑，我一直犹豫未曾出口，不过现在都讲出来了——Sohilf mir Gott: ich kann nieht anders.[17]（吾岂好辩哉，吾不得已也。）

　　一个中国人又及：以上所述，我把新教教会与天主教会的活动等量齐观，并为一谈。然而，如果不在此附上引自埃里松伯爵先生（Comte d'Herisson）所著《一位译员在中国的日记》一书中的这个片断，我将有失公正，也不便于人们了解真相的来龙去脉。对于这个富有狂热的爱国精神的伯爵，我可以在此指出，他是那个统帅法军、与英国人一道进占北京的法国将军的译员和机要秘书——这位伯爵先生说："如果在此不提醒人们注意我们在中国所看到的基督教传教士在战争中起了多么大的协助作用，那么我就缺乏正义感，也没有尊重事实。耶稣会士所呈献给将军的一切情报以及说明情报的准确性的文件，无论是关于我们必经的那些省份的资源的情报，还是关于我们将要在前面碰到的部队人数的情报，都是通过当地耶稣会士获得的——而他们也得通过为他们效劳的中国人来得到这些情报。秘密报告不仅要求对人和事有深入的了解，而且要求提供报告者有真正的勇气，因为我们一旦离开这个国家，这些报告就会使他们受到中国人的可怕报复。耶稣会士在这个时期表现出了热烈的爱国主义和令人钦佩的忠诚。"

现在，我请求每一个外国人说说看——无论他是法国人，英国人还是德国人，中国人民以他们所具有的力量，Ecrasezlle inffame（消灭邪恶者），猛烈地打击怀有这样一种 patriotisme ardent（爱国主义狂热）的人——就像他们现在所做的那样，在道德上是否还有什么不对的？

为了中国的良治

实践的结论

箴　言

当我们在黑暗之中摸索时，正如我们必须在东方所做的那样，最好的道路就是公正行事。

——戈登将军

我认为，现在对列强在中国推行的现行政策加以检讨，不仅有必要，而且时机已经成熟。在这里我只想再次申明，我写这些东西完全是出于自己的责任心，并愿单独对自己的观点负责。

一、精神和态度

目前，如果想使中国问题得到稳妥的解决，首要的前提是，列强必须从根本上改变他们对中国政府及官员采取的政策以及相关指导精神与态度。有位名叫豪斯（E.H.House）的先生，在《日本邮报》上发表文章，在谈到西方各国对日本的政策时，他在文章里这样写道："外国人炮制了一种说法：即认定日本的政策乃是一个虚饰和欺骗的迷宫。对于日本的任何行动，外国人都无法理解，因而认为它必然是其深藏不露、无所不包的欺骗计划的一部分。这实在是荒谬透顶。但多年以来这种猜忌却构成了欧洲外交的基础。"我可以毫不犹豫地说，这也是以往外国列强在与中国交往过程中所有灾祸的根源（fonsetorige）。正是这种到处扩散的猜疑精神，感染了每一个外国使臣，特别是英国使臣，使他们头脑里滋生了一种"黄疸性偏见"——致使他们在中国无论看到什么，都觉得是黄颜色的。

我写这些东西，并非只是企图为中国人辩护，而是为了真理。我不同意那种认为中国人在与外国人打交道的时候绝对缺乏坦率胸怀的说法，其理由将是人所共知的。俄国前驻华公使喀西尼[18]伯爵近来指明："中国是一个礼仪之邦，而英国人和德国人，一般说来则不太懂得礼貌。"

实际的情况是，很多在中国的外国人往往显得蛮不讲理、急躁易怒，而中国人则表现得彬彬有礼，颇有涵养。当你向一个真正有教养的中国人提出一个无理要求时，他不可能直接说"不行"——他与生俱来的礼貌将促使他委婉拒绝，抑或他会敷衍一下，并给你一个有条件的"可以"。已故的曾国藩侯爵，在1860年写给一个朋友的信（洋务尺牍）中曾说："若你碰到外国人当着你的面蛮横无礼地大放厥词，你最好的办法就是憨笑装傻，仿佛你不懂他在说什么。"赫德爵士曾经对伊藤（博文）侯爵[19]谈到与中国人打交道的原则，他的结论是"宁弯毋折"。因此，在处理外国人提出的无理要求时，有教养的中国人通常会使用不失礼貌的敷衍和搪塞。自古以来，中国统治者在对付外国人蛮横的暴力行为会使用这样一种武器——在汉语里它被称为"羁縻"，翟理斯博士译作"to halter"（即给……套上笼套）[20]。事

伊藤博文，19世纪末的日本内阁首相

实上，当你遇上一头狂暴发疯的公牛时，同它讲道理是没有用的，你惟一能做的就是，要像西部牛仔那样用笼套把它套起来！

下面，窦纳乐[21]爵士将为我们解释中国语境下"羁縻"二字的含义——

1900 年 9 月 20 日，他在致索尔兹伯理勋爵的电报中说道，"为了设法推迟或延缓进攻，我们让中国人沉溺在这样一种信念之中，即让他们感到，我们有机会将自身置于他们的仁慈与恩惠之下，其途径是——中国人护送我们到天津。……我们所做的，原则上是既不接受，也不拒绝，而是提出更多的具体要求，以为日后的最终决议做好准备，并以此赢得时间。"

窦纳乐爵士在谴责中国人不守信用、背信弃义的同时，似乎没有意识到在他对中国人所施的诡计和实实在在的背信弃义行为中，是否存在任何道德上的过失，这实在让人感到奇怪。或许我应该说，正是中国人的"背信弃义"的行为，将窦纳乐爵士置于这样一种"两难"境地，并使得他不得不那样行事。然而，毫无疑问的是，几乎在所有情况下，有关事情真相的说法可以反过来——我想，逼迫中国人不得不那样行事的力量，也许更为强大。

接着，我们退一步，看看外国人对于中国人行事方法的猜忌是否有某种恰当的理由。在此，我想有必要强调的是，就与目前这场灾祸有直接关联的帝国政府而言——从我在总督衙门的地位而轻易得到的有关电报和国书消息来看，没有一点事实或根据可以指责中国政府背信弃义。这里，我想再次引用豪斯先生过去谈及对日外交关系时所说的话——它用在这儿也是很合适的：当时有声明说，鉴于目前的困境，应该做出大的让步，还说外国公使们的猜忌并非不合情理。针对这一声明，豪斯先生诘问道："外国人对于那种困境、那种使日本人痛苦焦灼的忧虑和频繁爆发的严重危机，可曾做过任何退步吗？……江户的官员们具备了一个国家的统治者所能具备的坦率和正直，他们几乎像孩子一样的天真、率直。他

们再三地毫无遮掩地将麻烦摆在对方面前，对敌手亦绝无防范之心。然而，他们所得到的只是傲慢无理的拒绝，并继而遭受新的侮辱。"

在此，如果将日本人换成中国人，江户换成北京，人们将认为豪斯所写的正是去年夏天发生在中国的事变，而不是40年前发生在日本的事情。的确，任何公正无私的人，只要仔细阅读一下皇太后陛下下达过的相关谕令和其他国家公文，(22)就会感到豪斯先生所做的评论是多么恰当。

接下来，我们且举一例，在这里，帝国政府那毋庸置疑的绝对坦率，亦可见一斑。在6月3日发给中国驻外使臣的谕令中，帝国政府指示他们，要将政府的困难毫无保留地向列强陈述。谕令中说："我们此刻仍严令驻军统领一如既往地保护使馆，惟力是视。"可见，帝国政府并没有想要对外国政府隐瞒公使馆的危险处境——它甚至没有笼统地说"我们已经命令保护使馆"，而是充分明示这种保护乃是绝对而不惜一切代价的。事实上，它以一种毋庸置疑的绝对坦率说明，这是一种尽可能而为之的竭力保护。(23)

二、关键问题之所在

以上，我们论及西方列强对待中国政府的政策所基于的精神和态度。下面，我们再来讨论中国难题中的关键问题，这一关键问题是：当西方列强要求中国尽一个独立君主国的责任的时候，他们在对待中国时，丝毫没有做出努力去承认、尊重该国政府的权利，以使其能够独自尽其义务并履行独立统治之责。

赫德爵士以其爱尔兰式的慷慨风度建议取消治外法权。从原则上讲，他这一见解——对于任何有政治头脑的人来说——都是无可置喙的。但在这里我们应坦率地承认，在目前的局势下，要废除列强的治外法权，是不现实的。歌德曾说："世上有两种和平的力量：公道与常识（es giebt zwei friedliche Gewalten: das Recht u. die Schickliehkeit）。"我认为赫德爵士的提议是公正的，但缺乏常识。

然而，如果说现在废除治外法权还不现实，那么，千方百计将其恶劣影响减小到最低限度，则是公正与可能的。治外法权是一个怪胎，它已经对中国的良治事业产生了严重危害。但是，列强政府不仅没有设法去缓解这一政治怪胎的恶劣影响，甚至还允许他们的在华代理人将一个更坏的怪胎引狼入室，并美其名曰"治内法权"（in-territoriality）。显然，清帝国政府对外国人没有裁判权，然而，贪得无欲的列强甚至还企图允许其代理人

歌德，德国18世纪文豪、思想家

否认帝国政府对于中国国民所享有的裁判权！人们公正地谴责传教士干涉了诉讼，因而侵犯了中国地方官对于国民的裁判权。但当英国公使蛮横地要求中国政府解除四川总督的职务时，他也正在干涉中国的诉讼，并且仅仅只是出于一种极度恐惧的动机。

在这种情况下，他不仅侵犯了地方官对中国臣民的裁判权，而且侵犯了那至高无上的君权，即那种传统意义上的天子对于臣下的权威。当然，如果一个总督对外国人做错了事，是可以亦应当予以惩罚的，但这种惩罚必须经由君主的权威，并依照帝国自身的法律来施行。

这一原则，从最近的惩罚问题（指惩办"庚子事变"祸首）中，能够得到最好的说明。美国国务卿是惟一一个似乎对此有所识见的人。下面，请允许我完全用外国人的观点，来看待这个问题。

去年夏天，北京的帝国军队没有任何正当理由便围攻了外国使馆，因而严重地践踏了"文明世界"的国际法。清帝国政府此举不单单是意欲与列强断交并抛弃其在华代理人，而是对列强宣战。由于中国和列强之间事实上处在一种战争状态，所以，当中国紧接着求和的时候，列强便有

理由加以拒绝，因为他们所遭受的不公正待遇还没有得到满意的补偿。这种不公正待遇，就是使馆遭到围攻。列强要求清帝国政府绝对地放弃示意属下臣民围攻使馆的行为，并将此作为议和的前提条件，这是正确的和合理的。接着，我要谈的是前面提到过的那一原则。

对于一场战争行动的责任，应该追究一个国家的责任，而非惩罚个人。如果帝国政府中的某些被认为犯有违反国际法的罪行，那么，列强的行动就是正当的。假若他们认为合适，可以行使现代战争中正常国家所拥有的报复权利，即抓住那些犯有实际罪的人，就地处决。[24]不过，这样一种处罚，是一种战争行为，而不同于司法上的处罚。

若是由清帝国政府来处置罪犯，情况就完全不同了。对于列强来说，目前的问题是，在发生了围攻使馆这样的事情之后，他们是否还愿意承认中国政府的存在及其合法地位。如果列强决定对中国政府的存在不予承认，那么显然，其责任便是立即接管中国；但如果列强承认中国政府的存在，显然，正如他们做过的那样，那么他们就该约束自己，去尊重清帝国政府对中国国民享有的惟一且绝对的裁判权。

现在，一旦战争局面形成，争执中的正确与错误诸因素就立刻合二为一，它已不是某个中国人与外国列强之间的争执，而是中华民族与外国列强之间的争斗。就与列强有关的惩罚而言，战争及其结果本身便是一种惩罚。清帝国政府对于列强所应该做的，乃是绝对地制止围攻使馆的行动并否定其合法性，一旦帝国政府做到这一点——那么，所有对这一围攻行动负有直接责任的人就成了罪犯——不是作为对立方的列强所想亲手惩处的战争罪犯，而是冒犯君主权威、危害帝国和平与安全的司法罪犯，这也意味着所有这些人都应该给予处罚。但是，只要中国还被承认为一个独立的君主国，对于中国国民——上至国家大臣下至平民百姓的惩罚，便只有君主拥有着惟一的权威并有权依照帝国的法律来执行。[25]

以上，是我完全按照外国人的观点特意假定的情形，即错误完全在

八国联军侵入北京，英国公使窦纳乐（左）

于中国方面，但实际上，围攻公使馆只不过是使馆卫兵与北京民众之间一场吵闹（fracas）的结果，其中，有中国士兵参与进来助威。这场事变的可悲之处在于，外国使臣以及那些无辜的、无依无靠的妇女和儿童也被卷入进来。事实上，这就是清帝国政府方面最终所持的观点。7月14日，当彼此一旦可以沟通，中国大臣就郑重其事地看望了外国公使们，并建议"将他们、他们的家属及所有属员转移到总理衙门，不准带一个卫兵。"

这一动议的目的，中国大臣说是保护中外之间那自始至终并未受到实质性损害的友好关系。但是那场吵闹最后实在是闹得太厉害了，惟一可行的办法，便是救出外国公使、非战斗人员、妇女和儿童，将他们与实际的闹事者分开。然而，窦纳乐爵士在这一动议中，却只能见到帝国政府的背信弃义和帝国官员的玩世不恭！

实际上，如果心平气和、公正中允地给去年夏天的事变作一定论，我以为它是这样一种情况：先是外国公使丧失了常识，接着是中国人发起非理性的脾气，最后是欧美列国的人民和政府失去理性并丧失常识。

联军的海军将军们由于攻占了大沽口而受到责备，但这一责备是不

公平的。联军对大沽口的进攻无疑让人感到可悲可叹——因为在此之后，清帝国政府要维护她的自尊，除了宣战之外皇太后陛下亦别无选择。可惜的是，联军的海军将军们只是军人，他们对于外交官们所给予的有关当时局势的评判，只能从纯粹的军事角度来考虑。事实上，他们参与进来，是由外国使臣的所做所为造成的。然而，在整个危机之中，真正的、最初的大错误，却在于向列国驻华公使馆派送卫兵——对于这一点，连具有最起码常识的人都会说：如果你要炫耀和诉诸武力，就请拿出足够的武力来，现在，不仅整个北京的民众，而且整个华北的民众都群情激愤了——重要的不是正确或者错误，而是反对洋人，反对那些送入这些民众当中的一小撮长着洋面孔、身上一套洋装扮、开口闭口说洋话的人，以及那些狂妄自大的洋兵。不仅如此，这些洋人还没有统一的指挥，而是成群结队地按照各种不同的命令行事！因此，我认为，用"丧失了常识"来描述外国公使的所做所为，还是非常轻微的。

严格地说，对于外国使臣的保护，是他们自己所持的信任书，正如在战争中对于一个军事谈判代表的保护是他手中的停战白旗一样。当外国使臣带来使馆卫兵的时候，他们的信任书严格说来已经失去了价值——不错，中国政府是同意过他们这么做，但不管怎么说，这种做法至少在某种程度上使中国政府减轻了对他们的保护之责，因为外国使臣们已经选择了一种自我保护措施，表明他们不再信任并依靠清帝国政府。

事实上，整个中国问题的关键，在此已经得到了非常有力的说明。事变发生后，列强们义愤填膺、惊魂未定。索尔兹伯理勋爵谴责中国人围攻使馆是蛮横无耻的行径——因为中国已经侵犯了使节的神圣法则（Sanctitas lesatorum）。但似乎没有人意识到，外国使臣首先也无耻地违反了一个同样重要的国际法——中国国土神圣不可侵犯，因为他们竟然把兵派到清帝国的首都来了！现在，在经历了这样一种因不当政策所导致的灾祸之后，列强们一面郑重保证要维持清帝国主权的完整，一面却又要建造一个俯瞰大清皇宫的堡垒！正如我们说过的，如果你要诉诸武力，就请

总理衙门

拿出足够的武力来。假若列强想用暴力使中国就范,那么请便——但他们起码应该保持一种有效的控制,否则,清帝国就要分崩离析。

的确,自从经历了去年的那次灾祸之后,列强并没有反思他们过去的政策并承认主权所犯的错误,似乎不仅要继续坚持下去,甚至还要加重这种错误。首先,他们没有立即派出具有新头脑的"新人",没有努力为局势的缓和带来新的希望,以求得一个让双方都满意的解决结果。绝大多数列强都固执地使用那些导致这一局势恶化的旧人,让那些神经错乱、感情愤激的人来指导和议的进行。其结果,自然是那十二条不可更改的条款。

其一、外国使臣反对总理衙门(26)的设置——其实他们应当以更大的力度去反对目前的外国使臣共同议定的机构。如果没有一个公认的应该负责的领导,要想使和议迅速而满意地取得成果是不可能的。

其二、在列强赢了战争之后,提出不可更改的强权条款本来无可非议,但是,这样的条款一般要限定在对于当前和以往错误的直接补偿和规定军事行动状态的范围之内。就未来的和平、安全保证而言,这些条款的提出，是基于这样一种错误，即外国使臣自以为比清帝国政府更懂得如何防止民众将来可能发动的反对外国人的暴乱，而这正是导致了目前这场灾难的政策。就未来的和平、安全保证而言，请求清帝国政府陈述它将以什么来担保未来的和平与安全，这不会有任何害处。

其三、事实上，12条中的绝大多数条款，不符合"给了强盗钱就不给强盗命"的原则，而是既要你的钱，又要你的命！要执行这些条款，意味着在中国不可能再有"良治"。我已经讲到过惩罚问题，执行这一款，对于帝国的稳固来说是最为严重的祸害，幸赖皇太后陛下个人的影响力，尽管这一条款得以履行，但没有导致帝国的分裂。接下来的问题，是可否在帝国首都的心脏建立一座堡垒——对于这个问题我也已经谈过了。下面，我再谈谈停考问题[27]。撇开问题本身是否公正不谈，我想在此指出，在中国，举行考试并不是像在欧洲给予人民选举权那样普遍的一种特权。它毋宁说是一种职能，一种中国政府遵循"门户开放"原则的极其重要的职能。现在，你要求一个机械师能保持机器正常运转，同时又命令他堵塞机械中一个最重要的管道，我想，这将被认为是惊人的无理。然而列强们要求帝国政府停考的做法，就是如此。

我以为我所讲的已足以表明，西方列强在中国不仅行使着治外法权，而且行使着"治内法权"。目前，这种情况似乎变本加厉：一个中国官员若被任命到一个重要位置，必须首先从外国官员那里接受一个半官方的许可证书（exequatur）。其结果，我可以在此提，湖北省因为过去8个月的事情，已经罢免了一个巡抚。湖广总督不得不忙于帝国的国体问题，并为保护外国传教士这些的事务所烦，而省内实际的民政管理工作正面临着越来越糟的危险。外国人干涉中国官员任免事务的另一个后果是，那些最无德行和名望、最没有教养和行政能力、只是一味奉迎巴结、如果没有实际贿赂、至少也给外国官员和有权有势的外国人带来好处的人，他们能够官运亨通。最近的例子是中国驻日本大臣[28]的任命——我冒昧地提醒列强驻日本官员注意此事，以便能够调查一下，看日本驻中国的官员究竟是否干预了这项任命。正是外国官员和外国人对中国的此等不肖之辈所显示出的偏爱和支持，使得中华民族的一些最优秀分子不可能对外国人和外国事物表现出友好态度。

另外，还有必要提及这样一个众所周知的事实，即外国政府允许天主教传教士公开干涉其教徒与不信教的中国民众之间的诉讼案件。至于新教传教士，他们不仅干预诉讼，还在外国报纸上和中国国内的报纸上公然鼓动造反。最后，越来越多的外国人，他们的惟一"事业"，就是参与从事所有通商口岸仍在继续的一切声名狼藉的商业活动。

鉴于以上所述，我想任何一个尽力了解事实的人都必能看到，清帝国政府要想在上述情形下保持良治，实在是一件令人感到沮丧的事情。而且，在中国，就其治理而言，又是一个没有系统警察机器的国家。和平与秩序，本是通过民众的常识和亲善友好来维持的，当民众有关"义"与"礼"的常识遭到践踏时，就会发生地方当局没法加以镇压的暴乱。暴乱之后，人民则不得不为此付出代价——一种过于高昂的代价——正如我们可以从最近送到省府衙门的遇害天主教传教士以及新教传教士的名单上所看到的那样。

然而，所有那些在地方上出现的特定伤害之总和，都无法与外国使臣行使"治内法权"所造成的损害相比。中国人民已被剥夺享受"良治"的正当权益。比肯斯菲尔德勋爵[29]说过："除非一国的现存政府有绝对的权利去做它认为正确的事情，否则该国的良治便无从谈起。"现在，列强在中国既不负取代清政府而统治中国之责，又不允许清政府去做它认为正确的事情——总之，它们实际上做的便是要使中国的中央政府瘫痪。一旦中央政府瘫痪，帝国的各省政府及其官员也将随之陷入混乱。在此，我想说，有关近年和眼下那些甚嚣尘上的"新政"呼声，从这个角度看，确实存在很多理由。国家的实际管理状况正变得越来越糟。然而，要改善中国现存的统治状况，却不应由此入手。对此，我将另外撰文专门讨论这个问题。在这里，我想指出的是，只有当帝国的中央政府有权去做它认为正确

比肯斯菲尔德，英国政治家和作家

的事情，只有当帝国的法律至少对于所有中国国民还具有惟一和绝对的效力时，推行所谓"新政"方才成为可能。简而言之，只有当每个总督和巡抚，以及所有在职的高级官员，都用脑袋对皇太后和皇上负责，而不只是为了保护洋人，更不是为了讨得外国政府的欢心——而是为了真正的"良治"即为了每个下属的品德、行为和生计而着想，为了托付给他们的人民的幸福与长治久安而鞠躬尽瘁时，中国才有可能存在真正的良治。

概括起来说，中国难题中主要且关键的问题在于，西方列强必须清楚而毫不含糊地决定，究竟是要代行统治中国之责，还是要将此一责任留给清帝国政府？如果列强决定代行统治中国之责，那么请便；但如果列强要求清帝国政府负起"良治"之责，那么它们的简单义务就是绝对地承认和尊重清帝国政府作为一个享有独立主权的国家的政府所应保留的一切权利——在目前，只有裁判外国侨民除外，因为"治外法权"目前还应当存在。

三、对外国人的管理

然而，在中国，治外法权的行使，亦使列强对于其侨民是否循规蹈矩、列强对于本国使臣是否能维持"良治"状态负有责任。任何人，只要认真去读一读上世纪前三十年英国的蓝皮书和国会文件就会清楚地看到，英国之所以要派一个国王的代言人到中国来，实际上是因为那个时候没有一个人能对于英国侨民是否能处于"良治"状态下负责。在广东，英国侨民所做所为体现出的那种无政府状态已经恶化到让人无法容忍的地步。英国向中国派驻使臣的主要及最初的目的不是推进贸易,而是要照看好英国侨民,使其规规矩矩地保持"良治"秩序。

现在,人们却大谈特谈帝国主义了。帝国主义意味着公正无私的统治——一种既不用害怕谁,又无需讨好谁,绝对有权去做它认为正确的、对于国家的良治有益的事情的统治状态。然而现在,要想让一个英国大臣以公正无私行事,却是困难的。现在的英国大臣不是为了祖国的荣誉去对国王负责,而是对坐在众议院的那六百个不固定的"小国王"负责。英国国会最初是一个智囊,或曰一个智者的会议,现在却只是一个私心重重的市侩们的会议。

我实在想知道,英国统治阶层的人们是否从未想过到,如此热心地并如此高声地谈论英国利益,至少可以说是相当自私的。英国绅士所以鄙视纯粹的"职业作风",就是因为后者要求关心并且只是关心利益,也就是钱。无论怎么说,那些建立大英帝国的人们并不谈利,而是谈责任。理查德·麦克唐纳爵士,像窦纳乐爵士一样,是个军人,曾做过新加坡的殖民总督,他曾在造访新加坡的一个英国同胞代表团面前对种植园的苦力们说:"我是女王派到这儿来统治你们的,你们这些种植土豆的家伙!"在英国殖民地,在那些有中国移民的地方,英国政府尚有常识,尚可以指令一个官员去做中国人的保护者。在中国的通商口岸,他们本来更应该像在殖民地一样,指派一个同样的官员来,以保护那些雇不起律师以抵挡恶霸之欺凌的、可怜的中国人的利益,使他们免于那些粗暴无赖、肆无忌惮的英国侨民的欺侮。至于说到贸易,用不着派一个商务专员来教英国商人如何经商,或者招徕他们去影响"进步"的中国官员,我想恐怕组成一个由像麦克唐纳这样的人参加的委员会,指令他们来华调查贸易情况要更为有益。他们的任务是要调查何为合法贸易,即那些既有益于英国人也有益于中国人的贸易;当然,他们也应该何为不合法贸易,即那仅有利于英国某些个体的利益而损害了上面所提到的那种合法贸易的贸易。因此，正如已故威妥玛[30]爵士所说的那样："持久地伤害中国人，最终必定也要伤害到外国人，甚至包括那些在华外国人。"

总而言之，外国列强首要的责任，是当他们行使治外法权的时候，要采取严格的、适当而有效的措施，以保证他们每个可敬的国民都遵纪守法，形成"良治"秩序。必须承认，要在外国侨民中保持"良治"秩序是不易的，因为治外法权是国际法中的一个怪胎。让人费解的是，似乎上述问题还不够棘手，如今列强又试图增加它的困难，他们竟然愚蠢地要求每个国家在每个通商口岸都应划有一个独立的租界。于是，现在每个通商口岸现在都变成了一个小国林立的"火药桶"——巴尔干半岛，每个小火星都有可能引爆它。在此，应当指出，欧洲列强要求拥有一个独立的租界，大概存在一个合理的理由，那就是英国政府所犯下的一个错误，即它把主要的权力授予所有的英国殖民者——不仅授予英国领事，而且授予由多人组成的市政当局，甚至还将其授予到英国商人卷入的每场官司上。对于外国列强来说，要使其国民服从于市政当局——尽管英国官员的市政管理已然糟透，仍然可以勉强维持，但若使其臣民服从于英国商人的权威，那就太过分了。事实上，正如已故的弗劳德先生[31]曾指出的那样，在一个鱼龙混杂的社会中，要实行代议制政治是不可能的，在这样一个地方，你必须实行君主统治。带有强烈的种族与民族偏见的人们，是决不可能成功地通过选举并建立起一个真正的代议制政府的。为了废除那愚蠢的独立租界的规定，也是为了维持外国人的"良治"秩序，外国殖民者的机构应当接受调查，并加以改革。

四、真正的困难

在中国问题中，真正让人担心的是，那个几乎无法克服的困难乃是列强之间如何实现和谐一致——哪怕仅仅是名义上的一致，而非实质上的一致。事实上，华北地区所发生的那场事变已经清楚地表明，就像在法国大革命的恐怖时期一样，因为不同的政府派别之间害怕争斗，所以他们允许各种各样的暴行竞相登场。同样，在中国，因为列强们害怕彼此开战，他们宁愿让中国人民惨遭各种暴行的蹂躏。然而，列强们逃避责任是无济于事的，他们不仅对于中国人民负有责任，而且对于真正的"文明"事业负有责任。列强们必须心平气和地同意绝对尊重中国作为一个君主国的主权完整，否则他们就必须开战。至于和平瓜分的其他选择，根本行不通，尊敬的布罗德里克（Brodrick）就说过，"对大不列颠帝国来说，企图管理中国领土的任何部分，都将是疯狂的。"

中国问题的解决，主要依赖于三个列强：英国、俄国和日本。像西摩尔[(32)]将军那样的英国人，乐于唤起世界注意这样一个事实：他们为西方民族打开了中国的门户，但从不考虑他们对这一行为后果该负什么样责任。实际上，英国现在仍然是在中国扩展势力范围的头号列强。总之，这件事本身好坏参半。由于我最近的文章已经招致了许多英国人的厌恶，但愿我下面的话，不致于被人怀疑我又在有意讨好他们。这里，我要说的是，在影响中国社会变迁的外来因素中，英国因素至今仍然算是最积极的。例如，英国领事馆不仅是一个有条有理的行政机构，其中还收罗了一些最为出色的在华外国人。不过，在陈述英国是今日盘踞于中国的头号列强时，我也毫不犹豫地要说，对于目前中国局势的形成，它应受到更多的责难。中国事态之所以陷入如此困局中，乃是拜英国政治家在中国推行的政策所赐：即便是那个错误的政策，那个"押错赌注"的政策，或者干脆说是那种"没有政策"的政策也没能得到始终贯彻！我能够听到英国政治家自言自语地说："我们愿意对中国公正行事，但你看其他人不愿意；因此，我们惟一能做的是照顾好自身的利益，如果我们正直诚实，但是——"现在，正是英国的这种"但是"政策，带来了眼下这场可怜而又鄙的悲剧性混乱。然而，如果英国政治家丧失了责任感，只是在考虑其自身的利益，再加上又奉行"但是"和"如果"政策，那么，英国很快将无法保住它在中国的头号列强地位。英国应奉行的政策，即便是从它自身的利益来考虑，也是在于我在本文开头作为箴言所引用的那段戈登将军的话中。不过，英国如果要想坚持这项政策，就必须准备战斗——只有不畏惧

战斗,最终才能免除必将发生的战争荼毒。

至于说俄国,如果它成为了中国的头号列强,那将不是它的本愿。对于眼下它在中国的扩张,只是因为英国报纸及其民主政体的不受约束才迫使俄国违背其本愿而加强其在远东的力量,从而成为在中国的头号列强。

中国问题有赖于解决的最后一个列强,是日本。就日本的国家利益和日本人民的福祉来说,它在解决中国问题的过程中将比联合行动中的其他任何列强都会冒更大的风险。鉴于目前它的军队有自由行动的权力,所以日本在处理中国问题时,可以采取一个左右其他列强决定的政策。一旦日本对中国问题的症结有了正确清晰的认识,它恐怕就会成为远东文明的Mark-graf(边疆镇守使)。

五、一个文明问题

曾经有个外国人对我说:"你所有的意见都很动听和正确,但为什么不唤醒中国起来战斗呢?现在的世界不认公理,只认强权和物质力量。"对此,我将指出,"拳民"应当使世界相信,中国人并非不愿战斗。赫德爵士的同胞认为他在预言"义和团运动"的前景时丧失了理智。但在此我将从中国历史上举出两件事,来证明赫德爵士错得毕竟还不是太远。

(一)在公元十二世纪,中华民族已经发现,文明,正如罗斯金[33]先生所说的,意味着培养文明的人;但其恶果却是承平日久的人民遗忘了战争艺术。因此,当南宋王朝汉人们面对来自北方的游牧民族即蒙古人的入侵时,他们束手无策,无能为力。1260年,蒙古帝国的领袖忽必烈汗实际上登上了中国的皇位,并于1279年用暴力征服了所有汉人。1361年,正好一百年后,我们汉人重新学会了战争艺术,在明朝开国皇帝的领导下,中国武士再度崛起,将蒙古人赶出中国,回到大漠。至少,这部分野蛮的入侵者还没有耽于中国文明变成文弱之人。

(二)当1850年太平天国叛乱在广东刚刚爆发之时[34],作为统治阶层的儒生们也是束手无策,无能为力的。但大约10年以后,儒生们脱掉了他们的长袍，掌握了一套战争艺术，结果于 1864 年扑灭了这场叛乱。

在这里，我要指出的是，中华民族是否必须起来战斗的问题，是一个关系到世界文明事业的异常重大的问题。在一场公平的战斗之中，我不为中国人担心什么。但是，文明的危险甚至在于，在中国人准备战斗之前，外国列强的现行政策可

罗斯金：近代英国著名政治家、文艺评论家

能会逼使中国人失去理智，从而陷入一种"乱砍乱杀"的狂热状态。人类为了防止这样一种"乱砍乱杀"的狂热出现，对于能够做到的一切都应该尽力去做，如果不是为了人类文明的缘故，起码也应当为自己的物质利益着想。欧美各国人民还不了解中国人眼下的痛苦处境。在如今的中国，甚至连中产阶层——且不说更低下的阶层——都正处在饥饿的边缘，而外国的外交家们竟天真地以为，中国人民会平静地饿死——中国人不仅该付出实际破坏的代价，而且他们的遭遇还会给现代殖民政治添加所谓荣誉，中国人的失败将成为庆祝"现代殖民政治"取得"成功"的焰火。此外，如果西方人想要抢劫中国人民，那就请公然地、明目张胆地来抢好了，就像他们最近在中国北部所干的那样。但是，看在上帝和人类之爱的份上，千万不要将中国人民交到那些被称为"金融家"和"资本家"的现代欧洲高利贷者手中，任凭他们虐待。在此，我想指出，中国人民，甚至到了眼下的关头，为了和平的缘故，仍能牺牲一笔合情合理的赔款。但要做到这一点，中国的中央政府必须有绝对的行动自由——比如，有命令每个总督或巡抚如实上交公款的绝对权力。

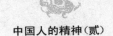

中国问题归根结蒂是一个巨大的文明难题。在欧洲，"三十年战争"之后，召开了威斯特伐里亚会议，讨论像目前中国事变所遭遇的、攸关所谓"文明"利益的问题。现在，我冒昧地请求，在现有的最后和约批准以前，也应当将它提交到这样一个会议来讨论，不仅要修改它，如果有必要，还应彻底改变整个条约。

前面提到的国际法和外交学教授齐舍勒（Bernard Chichele）先生在谈起《威斯特伐里亚和约》时曾说过：[35]

"威斯特伐里亚会议的结果，是签订了一个和平条约。如果你细加分析，一个和约，一般应由以下几部分组成：首先，它有外交家们所说的一般性条款——宣告和平已经恢复，并实行大赦；其次，它有消除战争起因、调节彼此抱怨的不平并防止它们死灰复燃的必要条款，这是实质性条款，谈判者必须事后做好，如果没有有效地做到这一点，和约就是虚假的和不完满的；第三，它有交战中的强势一方所要求的赔款或补偿条款，以弥补强势一方长期受到的损害和战争费用；最后，它还包括有关实施前述各项规定所必须预备的一些条款。"

上文最初发表在《日本邮报》上，当时附带如下评价：我曾经表示过，要对列强在华的现行政策做一篇详尽的批评，现在，我之所以没有信守承诺，主要是由于以下两方面原因所导致。

首先，因为我得知英国驻华当局对我所写的东西感到不满，并已正式向总督大人提出抱怨（张之洞——译者）。自然，我也要有所收敛，免得让总督大人感到难堪。我不知道英国驻华当局的行为是否得到英国政府的许可，但鉴于此，我认为有必要在此公开提醒索尔兹伯理勋爵注意，去年夏天，我曾经给他的府邸拍过一个密码电报。

去年夏天，在形势最为严重的时候，上海报纸上刊登的电文说，张之洞总督正在汉口的外国租界操练军队；而来自上海衙门的电报则一致报告，英国舰队司令西摩尔在长江上已有图谋。果不其然，西摩尔司令当时正领军到沪。此外，有个英国军官也在武昌周围窥探。这时候，一个外国领事馆派代表向我反复说明，让我提醒总督，要防范英国的阴谋。我直言不讳地告诉那个代表，他的领事有点丧失理智。我把路透社（Reuter）的电报拿给他看，其中，尊敬的布罗德里克先生说，试图管理中国领土中的任何部分都是发疯。最后，南京的刘（坤一）总督发来一个电报，深信我们正在"坐以待毙"。于是，中外双方彼此的恐惧加剧，大祸即将临头。我束手无策，感到绝望，因为我无法使我们的人民相信那些关于英国阴谋的报告是没有根据的。同时，我也不知道这些有害的电报是否已到索尔兹伯理勋爵那里。

正在这一危急关头，索尔兹伯理勋爵发来一个电报，主动提出要为总督大人惩罚端王殿下！这时我立即发现一个消除紧张气氛的机会。总督当时正需要钱，我大胆地劝总督向索尔兹伯理勋爵要求一笔借款——那就是我的密电内容。我的目的，是想让索尔兹伯理勋爵信任我们，不派军队到中国来。我知道，在索尔兹伯理勋爵的担保下，香港和上海银行将会欣然接受此项业务。我盼望这笔借款的成功会成为彼此恢复信任的手段，我有理由相信它能起到此种作用。可惜的是，索尔兹伯理勋爵并未充分了解我那封密电的意图，还是把军队派到上海来了。我更遗憾地得知，通过半官方渠道获悉，索尔兹伯理勋爵感到失望，因为英国政府通过这笔借款并未得到任何"实质性"的好处。我总以为，长江流域诸省的和平是值五十万两的，何况只是这样一笔数目的借款呢？

实在很抱歉，我在此介入了个人的因素，但鉴于英国驻华当局的行为损害了我与总督之间的关系，我认为在此让索尔兹伯理勋爵及英国人民了解到我个人为维护长江流域诸省的和平所做过的事，还是必要的。

我不再写关于时局评论的其他原因在于，我感到自己写这些东西，完全是在随意地给自己找不自在。同时，我还认为，以我在政府机关的卑微之职——去评论中外议和的细节，从而使正在进行和议的帝国高级官员感到为难，将是不合适的——特别是当事情可以说还在审议之中的时候。

关于中国问题的近期札记

之一（首次发表于 1900 年 12 月 22 日）

箴 言

有些人认为我在讽刺诗中太尖刻了，并使这一诗体超出了可以允许的限度。[36]

有些人认为我在讽刺诗中太尖刻了，并使这一诗体超出了可以允许的限度。

我在上期《字林西报》上发表了一篇题为《分裂的预兆》的文章。作为中国的仇视者，该刊的编辑及其密友们自然兴高采烈。但我想给他们泼一盆冷水：在中国的西方人还没有真正发现"强直的端王"[37]的"最后同谋"。端王说过，"在（我们的）皇冠落地之前，有许多皇冠将要被砸烂"，这话言犹在耳。

目前，西方列强正在疯狂地干着企图瓜分中国的肮脏交易，即通过支持中国的"新党"而达到 devide et impefa（分而治之）的目的——18 世纪波兰就是这样被强盗们瓜分的。长江流域各省的督抚们现正处于与上海的茶店同样的境地：那些茶店在店门口打着"洋货"的招牌，告诉顾客他们正受到洋大人的保护——"文明"的西方人无耻之极。

想当年，腓特烈大帝[38]在谈到玛利亚•特丽萨（Maria Theresa）时说，她总是一面标榜自我，一面干着偷盗的勾当。英国人——我指的是那些尚保持着英国绅士之良知的普通市民——也总是一边抗议着别人的偷盗行为，一边又大言不惭地跑去干偷盗的勾当。在遥远的非洲，张伯伦[39]先生曾大肆偷盗，当他被抓住时，却又拼命加以抵赖；然后，饱受殖民主义压迫之苦的布尔人发出了使殖民主义头子索尔兹伯理勋爵大为恼火的最后通牒，傲慢而无脑的

腓特烈大帝

他哪里受得了这样的气——如今，德兰士瓦[40]城已被英国人吞并了。

　　总之，我宁可被德国人公开劫掠，也不愿张伯伦先生悄悄偷走我的财物——德国人的行径看上去似乎得到了古时维京海盗的真传，而张伯伦先生呢，他老人家的尊容则怎么看怎么像无耻的犹大[41]。

　　我们发现，强盗巴拿巴和犹大现在已经联合起来，要捍卫古老的中国的"尊严"了！我们还可以判断出，犹大的把戏已是司马昭之心——他要偷盗，但如果失手被抓住，他大可以将强盗巴拿巴喊来替他撑腰打气。

　　眼下，是揭穿"门户开放"政策骗局的时候了。英国人——这次我指的是英国的犹大而非普通国民——之所以发明"门户开放"政策，是因为他们既想利用中国可怜的皇太后陛下及其臣子替他们这些洋老爷管理混乱的中国，又想赖掉本应承担的费用和责任。同时，他们能得到的以及他们想要得到的好处也一样都不能少——他们跟中国人玩"猜硬币"的

游戏时说：正面我赢，反面你输——反正洋老爷们不会吃亏的。再明显不过，英国的犹大也知道，当他拥有"鸦片专卖权"并有个赫德先生在北京替他们打理中国的海关的时候，他的日子可比巴拿巴或任何其他人都好过，Voila tout（就是这么回事）！

在我看来，按照西方的朋友们所说，皇太后陛下对此种情况的反应竟然会是"无动于衷"，这简直是个奇迹。我实在想像不出来，当一个"门户大开"的一家之主，到底有何乐趣可言。身为一家之主，我无奈地让所有的流氓无赖、搬弄是非的小人以及爱管闲事的人丝毫不受限制地任意出入门庭，并且胡作非为——结果，我家失火了，非但没有人给予赔偿，相反我却必须向肇事者道歉并赔偿损失！这不能说不是所谓的"门户开放"政策十足庸俗而功利的特征了。

大不列颠和美国国内有很多失业的搬弄是非者和爱管闲事的人，他们在国内混不下去，就给派到中国来，专横跋扈地干涉中国的一切事务——上至皇太后是否应该执政，下至那些可怜中国妇人是否该裹小脚——而日耳曼德国则派来他们所有的犹太高利贷商，来诈骗中国的达官贵人们，并使之堕落到对于近代物质文明器物的无边欲求中去。法国呢，则将其全部的"暗黑龙骑兵"派来，其任务是保护他们派到中国来的流氓和无赖。在这种情况下，古老的中国失火了——而世人竟然还感到纳闷：为什么中国人胆敢对这些强国宣战？

我们来读读这则故事：最近，一个可怜的寡妇家里来了一些客人，但这些蛮横的客人不让她按照自己的方式管理家务，并"有意无意"地纵火焚毁了她的家。然后，这位老妇人在满怀忧伤与怨愤之时，仍然千方百计地派一些儿女去救助客人们，以期他们不被她的其他儿女愤怒的情绪所伤害——令人发指的是，这些失去理智的客人竟悍然堵上门，并朝老妇人的这些儿女们开枪！事到如今，你要那位老妇人如何是好？对于这种情况，一切明白事理的人都会说，将这些蛮不讲理的客人打发掉，让他们管好自己，并尽可能按照她自己认为是最好的方式去管理自己的家务事——这就是公元 1900 年在北京发生的"义和团"围攻列国使馆的可怕悲剧。

来自家拜访的客人如果真的是态度友好、孤立无援的人，并且又没带武器，因为他完全相信主人能够保护他，使他免于伤害。他对主人越信任，就越像一个真正的客人，而主人保护他的责任也就越发显得庄严神圣。但是，话说回来，一个对主人不友好的客人，他甚至敢当着主人的面说不信任他(她)，在主人的家里不仅武装起来防备，甚至还会在主人面前挥舞手枪——那么，我们说，这样的人就不是客人了，而是一个入侵者，如果主人愿意，完全有权把他击毙——这可是西方人一致认可的规矩，自家领地神圣不可侵犯！我不知道为何那些国际法专家老爷们搞学术的时候喜欢操拉丁语，而不用浅显明了的英语直白地告诉人们，神圣的"使节"二字意味着什么。

当所有西方列强都身兼数职地成为原告、法官和刽子手时，我想我们可怜的皇太后陛下剩下的惟一选择就只有——赔、赔、赔！但如果我是太后，我将拒绝赔偿——即便列强把我抓起来送到圣赫勒拿岛[42]我也无所畏惧。除非，西方列强答应将来不再将这三种东西——(德国的)犹太高利贷商，(法国的)龙骑兵和(英美两国的)爱管闲事的小人派到中国来作为沟通双方关系的使者。

罗斯金曾激烈地表示，所有主教都该被绞死，而我，甚至连那些在中国为非作歹的传教士也不忍心绞死。现在，大家通常都想把目前发生在中国的灾祸完全归咎于传教士们，然而对于主张正义高于强权的人来说，假如必须在犹太高利贷商和主教之间权衡，选择让谁活下来的话，我宁愿选择主教。

尽管如此，我还是保留一些自己的主张：那些曾经一度同俗不可耐的犹太高利贷商们沆瀣一气，现在又同流合污地叫嚣着要教训"野蛮的中国人"的在华主教和传教士们——这类传教士应该像那个为了三十块银币而出卖主的犹大一样，立即被绞死。至于其余的人，则应受到正义之鞭的笞打，因为他们曾像彼得[43]一样不认其主，既没有挺身而出为那些曾徒劳地反对强权的弱者辩护，也没有为奋勇抗击八国联军的端王殿下辩护。讲求功利的人如今不再信上帝甚或魔鬼，他们只相信赤裸裸的物质利益。那么，是什么样的利益驱使着那些追逐功利的人们仍然乐得掏钱孝敬主教老爷们呢？恐怕，主教老爷们大肆宣讲的知道面包的哪一面该涂上了黄油[44]的现代福音书，对讲求实惠的现代西方人相当有用吧？

孔老夫子说过："君子喻于义，小人喻于利。"又说："乡愿，德之贼也。"（关于后面这句话的解释，著名学者杨伯峻先生的解释是，受尊崇的好好先生们如果不坚持自我心中的原则的话，就是破坏道德的贼子。）[45]

在法国大革命时期，有一次，有个人在人群中高声叫喊："Je demande l'arrestation des laches des coquins！"（我要求把乱臣贼子们抓起来！）上苍为证，我指认，对中国目前的事态负有责任的真正罪人绝不是端王殿下和义和团的战士们，甚至也不是犹太高利贷商和传教士们，而是那些来自西方的居心叵测的乱臣贼子们。没有那帮乱臣贼子，就不会有犹太高利贷商的存在，那些"上帝的仆人"（传教士）也不会四处为害中国——甚至还可能真的如愿以偿地为中国做些好事呢。

在古犹太人生活的时代，贼子被称作 Scribe（《圣经》中称之为"文士"），乱臣则被称为 Pharisee（法利赛人，耶稣曾指斥过他们，认为他们是虚伪的人）。假如读者们想见识一下现代的乱臣贼子们是怎样的彻头彻尾的下贱胚子，只需去读读在上海出版的那些报纸，看看他们是怎样评价皇太后陛下的，就足够了。的确，我曾看到《字林西报》的一个撰稿人在文章中每当提到皇太后陛下的名字时便不断重复着使用"贱婢"一词，此人似乎试图以此来昭示他有多么鄙视皇太后陛下。在我看来，其卑鄙恶毒的程度已达到无以复加的地步，并且实在让人感到滑稽可笑之至。

在这场灾祸降临前夕，《字林西报》另一个主要撰稿人曾认为，皇太后陛下贪婪地存了很多钱，以便在动乱时期逃到陕西去尽情享受。遗憾的是，这个撰稿人根本没有想到，堂堂大清帝国的皇太后，天潢贵胄、贵

《犹大之吻》是《圣经》故事之一,犹大是出卖耶稣的叛徒

为国母的她是绝不可能像身为中国海关总税务司的赫德大人那样一走了之,回英国老家去享清福的。总之,那些乱臣贼子以小人之心度君子之腹,他们在日常生活中惟一而经常担忧的是有无足够的钱财可供挥霍。

两千年以前,中国的一个专制皇帝(即秦始皇)曾活埋了四百六十个他称之为"儒士"的乱臣[46],给当时的中国社会带来了安定,因为这些儒士都是编纂蛊惑人心的书籍的行家里手。现在,欧洲的霸主——英国企图通过海牙会议给世界带来和平,然而却以失败告终了。下一个想要取而代之的欧洲霸主,看来是非采用那古代中国专制皇帝的办法不可的了。

驻巴黎的中国公使向世界公众透露,西方列强目前同中国进行的和谈只是在装模作样。其实,这一点本来就无人不晓。因为当乱臣贼子们还在猖獗活动的时候,中国甚至整个世界都是没有和平可言的——除非欧洲某个正直而有头脑的霸主出面召集在所有国家处于当权者之位的正人君子，一起向乱臣贼子们开刀，到那时才有实现真正之和平的可能——那样，真正高雅的文明、真正令人感到激动和愉悦的"世界大同"局面才会出现。目前，残酷的现实是，这些"文明"的东西在那些被联军士兵追杀、蒙受奇耻大辱的义和团战士那里是不可能存在的——这种情况下，能使联军士兵们感到兴奋的惟一的事情便是大肆劫掠了。

然而，我想在此唤起世人，唤起一切愿意听我意见的拥有强权而又不失正直的沙皇、恺撒[47]、总统、皇帝、国王以及政治家们注意的是：列国的乱臣贼子现在已经狼狈为奸，合伙为害整个世界了——大不列颠的乱臣时常被认为是平民，但其正式称谓应该是"帝国主义者"，从族谱上看，他们是犹大的真正传人；日耳曼德国的贼子是犹太高利贷商，其正式称谓是"殖民地政策推行者"，从族谱上看，其应该是强盗巴拿巴的后裔。

这四个月来，我一直相信索尔兹伯理勋爵身上具有的那种不列颠贵族及英国绅士之传统风度和情感能使他在对待中国问题时不会站在"乱臣"们——即所谓的"英国平民"、实际上的"大不列颠帝国主义者"一边；我也一直愿意相信德意志帝国的皇帝陛下身上的那种霍亨索伦皇族和普鲁士军人的传统精神和荣誉感，会使他反对"贼子"，即反对犹太高利贷商，反对德国的"殖民地政策"。但是，现实让我大失所望，那么，现在我不得不告诉他们：如果他们不愿意保护文明，那么我国的皇太后陛下、端王殿下和义和团的战士们就不得不奋起保卫文明了。

康有为先生的朋友们现在也许非常难过，因为他们发现康有为及其党徒既无法改造贫弱的中国，也无法改变皇太后陛下统治中国的局面。然而，当他们最终发现非但是康有为先生未能改造中国，反倒是端王殿下和义和团的战士们要改变"文明"的欧美列强的面貌时，他们将会感到更加悲哀。

皇太后陛下、端王殿下和义和团的战士们并非是欧洲人以及自1789年巴黎街头兴起"拳匪"巨变[48]以来他们一直努力要实现的真正的"欧洲文明"的敌人，而是这种文明真正的朋友。为什么我会得出这样的结论呢？因为皇太后陛下、端王殿下和他的义和团战士们现在正奋起反抗欧洲和全世界的真正"文明"的敌人——那些正在合伙欺骗、压榨、威胁、谋害和抢劫整个世界并最终要毁灭世界所有文明的乱臣贼子们。

最后，我请求你们，编辑先生[49]，召集所有的正人君子和我们一道，首先挫败、进而永远消灭乱臣贼子

慈禧（中）在六十大寿前的盛夏时节，自比为"大慈大悲救苦救难"的菩萨，扮成观音拍照

们的新联盟，继而发动和开展一场彻底清除两类人——即所谓"乱臣"和"贼子"的不屈不挠的战争——无论在何时何地发现他们，我们都要团结起来，坚决消灭之。

今天正好是皇太后陛下的六十六岁生日，借此机会，我请求编辑先生和所有读过我这些札记的正人君子们，在今年的圣诞节，不论我们何时相遇，请同我今天一样，干它一大杯，并恭祝皇太后陛下健康、幸福、万寿无疆——这一切荣誉，永远都是与端王的名字以及那些勇敢、出色、强直的义和团战士们联系在一起的。

正是端王，他在告诫出面议和的列强巨头时说：在我们的皇冠落地之前，将有许多皇冠要被打破！每个爱战斗、善谐谑的义和团青年，让他们跟随强直的端王及其同仁——

灌满我的杯,斟满我的缸;

跨上我的马,招呼我的人;

亮开旗帜开火吧,

追随强直的端王及其同仁。

端王备了马,他骑马上了路,

他们喊叫回来,他们擂响战鼓;

但李鸿章(好客者)却说:"哦! 为了使先生们愉快,

我们将尽力摆脱端王那个恶魔。"

灌满我的杯,斟满我的缸;

跨上我的马,招呼我的人;

亮开旗帜开火吧,

追随强直的端王及其同仁。

有比陕西更远的内地,有比四川更高的山丘,

假如在湖北有"张们",湖南有"刘们"[50]

有勇敢无畏的四万万人,人们将高喊:

"干得好啊! 强直的端王及其同仁。"

灌满我的杯,斟满我的缸;

跨上我的马,招呼我的人;

亮开旗帜开火吧,

追随强直的端王及其同仁!

关于中国问题的近期札记

之二（首次发表于 1901 年 1 月 5 日）

箴 言

罗马人，请记住！要用王权去统治人民。[51]

"色厉而内荏，譬诸小人，其犹穿窬之盗也与？"这段孔夫子的话用来描述当今的英国人是非常合适的。罗斯伯里[52]勋爵是这种人的最典型代表。

孔子又说："古者民有三疾，今也或是之亡也……古之矜也廉，今之矜也忿戾。"这是当今另一类英国人的真实写照，而索尔兹伯理勋爵是这类人的最突出代表。

需要指出的是，英国贵族向来非常傲慢，有时甚至到了专横的地步，因为他们最初就是征服者——1066 年，法国诺曼底的贵族们来到这个岛，便成为了英格兰的王者，这就是他们傲慢的根源。直到今天，英国军队的编制还是有别于欧洲诸国的，英国军队绝不是一支保卫领土和人民安全的国家军队，而是像大清国的八旗军一样，仅仅属于皇家所有，他们只是维护女王及该国统治阶级的人身安全与国家荣誉的一支占领军。

爱默生曾说："在英格兰，这样的事让我感到无法容忍——人们普遍认为：一个人是否能够拥有显赫的声名，完全取决于其拥有的财富与所

爱默生，19 世纪著名美国作家，
对本书作者影响至深

属门第。一个有学问的人，无论他取得了多大的成就，都不能被上流社会所接纳，除非他是社交界的明星或喜欢卖弄、钻营的人。"

正因为如此，上个世纪，当英国处于革命的风雨飘摇中时，竟然没有一个真正有能力的人站出来帮助贵族们或这个国家的统治阶层。生活在那个时代的最伟大的智者——托马斯·卡莱尔，当时正过着单调而刻板的生活，并在苏格兰的政治泥沼里糟践自我的性情。就在英国贵族束手无策的时候，他们遇到了一个并不出色的犹太小伙子——这个犹太人后来被证明只是一个志大才疏的平庸之辈，后来，他成为了比肯斯菲尔德勋爵[53]。

比肯斯菲尔德勋爵曾说，当他发现所谓的"自由党"其实不过是一个寡头政治集团——即新兴资产阶级的寡头集团或"伦敦佬"阶层时，他才真正明白，大不列颠政府究竟是怎么运作的。后来，比肯斯菲尔德勋爵带领群氓帮助绅士们推翻"伦敦佬"的寡头政治集团的统治。在摧毁了这个集团之后，他见群氓无法管治，于是就宣布英国再回到帝国主义的老路上去。

比肯斯菲尔德勋爵在晚年时曾指出："我不知道君权神授论是否还能站得住脚，但我相信，除非一个国家的现政府有权去做它认为正确的事情，否则治国安邦便无从谈起。"由此可见，比肯斯菲尔德的帝国主义论，意味着政府绝对有权——既无顾虑也没有偏袒地去做它认为正确的事情，这实际上意味着"允执厥中"^{X 54)}的统治——值得注意的是，这也是中国的统治哲学的精髓所在。

比肯斯菲尔德勋爵死后，高傲的英国贵族们又变得束手无策了，他们的领袖索尔兹伯理勋爵遇到了一个具有"伦敦佬智识"的青年——伯明翰。这位年轻人接过比肯斯菲尔德勋爵的"帝国主义"大旗，并为盎格鲁-撒克逊民族的傲慢与专横摇旗呐喊，以此献媚于傲慢的英国贵族，从而巩固自己的位子。

实际上，那些优雅的旧式英国贵族们，在这个浅薄、自以为是、挥舞着盎格鲁-撒克逊"帝国主义"大旗的伯明翰小青年的领导下，既缺银子花，又胸无大志，并且思想贫乏——其境况虽然还不至于沦落到"惶惶如丧家之犬"的悲惨地步，但说他们的嘴脸同苏格兰那些"身无分文，徒有往日门第"的女佣一样滑稽，也不是空穴来风。

最近，有人让一个叫"水上学校"的男生给所谓的"罗马公民权"下个定义。对于这个定义，他解释道："所谓罗马公民权，就是罗马人在出去干'免费捕鱼'的勾当时乘坐的一艘大船。"

我很想知道索尔兹伯理勋爵和真正的英国国民是否了解，在那群卑鄙、贪婪的伦敦佬当中，究竟有多少英国人是打着冒牌的"帝国主义"旗帜，抱着"免费捕鱼"的目的而经过敞开的大门，径直走进中国的？

当然，我并不责怪这些旅居中国的穷困潦倒的"伦敦佬"，我只是在偶尔看到这些家伙时很讨厌他们。这些流氓无产者虽然毫无维生的资本，但正如我最近所见到的，他们竟变得越来越恬不知耻，整日就知道招摇撞骗，试图在忠厚老实的中国苦力面前抖威风，并喋喋不休地议论中国官员们的腐败事件。这些可怜的魔鬼啊——这些旅居中国、如饿狼般卑鄙的伦敦佬们，此时他们脑中所存的惟一念头便是得到像从京津两地"劫来之物"那样的一笔横财。Non ragionamdilor（别跟他们讲道理）。

孔子说："善人，吾不得见之矣，得见有恒者斯可也。亡而为有，虚而为盈，约而为泰，难乎有恒矣。"

然而，对于英国伦敦佬在中国干的那些"免费捕鱼"的勾当，真正应该负责的乃是那些"乱臣贼子"，是他们使大不列颠的冒牌"帝国主义"的公职服务体系变得百孔千疮。我在此举一例为证：窦纳乐爵士[55]曾真心实意地试图清除中国公职服务系统中的腐败现象——真难为这个可怜的英国绅士了！后来，他却把事情弄得一塌糊涂。但必须指出的是，他的任务是永远都完成不了的，因此也不能全怪他。话说回来，是什么动机驱使他，让他担负这一特殊使命的呢？应该说，他不是为了捍卫女王陛下的荣誉和英国国民的好名声，也不是为了捍卫公理，而是为了维护切实的"利益"，英国商人的利益——老爵士为了英国商人的实际利益，甚至还跑去参与在北京展开的公然抢劫活动！我曾发现，要他将军人职责、绅士般的本能和他肩负的使命进行协调的话，非常困难。最近，爵士大人几乎被这种协调工作弄得精神分裂了。

我记得曾经听闻过窦纳乐爵士在香港所作的有关中国话题的演说。当时他谈到，"要捍卫先辈们用鲜血换来的在华权益"。也就是说，他要誓死捍卫他的那些殖民强盗先辈在中国抢得的"牲畜与动产"。当然，这种极富苏格兰高地地域特征的老法子虽然无所谓体面不体面，但要知道，他这种坚持其享有偷盗"权利"的行为是无耻的！凭心而论，在某些情况下，尽管公开抢劫可能算不上是耻辱的，然而偷盗却永远都是可耻的。

确实，在我看来，卡莱尔和罗斯金穷其一生所反对的那种政治经济学者们的"走狗"似的人生观，竟然能使窦纳乐爵士——这样一个集军人之正直及绅士之优雅于一身的苏格兰人的榆木脑袋开窍，实在可悲可叹！然而，据我所知，事实的确如此——假如没有那些"走狗"似的人生观以及那些污浊不堪、令人窒息的奇谈怪论的毒害的话（在华外国人已经深受其影响），窦纳乐爵士本该能够觉察到，目前，中国与他的祖国以及其他列强签订的条约，乃是他的先辈称之为"法定之不义"（Iniquity decreed into a Law）的玩意儿！

我摘录下列文字，对于那位此刻大概还留在中国的真正的英国军人兼绅士来说，也许将会是有益的。罗斯金曾在致伍尔维兹军校学员的信中指出：

"现代制度的致命错误，就在于它剥夺了本民族中最为精华的元气和力量，剥夺了勇敢、不计回报、藐视痛苦和忠实的一切灵魂之物，而只是将其冶炼成钢，锻铸成一把无声息、无意志的利剑，同时保留下该民族最糟糕的东西，诸如怯懦、贪婪、耽于声色和背信弃义——并给予它们这种声援，这种威权，这种最大的特权。其中，思想的能力被削弱到了最低限度。实际上，履行你保卫英国的誓言决不意味就要去推行这样一种制度。如果你只是站在商店门口保护店员，使其在里面骗人钱财的话，那你绝对不是一个真正的卫兵。"

言归正传，在上一篇札记中我说过，对于中国目前事态负有责任的真正罪犯是那些"乱臣贼子"。在此，我想进一步揭示，目前中国乃至全世界罪恶的根源不仅仅只是那些乱臣贼子，还有英国国民、英国贵族和索尔兹伯理勋爵身上带有的那种深入骨髓的傲慢作派，这是腐蚀他们心智的恶魔。而眼下这种"傲慢的恶魔"又将给谁带来毁灭性的威胁呢？依我看，不是中国，而是大不列颠帝国。

马修·阿诺德[56]曾经评论道，与其说是由于英国国民过于自私和不义，还不如说是由于该国的统治阶层不够友善，才使得诸如"爱尔兰创伤"之类的帝国的政治伤痕一直没有愈合——甚至可能永远无法愈合。

最近，由于索尔兹伯理勋爵的那种粗野、傲慢和肆无忌惮的做法使张伯伦先生（即约瑟夫·张伯伦，英国保守党政府的殖民大臣）及其

约瑟夫·张伯伦：英国帝国主义扩张政策的倡导者

所属的伦敦佬阶层有效地发布"命令"（Majuba），打开了非洲监狱的大门。在布尔人发出最后通牒之后，索尔兹伯理勋爵的演讲确如雄狮怒吼——但这不是自私的怒吼，而是傲慢的怒吼。

总之，索尔兹伯理勋爵身上的这个"傲慢的恶魔"成了他推行罪恶政策的真正诱因，它导致张伯伦先生强硬政策出笼，并引发南非的流血事件，造成了"冒牌帝国主义"的产生，使得列强开始在中国划分势力范围，进而导致被称为"中国联盟"（China League）的伦敦佬寡头政治集团在北京开始进行掠夺比赛——总而言之，这一可怕的傲慢导致了目前中国这场可怜、可鄙、可悲、可叹的灾祸的发生。

在谴责英国贵族给予拿破仑荣誉时，爱默生评论说："如何采取措施——哪怕是可恶的措施——来防止国家陷入一连串的危机呢？""政府总是最后才知道，任用不正直的代理人给国家带来的危害同对个人的危害一样严重。"

拿破仑在战马上的飒爽英姿

有一天，一伙人在一个寡居多年的老妇人家里展开了抢劫比赛。在激烈的争夺中，他们使房子失了火。这时，他们应该怎么办呢？其中一个"乱臣"说："咱们把这个老太婆赶出家门去。"另一个"贼子"说："还要先让她赔偿我们的损失，然后继续为我们看管房子。"对于这种令人发指的无耻论调，正人君子们的奉劝是："先生们，如果你们实在没有诚意或本钱去赔偿老太太的损失，至少也应该拿出一些君子风度，向她表示歉意——至少有一件事你们应该做到，那就是以后要规矩一些了。"

事实上，我们已经得出了结论：要和平解决中国目前的问题，惟一可行的方法就在于推行一场改革——但不是中国的改革，而是欧洲的改革，特别是大英帝国的改革。在中国搞改革不难，因为在中国那种共同的理性意识和道义感——也就是"道理"[57]这两个汉字所表达的东西，是如此深入人心，以至于它很容易就能得到中国民众的普遍理解。正是这种可贵的、坚强的意识，使得这场长达六个月的大规模的世界大战无法避免。

然而，如果要在欧洲或者在大英帝国搞改革，都是十分困难的。因为，正如罗斯金所说的，现代的欧洲教育所造成的惟一结果，就是使人们在面对生活中的重要问题时产生错误的认识。但是，进行这样的改革又是极为必要的——因为这样不仅可以解决中国问题，而且还可以防止人类文明的彻底毁灭。

现在，要想使改革成为可能，英国国民面临的首要任务是要将那种盎格鲁–撒克逊式的"傲慢的恶魔"从民族的习气、从贵族的传统中祛除。当这种心灵的恶魔被赶走以后，那些堵住了开放公职的门户（opendoor）的"乱臣贼子"们就会如秋风扫落叶般被清除出公职服务系统。正是在英国——而不是在中国，为了这种"门户开放"，罗伯特·彭斯（Robert Burns）唱道："管他这一套那一套"；也正是为了这种"门户开放"，卡莱尔宣扬英雄崇拜的思想。当这种"门户开放"原则得到人们充分的认可并得到贯彻实施的时候，一种海涅所谓的新公职贵族（Staatsdienst Adel）就会出现。这种新兴的贵族将保留旧式贵族那种高尚的情操与优雅的气质，并将其与真正的现代自由主义文化结合起来。以这种新式贵族为基础，就能建构起真正的"帝国主义大厦"——一种可能比古罗马的"帝国主义大厦"还要坚固耐久、宏伟美丽的帝国大厦，因为这种新式帝国主义拥有古罗

海涅，18世纪德国诗人，伟大的浪漫主义者

马帝国主义所没有的强烈的基督教虔诚色彩。英国的这种新式帝国主义，将不再只是通过舰炮政策来确立盎格鲁–撒克逊的霸主声望了，而是与其他民族一道，共同保卫人类文明——Tu regere imperio populos, Romane, memento！（罗马人，请记住！要用王权去统治人们！）

我之所以如此激动地对英国人民写下这些措辞强烈的文字，是因为我相信，中国问题是可以和平解决的。我的这种信念和希望，来自于此次事变之前路透社（Reuters）报道的索尔兹伯理勋爵的那场演讲。在那场演讲中，这位高贵的勋爵说他确信四万万勇敢的中国人不会灭亡，也不可能灭亡。在我听来，这几句电文就好像是对中华民族发出的勇敢、雄壮乃至声嘶力竭的欢呼，它们仿佛出自真正的英国人民的灵魂深处，并得到了现存的英国贵族首领的声援。Ultime Romanorum！Setu se tu segui tua stella！（你这最后一个罗马人！如果你能追随你的星宿而去，那该多好！）

关于中国问题的近期札记

之三（首次发表于 1901 年 1 月 12 日）

箴 言

对一切事物，特别是对爱和友谊不存利害之念，是我的至上追求、指导原则和人生准则。因此后来，我在两首诗中有这样一句调皮且显得有些唐突的话："如果我爱你，那与你有何相干呢？"这就是我心灵的剖白。[58]

——歌德

罗斯金曾说：德国人的优点中甚至也含有自私成分。他说此话时想到的是铁血宰相俾斯麦[59]，而不是毛奇[60]和歌德那两个已修成正果的 Zucht und Odnung（秩序与风纪）的化身。

瓦里柴夫斯基（M.Waliszewski）在他的《风流女皇》一书中，谈到具有德国血统的俄国女沙皇叶卡捷琳娜二世时曾说：我们听说，有一个如今还在维也纳担任要职的德国人宣称，就性情而言，他是一个世界主义者，他喜欢所有的民族——惟有他的本民族德国例外，因为这个民族尽管有许多长处，却有一个超越其他民族之上的令别人都厌恶的缺点：那就是德国人不懂得怎样才算是慷慨大方。

事实上，就我所知，中国人、苏格兰人和德国人，是世上三大最为自私的民族，原因非常简单：在苏格兰和德国北部，气候寒冷，土地贫瘠，生活条件艰难。而在中国，早婚和必婚的社会风习，加之人民酷爱和平，人口剧增，以致人们的生活条件也变得异常艰难。

时至今日，德国人仍然不是一个统一的民族。马丁·路德首次给他们提供了共同的标准语言，但马丁·路德同英国的约翰·诺克斯[61]一样，只不过为德国人民接受今日的现代文明而奠定了民族统一的基础。

正如克伦威尔是维护约翰·诺克斯光荣事业的帝国主义者一样，腓特烈大帝[62]也是维护马丁·路德辉煌事业的帝国主义者。卡莱尔以其敏锐而冷峻的眼光，透过腓特烈那爱挖苦人和怀疑一切的哲人表象，洞察到其清教徒的本质。当年的"七年战争"（the Seven Years War，1756–1763），实际上是普鲁士清教徒和奥地利骑士之间的争斗。

腓特烈之后，普鲁士在德意志诸邦中异军突起。德国是欧洲大陆上的苏格兰，而普鲁士是其中的苏格兰低地人，他们因生活在平原地区而缺乏想象力。并且，在普鲁士，气候比苏格兰低地还要恶劣得多。因此，普鲁士人除了想象力贫乏之外，还有惊人的胃口。俾斯麦宰相曾说："在我们家里，所有的人都是些能吃能喝的大肚汉（1auter starke Esser）。如果人人都有我们这样的胃口（Kapacit fit），国家还怎么能够存在！那时，我们将不能不移民。"

宰相俾斯麦是"铁血政策"推行人之一

腓特烈没有想象力，但他却具有杰出的才华，同时还有着法国人的文化教养及精神。作为一个帝王，他兼具灵敏的头脑和法国文化滋养出的明智。在他之后，缺乏想象力的普鲁士清教徒无法继续行使对于德意志诸邦的保护权。于是，拿破仑经过在耶拿的"光荣复辟"，使得法国人的势力进入德意志。

华兹华斯在与爱默生谈起歌德的《威廉·梅斯特》(Wilhelm Meister)时，曾尽情地痛骂说："它充斥了各式各样的私通行为，就像苍蝇群在空中杂交。"其实，《威廉·梅斯特》正是伟大的歌德对拿破仑入侵时期德国状况的真实、清晰和冷静的描述，正如莎士比亚作品中对英国社会的描摹一样。

同英国的情况相似，富于理智的德国人对拿破仑的到来采取了欢迎的态度，这时候，那个普鲁士清教徒只好咬牙切齿，退隐山林，到女人们的美好心灵(Schone Seele)中去寻求慰藉了。

爱默生以其敏锐的洞察力指出："把拿破仑送到圣赫勒拿岛上的不是缘于他在战场上的失败，而是缘于其自身的粗鄙、平庸和俗气。当他

歌德小说《威廉·梅斯特》中歌唱家奥菲欧希望用歌声让爱妻起死回生

带着法国大革命伟大自由的思想转战各地时，欧洲所有有教养的绅士都热烈欢迎他；而当他们发觉这个科西嘉的小资产者只是再想建立一个封建王朝时，则都开始对他感到厌恶了。于是，那些身穿'前进'(Vorwarts)元帅制服的普鲁士清教徒闻风而动，与其他的欧洲绅士们一道去讨伐这个科西嘉小资产者了。"

海涅在诗作中对那些身穿"前进"元帅服、训练有素的普鲁士清教徒

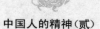

的描绘,对那些冷酷无情而又缺乏想象力的"苏格兰低地人"进行过令人心酸的描绘,但是,我们现在读起来,至今仍显得活灵活现,且不过时:

> 这个单调刻板的民族
> 习惯于循规蹈矩,
> 他们那阴沉沉的脸上
> 永远是冰冷兮兮。
> 走起路来身子僵硬,
> 穿上衣时死板笔挺,
> 就仿佛吞下了那根
> 从前他们挨揍的棍子。

让我不理解的是,列强怎么会选择一个德国陆军元帅[63]———一个既是老毛奇的信徒,更是俾斯麦"铁血政策"的狂热拥趸的人来担任八国联军总司令? 当年,当叶卡捷琳娜二世任命普罗佐罗夫斯基(Prozorofski)为莫斯科卫戍司令时,帕提奥姆金(Patiomkine)向这位女沙皇写信说:"您从您的武库中搬出了一门最古老的大炮,您指向哪里它肯定就会朝哪里发炮,因为它没有自己的目标,但是,当心它要给陛下的名字蒙上血污。"

还是言归正传。当身穿"前进"制服的普鲁士元帅将拿破仑赶出德意志时,他想连法国大革命的自由思想也一并赶出。因此,所有富于理智的德国人都起来反对他,是为"Kultur Kampf"(文化斗争)之滥觞。

法国大革命真正伟大的自由思想是要求 "门户开放", 表现在政治上,是Carrire ouvexte aux talents(向一切有才能的人敞开大门);表现在宗教上,则是扩展身穿"前进"制服的普鲁士元帅们身上的那种苏格兰低地人特有的自私本性,使他们不至于讨厌"门户开放",在这里显得棘手的是, 普鲁士清教徒想象力的缺乏又妨碍他们进一步理解宗教意味上的"开放"的含义。

当年，在威廉一世还仅是普鲁士国王的时候，他在第一次与俾斯麦交谈时所显现出的 Schone Seele（美好心灵）实在让人感动。有一次，他表示他反感某人，因为那人是一个虔敬派[64]信徒。

"何为虔敬派信徒？"俾斯麦问道。

国王回答说："就是那种以宗教为幌子谋取私利的人。"

"这不是那个词被人们所普遍接受的用法，"俾斯麦说，"所谓虔敬派信徒，指的是刻板地相信耶稣·基督乃是献身为我们赎罪的惟一圣子的人。"

"什么？"国王叫了起来，"真有人被上帝如此遗弃，竟然会不相信有这回事？"

俾斯麦只好说："当心，陛下，如果人们听您这么说，他们会把您当成一个虔敬派信徒的。"

海涅知道身为普鲁士清教徒的威廉一世所指的"虔敬派信徒"是什么。他说，我熟悉这支曲子，我晓得它的歌词，我还认识它的作者。我知道，他饮过家乡的美酒以及那布道时用的圣水。实际上，"虔敬派信徒"利用了威廉缺乏想象力的特点，不仅使他那 Schone Seele（美好心灵）面临被扼死的危险，而且还威胁到德国人的生命安全。"前进"元帅与伟大自由思想之间的矛盾冲突，导致了 1848 年欧洲革命危机的爆发。

1848 年，所有德国人都起来反对"前进"元帅以及作为被保护者的"虔敬派信徒"，并使德国的"王权"以及一切秩序与风纪面临被毁灭的威胁。正如比肯斯菲尔德勋爵带领群氓帮助英国的绅士一样，在德国，俾斯麦宰相听到柏林的骚乱声之后所做的第一件事，就是把波美拉尼亚的 Bauer（农民）召集起来，问他们是否愿意随他出征去挽救"王权"，即他所谓的普鲁士王朝。

比肯斯菲尔德勋爵与宰相俾斯麦所试图建立的，都是一种真正的帝国主义，即绝对有权去做它认为正确的事情的政府，实际上也就是一种不计利害得失的政府。正因为如此，这位大首相的"铁血"政策才得以在德国建立起来。它是要保护 Zucht und Ordnung——秩序与风纪，使其免遭群氓暴力的毁灭。因为，la force attendant le droit——在公理通行之前，只有依靠强权。

在比肯斯菲尔德勋爵的帝国主义政策和俾斯麦宰相的"铁血"制度之间，也存在着巨大的差别。首先，比肯斯菲尔德勋爵是一个富于想象力的"东方人"，相反，俾斯麦宰相则不过是一个有教养的苏格兰低地人。他缺乏想象力，有自私倾向和波美拉尼亚的饕餮食欲！不过，这两种制度的根本差别还在于：比肯斯菲尔德的帝国主义试图成为一种宪政帝国主义，而俾斯麦宰相的帝国主义则完全是一种军事帝国主义。

有人问孔子："一言而丧邦，有诸？"

孔子对曰："言不可以若是其几也。人之言曰：'予无乐乎无君，唯其言而莫予违也'。如其善而莫之违也，不亦善乎？如不善而莫之违也，不几乎一言，而丧邦乎？"

因此，那种主张"君王的意志是最高的法律"（Voluntas regis，suprema lex）的说法，孔子是绝对不赞成的。

至于纯粹的军事独裁可能会面临的可怕的失败则会是，那些被用以镇压群氓暴乱的军人以及他们手中的刺刀，在和平时期，在处理资产阶级、卑鄙小人以及市侩们的狡诈与自私情绪时，却完全显得无能为力了。

那些德国市侩同他们的兄弟，布莱特·哈特（Bret Harte）笔下的阿新（Ah sin）[65]

布莱特·哈特，19 世纪美国作家

一样,原本是其宗族中最受爱戴的人。他是一个单纯、质朴、坚韧、勤奋、温良顺从的"米歇尔"(Michel),很少有自私自利之心,且对家庭有着强烈的依恋之情。此外,他还具有那种难以言传的德国人的 Gemiith(好性情),心中始终装着美妙的音乐和淳朴至极的民歌(Volkslieder)。

然而,这个性情温厚的德国人"米歇尔",在"前进"元帅刻板而严厉的统率下,变成了一个"乱臣",其名字直接改写成"市侩"。更糟糕的是,俾斯麦宰相的"铁血"政策又是那么的自私与苛酷,使得这个"市侩"进而变成一个追名逐利之徒、一个可怕的"乱臣"。那本《俾斯麦伯爵及其属下》(Craf Bismark U.Seine leute)的作者柏希(Bursch)博士,就是一个满口"跑火车"、时常用骇人听闻的评论和花言巧语来哗众取宠的可怕"乱臣"的典型。

1870 年, 那个基督教绅士——威廉一世, 以及那个普鲁士绅士——俾斯麦宰相, 还有那个富有现代精神的德意志绅士——毛奇伯爵, 一道进军法兰西, 要消灭那个蛮横无礼的资产阶级分子或曰庸人——路易•波拿巴[66]。此君那个伟大的伯父在位时,其所推行的帝国主义虽不纯粹,但却自负无比;到了此君上台时,他对伯父又进行了一种貌合神离、"华而不实" 的模仿。这样拙劣的表演让普鲁士君臣忍无可忍。

当俾斯麦从法国远征归来时,有个老妪,即福尔克(Falk)博士,就像歌德《童话集》(Marchen)中所描述的那样,用一个大"鬼"的故事去恐吓他,并说服他向那被称为"教皇极权主义"的恶"鬼"开战。当俾斯麦与此"鬼"作战之时,耶拿的海克尔[67]教授却正竭尽全力,努力把那已变成追名逐利之徒和可怕乱臣的德国人"米歇尔"变成一个食肉猛兽。

我还记得俾斯麦宰相关于殖民政策(Kolonial Politik)的精彩演讲。他说他本人并不信仰这种东西,但公众舆论之潮大得难以抗拒。俾斯麦宰相内在的绅士气质使他憎恶"殖民地政策",而他身上那种苏格兰低地人的自私毛病和那吓人的胃口,又把他引上殖民政策的不归路。

德国的市侩，即现已变成追名逐利之徒和可怕乱臣的那些人由此"官运亨通"，做官之后便进而成了"贼子"。后来，他们又乔装打扮来到中国，奉承天津的李鸿章，被诱留在天津后，他们又成为蒂万特（Diwaeter）先生那样著名的德国走狗！

去年，一个巴伐利亚教授来向我要有关中国的前洪积层动物骨架的资料。我希望这位教授能帮我描绘一下现代的"怪异巨兽"（Deinotherion），那"殖民地政策"的可怕野兽。我两眼紧紧盯着他，眼前浮现出臃肿肥胖、浑身油腻、爱吹牛皮、四处晃荡、卖友求荣、卑鄙无耻的苏格兰低地人形象。他不像英国伦敦佬中的"乱臣"那样狡诈，与其说他是一个"乱臣"，还不如说他是个"贼子"，但他掌握了苏格兰低地人的"讥讪"技术，必要的时候，还会借助于海克尔教授的食肉动物之科学智能，以及波美拉尼亚[68]的饕餮食欲，将它们结合在一起使用！

海克尔：德国自然科学家

德皇的"黄祸"之梦，实在不过是一个十足的梦魇。这个庞大的吃人恶魔，这个被称为"殖民地政策"的现代怪异巨兽，正是今日世界可怕的现实。此时此刻，它正在咀嚼柏林小孩的骨头！Seht zu！Volker Europas！Wahret eure heiligsten Goter！（请注意！欧洲各民族！要保护好你们神圣的精神财富！）

对于德意志民族来说，基督教以前是制服苏格兰低地人之自私与一样，原本是其宗族中最受爱戴的人。他是一个单纯、质朴、坚韧、勤奋、温良顺从的"米歇尔"（Michel），很少有自私自利之心，且对家庭有着强烈的依恋之情。此外，他还具有那种难以言传的德国人的 Gemiith（好性情），心中始终装着美妙的音乐和淳朴至极的民歌（Volkslieder）。

然而，这个性情温厚的德国人"米歇尔"，在"前进"元帅刻板而严厉的统率下，变成了一个"乱臣"，其名字直接改写成"市侩"。更糟糕的是，俾斯麦宰相的"铁血"政策又是那么的自私与苛酷，使得这个"市侩"进而变成一个追名逐利之徒、一个可怕的"乱臣"。那本《俾斯麦伯爵及其属下》（Craf Bismark U.Seine leute）的作者柏希（Bursch）博士，就是一个满口"跑火车"、时常用骇人听闻的评论和花言巧语来哗众取宠的可怕"乱臣"的典型。

1870 年，那个基督教绅士——威廉一世，以及那个普鲁士绅士——俾斯麦宰相，还有那个富有现代精神的德意志绅士——毛奇伯爵，一道进军法兰西，要消灭那个蛮横无礼的资产阶级分子或曰庸人——路易·波拿巴[66]。此君那个伟大的伯父在位时，其所推行的帝国主义虽不纯粹，但却自负无比；到了此君上台时，他对伯父又进行了一种貌合神离、"华而不实"的模仿。这样拙劣的表演让普鲁士君臣忍无可忍。

当俾斯麦从法国远征归来时，有个老妪，即福尔克（Falk）博士，就像歌德《童话集》（Marchen）中所描述的那样，用一个大"鬼"的故事去恐吓他，并说服他向那被称为"教皇极权主义"的恶"鬼"开战。当俾斯麦与此"鬼"作战之时，耶拿的海克尔[67]教授却正竭尽全力，努力把那已变成追名逐利之徒和可怕乱臣的德国人"米歇尔"变成一个食肉猛兽。

我还记得俾斯麦宰相关于殖民政策（Kolonial Politik）的精彩演讲。他说他本人并不信仰这种东西，但公众舆论之潮大得难以抗拒。俾斯麦宰相内在的绅士气质使他憎恶"殖民地政策"，而他身上那种苏格兰低地人的自私毛病和那吓人的胃口，又把他引上殖民政策的不归路。

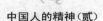

　　德国的市侩，即现已变成追名逐利之徒和可怕乱臣的那些人由此"官运亨通"，做官之后便进而成了"贼子"。后来，他们又乔装打扮来到中国，奉承天津的李鸿章，被诱留在天津后，他们又成为蒂万特（Diwaeter）先生那样著名的德国走狗！

　　去年，一个巴伐利亚教授来向我要有关中国的前洪积层动物骨架的资料。我希望这位教授能帮我描绘一下现代的"怪异巨兽"（Deinotheri-on），那"殖民地政策"的可怕野兽。我两眼紧紧盯着他，眼前浮现出臃肿肥胖、浑身油腻、爱吹牛皮、四处晃荡、卖友求荣、卑鄙无耻的苏格兰低地人形象。他不像英国伦敦佬中的"乱臣"那样狡诈，与其说他是一个"乱臣"，还不如说他是个"贼子"，但他掌握了苏格兰低地人的"讥讪"技术，必要的时候，还会借助于海克尔教授的食肉动物之科学智能，以及波美拉尼亚[68]的饕餮食欲，将它们结合在一起使用！

海克尔：德国自然科学家

　　德皇的"黄祸"之梦，实在不过是一个十足的梦魇。这个庞大的吃人恶魔，这个被称为"殖民地政策"的现代怪异巨兽，正是今日世界可怕的现实。此时此刻，它正在咀嚼柏林小孩的骨头！Seht zu！Volker Europas！Wahret eure heiligsten Goter！（请注意！欧洲各民族！要保护好你们神圣的精神财富！）

　　对于德意志民族来说，基督教以前是制服苏格兰低地人之自私与波美拉尼亚之饕餮食欲的力量，但如今在德国，正宗的基督教就像渡渡鸟一样死绝了，取而代之的是官方建立的昂塞（Anser）主教的基督教，那个在胶州湾盛行的基督教，或者说是那个"国家社会主义者"与"政治牧师"（Political Parson）的基督教——这位政治牧师在上一期《未来》（Zukunft）杂志上，撰文评论德皇"不要宽恕"的讲演时写道："我们俘虏五万名中国佬干什么？养活他们都很困难，如果我们遇上五万条毛毛虫，我们会怎么做？把它们统统碾死。"这言论真令人恶心！其中所蕴涵的恶毒与愚蠢，让人觉得此人实在无可救药。假若耶稣不是生活在和平年代，而是生活在战争岁月，不知道他会说些什么。我看，依这位"政治牧师"之见，耶稣·基督也会变成食肉猛兽的！

这位德国"政治牧师"的"毛毛虫"言论使我想起了卡莱尔对某座教堂的描述："它大约建于18世纪，现在里面居住的尽是甲虫和各式各样肮脏的生物！"的确，我喜欢怀着崇敬的心情回忆魏玛，一想起拥有"美好心灵"的德国人民本该保存卡莱尔所提到的那个教堂的圣火，我就无限留恋，不禁感到悲从中来。我不知道那个祭坛的圣火是否会因最近魏玛公爵的去世而立刻熄灭！

普鲁士的海因里希（Heinrich）亲王也许会看管好那个祭坛的圣火，可现在他们让海因里希亲王变成了一个工程学博士！继承了祖先美好心灵的海因里希亲王，竟然成为火神伏尔甘[69]和杀人犯该隐[70]之子的崇拜者！哎！du lieber Himmel！（还是天堂好！）当法兰西学院提名大名鼎鼎的萨克瑟（Marechal de Saxe）、那个甚至连拼写也不会的伪院士时，他回信写道："Cela me convient comme un bague a un chat！"（你们无异于在给猫爪戴上戒指！）

我们还是回来讨论怎样消除那个畸形可怕的现代德国巨兽的问题。德国人如今要做的第一件事，就是赶走那"自私之恶魔"，而要做到这一点，德国民众、德国贵族乃至德国军官集体和德意志皇帝的心胸都要变得开阔，普鲁士清教徒绝不能再做 holzern pedantisches Volk（刻板迂腐之

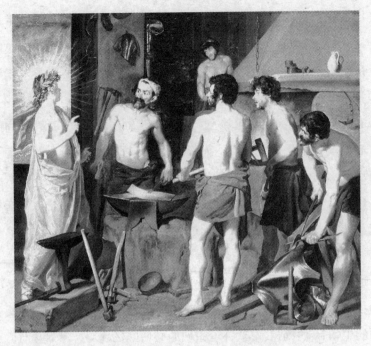

伏尔甘，古罗马的火和锻冶之神

人）。事实上，正如对英国的 Erlosungs-Wort（拯救之言）是"门户开放"一样，对德国而言，拯救他们自己的真言则是"开放"。

地妖对浮士德喊道：Du gleichst demGeist，den du begreifst！（当你与妖怪一样的时候，你才能理解妖怪！）这就是伟大的歌德为使德国人摆脱附体的普鲁士清教主义魔鬼而念的咒语。孔子说："人能弘道，非道弘人。"说得更明白些，就是说："你是什么样的人，你就有什么样的道，而不是你有什么样的道，决定了你是什么样的人。"人，只要做到无私和仁慈——那么不论你是犹太人、中国人还是德国人，也不论你是商人、传教士、军人、外交官还是苦力——你都是一个基督之徒，一个文明之人；但假若你自私和不仁，那么即使你是全世界的皇帝，你也是一个乱臣、贼子、庸人、异教徒、蛮夷，乃至残忍的野兽。

"人类必须经过多么漫长的时间才能懂得如何仁慈地对待他人，充满体谅地对待违法者，甚至人道地对待野蛮行为。事实上，正是那些圣人们最先教诲这一点，并为了将此种可能变作现实，为推进它的实践而献出了生命。"这就是歌德的信念——他关于基督教、进步和文明所持的概念。欧美列强在对待中国问题时，是否将采纳歌德的文明概念以取代那种以蒸汽压路机为标志的近代工业文明至上主义、那种想把耶稣·基督也变作食肉猛兽的由德国"政治牧师"宣扬的文明概念，人们将拭目以待。

我对德国人民激动地写了这么多，因为我相信中国问题是可以和平解决的。我的希望和信心，基于德皇陛下那坚强的、尽管固执但并不狭隘吝啬的品性。从那封著名的由德皇陛下拍给克鲁格(Kruge)议长的电报中，我看到了他的骑士品性——他那封电报并不是对真正的英国国民的侮辱，而不过是表达了这位绅士、这位普鲁士官员对张伯伦先生及其伦敦佬阶层的憎恶。德皇陛下那篇主张"诉诸武力"的演讲，我也能够理解。他就像一名优异的基督教骑士一样，以丁尼生的话简洁明了地告诫其兄弟亨利(Henry)亲王："打倒蛮夷，尊崇基督！"

但是，中国人并不是蛮夷，当今世界真正的蛮夷是那些"乱臣贼子"、是"伦敦佬"、是资产者、是市侩、是那些追名逐利之徒，是奉行"殖民地政策"的政客以及想把耶稣·基督变成食肉猛兽的无耻政客！

海涅的这些话，再清楚不过地表现出中国人的宗教是什么样的：

我们愿在世间享福，
而不是忍受贫苦；
懒惰的肚皮不该挥霍
那勤劳的双手得来的硕果。
为了全人类的孩子们需要备下充足的面包，
玫瑰与桃金娘，美丽和快活，
还有同样多的甜豌豆。
豌豆一种，

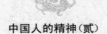

人人享用！

留给苍天一份

天使麻雀与共

最后，我希望能请求海因里希亲王，把下面这些话转达给他的皇兄与国王：

你对他说，应该尊重自己年轻时的理想，如果要做一个真正的人，就不要向那些自以为聪明的必死之徒敞开心灵的大门。即使智慧与激情化归乌有，即使天女遭到亵渎，也不应丧失理智，头脑发昏！

在上世纪中叶，一个东方人、一个拯救了英国贵族和英国人民的犹太人成为比肯斯菲尔德勋爵；另一个与之出于同一种族（犹太人）的大诗人海涅，曾试图拯救德意志民族，但作为回报，他竟被逐出德国，成为流亡巴黎的"流浪儿"。最后，他筋疲力尽，死在街头——尽管海涅曾自命为一个为人类精神解放而战的骑士（Ritterin dem Menschheit–Befreiung's kriege）：

看着我，我的孩子，

吻我并勇敢地正视我；

因为我就是这种神圣精神的骑士。

关于中国问题的近期札记

之四（首次发表于 1901 年 3 月 16 日）

箴　言

怯懦乃是好人之不幸。[71]

——伏尔泰

孔子说："宽柔以教、不报无道，南方之强也，君子居之。任金革，死而不厌，北方之强也，而强者居之。"

如果说德国人是欧洲最为自私的人，那么法国人则肯定是欧洲最不自私的人，是"无可挑剔和无所畏惧的勇士"[72]——贝阿德、奥尔良的圣女贞德、那瓦尔的亨利[73]、大孔代（Condé）亲王[74]、大革命时的共和主义者夏洛特·科蒂（Charlotte Corday，她曾经刺杀了大革命的领导人马拉），这些人都是法国人高尚品格的象征。

德国是欧陆的苏格兰，法国是欧陆的爱尔兰，但英国的真正贵族都是法国人——法国的诺曼底人。那个"贵族与骑士的统帅"，亲手给临死的士兵递上水杯的普力浦·锡德尼爵士便有法国血统。其实，莎士比亚在心底深处、在骨子里也都是法国人。他嘲笑英国的伦敦佬，那些信守"无所不偷，且将偷来之物说成是买来的"原则的巴多夫（Bardolph），尼姆（Nym）和皮斯多尔（Pistol）——他们是吉卜林先生笔下汤米·阿德金斯

(Tommy Atkins)的原型，是苏格兰低地人杰米(Jamy)船长的原型。

如果说法国人是欧洲人中最无私的民族，那么目前他们的处境之可怜，也是欧洲其他任何国家的人民所无法比拟的——也许葡萄牙人例外，但他们刚刚与英国人结成了同盟！

上海《字林西报》的记者对巴黎市政当局上次举办的大型招待会，作过这样的描述："大会要求客人们身着晚礼服出席——众人酒酣耳热之际，但见一个风姿绰约的女士步履凝重地穿过金碧辉煌的大厅，她下穿呢绒黑裙，上套台面呢的羊驼毛罩衫，头戴绿绒无沿帽，帽上的羽饰已然变黑；而一个年轻的男士此时也镇定自若地踱过大厅，他身穿棕色外衣，系着彩色领带，戴着黄色手套。当他们打开餐柜的时候，都大吃了一惊：除非他们跑去与人人吵一架，否则甭想吃到任何东西了。偷走食物是某些客人的另一种癖好，他们的商业本能驱使他们总是尽可能将其不得不上交的税金捞回！"

俾斯麦曾放言："从某种意义上说，法兰西可以分成两个民族：巴黎人和外省人——后者乃是前者心甘情愿的苦役(heiwillige Heloten)。现在的问题是解放问题，即把法兰西从巴黎人的统治下解放出来。农民们不愿意再受巴黎人的残酷压迫了。"

但法国农民现在无能为力，成不了气候，因为他们缺少一个领头人。法兰西民族现在甚至连一个"挂名国王"(roidn'Yvetot)都没有，而是让一个良民卢贝(Loubet)、一个精明的商人和"典型的暴君"(module de spotentats)去做总统，因为他懂得如何保持沉默。法兰西民族最后一个真正的尽管不是完美无缺的领袖，已经死在圣赫勒拿岛上了。

比缺乏领袖还要糟糕的是，法兰西现在甚至已没有公认的贵族了。在当今法国，名义上的贵族是巴黎人，即那个"身穿棕色外衣，系着彩色领带，戴着黄色羊皮手套的年轻男士"。但是，巴黎人并不是绅士，他们是新兴的资产阶级。大文豪福楼拜曾说："我把资产阶级称为思想鄙陋的人。"

俾斯麦对法兰西民族下述的傲慢评论，无疑符合巴黎人的实际情况："他们是一群无足轻重的人（eine nation von Nullen），是些不折不扣的群氓。他们有钱和漂亮的外表，但除了乌合之外，没有个性，没有独立人格（Kein individueues Sellestgefiihl）。"

伟大的拿破仑曾经对梅特涅[75]说："在法国，能人到处都是，但不过是些能人而已。它与品德毫不相干，甚至连原则也不讲。

梅特涅，奥地利帝国外交大臣和首相、公爵

人人都追求别人的喝彩，并不管这喝彩是来自上面还是下面；他们一心只想引人注目、哗众取宠。"

既无德性，又不讲原则，何来贵族？现在的法国已没有贵族，取而代之的是官僚。法国的农民、老百姓为了祖国甚至愿意献出生命，但那些官气十足的法国官僚们、如果没有报酬，就不愿为法兰西做任何事。他们满脑子想的都是薪水。如果做官的法国人只满足于薪水，而不去贪婪地伸手捞巴拿马股票和其他油水，那就该谢天谢地了。

保罗·波尔（Paul Bod）先生曾悲愤地说："le gendarme fait1a fete avee les voleurs."（国家召唤警察，而警察们却与小偷打得火热。）从最近的一封电报中，我得知马赛当局已经没收了40件弗雷（Frey）将军从北京抢来的"战利品"。

法国的病源还在更深之处——马修·阿诺德先生曾就法国人崇拜淫

欲女神"阿奢莱西娅"（Aselgeia）作过许多评论，但法兰西的真正病根尚不在此。正如在寒冷的北方人易于暴饮暴食一样，在气候温暖的南方，人们放纵肉欲，往往达到"淫荡"的地步。因此，我认为，附在法国人身上的真正"恶魔"——那不仅在吞噬法国人的肉体，而且也在吞噬他们灵魂的真正"恶鬼"，那是比淫欲女神阿奢莱西娅还要邪恶得多的女巫！

> 恶人啊，你们来自何方？
> 我们来自地下；
> 一半狐来一半狼，
> 我们的准则如谜一般深藏。
> 我们都是王室的子孙，
> 你们知道我们为何惨遭流放，
> 当我们归来之时，将把你们的嘴巴堵上！
> 你们的后人会从我们这儿吸取教训
> 我们要生养
> 不断地生养
> 可爱的宝贝，可爱的儿郎。

两千多年以前，恺撒带着追随他的一群罗马人试图开化北欧人，但罗马人像今日的英国人一样傲慢，讲究实际而不爱思想，他们对实际功利的追求已近乎迂腐——结果，他们非但没有开化北欧人，反而威胁要把试图接受开化的民族统统毁灭。不仅如此，紧随其后的"伦敦佬"，即东罗马帝国的希腊人，如果说他们没有这些给罗马人试图开化之的民族带去"陷阱与鸦片，"至少带去了杂种劣质文明所具有的一切摧残生命的缺陷。

于是，正如中国人所说的，上天不得不取消赋予讲究实际功利的罗马人的"天命"，再派一个谦恭温顺的使女下凡，把开化北欧蛮族的"天命"托付给她。这位谦顺的使女之化身，便成为著名的"中世纪罗马天主教"。

在接下来差不多一千年的时间里，那位谦恭的使女一心一意地养育并改造了欧洲那些未开化的、赤身露体的、蓬头垢面、浑身是毛的野蛮人。

下面这首诗，就是对她所作所为的形象描绘：

柏伽索斯：希腊神，有双翼的飞马，被其马蹄踩过的地方有泉水涌出

我看见年轻的哈里头戴海狸皮帽出征，

他双股套甲，全副武装，威风凛凛，

像有羽翼的墨丘利[76]神从地面腾身而现，

轻松自如地跃上马鞍，

仿佛天使降自云天，

掉转马头，让暴烈的柏伽索斯[77]略事喘息，

以杰出的骑术感服天下，迷化人间。

在完成了她的使命之后，这位谦恭温柔的使女的灵魂便回到了天国。接着，进入她依旧美丽但已了无生气的躯体之内的，是一个傲慢、残忍、贪婪的邪恶女巫的灵魂。德国的马丁·路德最先对这个邪恶女巫的真

正面目敲响了警钟。德语国家为了将这个邪恶女巫赶出国门，曾经苦战了三十年。

在法国，16世纪，那瓦尔的亨利、大孔代亲王及其胡格诺派教徒[78]们，也开始着手斩杀这个邪恶女巫。遗憾的是，亨利心中固有的法国式的宽宏大量使他在最后关头功亏一篑，当邪恶女巫承诺弃恶从善之后，他便与之达成了和解。

然而，法兰西民族不得不为那瓦尔的亨利的妥协付出高昂的代价——由于他竟然软弱到宽恕那个邪恶女巫的地步，从而使得法兰西民族在两百年后只好去经受法国大革命恐怖的冲击。如果有谁要想了解那个邪恶女巫对法国旧式贵族或统治阶层的灵魂造成了多么大的破坏与震动，他可以去读读菲力浦·埃格利特（Philip Egalite）和卡迪那尔·诺安（Cardinal Rohan）的回忆录，以及莫泊桑的《钻石项链》（Diamond Necklace）。

胡格诺派教徒：16至17世纪法国加尔文派教徒的称呼

在拿破仑一世扑灭了革命并成为法兰西的主宰之后,他也犯了一个致命的错误,即让新生的法兰西第一帝国与重新光顾这片土地的老朽女巫结为秦晋之好。自命不凡的拿破仑,他竟然蠢到同那瓦尔的亨利一样的程度,正如贝朗杰所唱:

(拿破仑)竟然与其父就耶稣基督达成了荒唐可笑的和解!从那一刻开始,拿破仑的灵魂主变得粗俗卑鄙起来,并且不得不死在圣赫勒拿岛上。一个罗马教皇为之加冕的人,竟会死在那样一个地方!

煊赫一时的路易•波拿巴的第二帝国,也是邪恶女巫的魔杖点化出的耀眼迷人的大厦。可以预见,其必然遭受的下场,是它的最终坍塌以及恐怖的巴黎公社的出现。

直截了当地说,此刻正吞噬法兰西民族的灵魂、吞噬法国受过教育阶层及其所有好人灵魂的东西,不再是放纵肉欲或淫荡,而是耶稣会教义[79]。

有一天,一个中国男孩带了一大捆书回家,他的母亲对他说:"我很高兴,你打算读这些书,而不再是成天去玩。"

"不,娘,我可不想读这些东西,我是要让父亲去读,以便他能考取功名,好做大官。我自己并不想做高官,我只想做大官的儿子!"

令我感到特别震惊的是,罗伯特•赫德爵士在最近讨论中国问题的文章中,竟然虔诚地希望基督教在中国能得到奇迹般的快速传播,并认为这样中国人就会变"乖"(Kwai),成为"友谊至上"列强们的挚友,从而使欧洲人摆脱"黄祸"的威胁。

依我看,赫德爵士这一虔诚的愿望所暴露的天真可笑与厚颜无耻,实在让人惊得目瞪口呆。要是中国人都变成循规蹈矩的卫理公会教徒,随时准备把脸蛋伸过去让人抽,然后再戴上他们的斗篷,穿上他们的外套——估计所有这一切都是为了赫德爵士能够继续加倍地给他的海关职员发薪水,以不致中断其上海的海关职员们的周末舞会。与此同时,中国陕西一些城市的菜市场上正在出售人肉!

让我大惑不解的是，赫德爵士既然想把欧洲人从"黄祸"中拯救出来，那怎么不鼓吹使用鸦片呢？"鸦片"可是与基督教一样，是最好的麻醉剂啊。无论怎么说，"鸦片瘾"的广泛传播比基督教的传播要简便易行、容易接受得多。

我相信，在内心深处，赫德爵士对中国人怀有好意，毕竟，他在中国人当中生活了四十年。正因为如此，赫德爵士对此竟浑然不觉：他这个温情脉脉的虔诚愿望所折射出的令人发指的卑鄙和厚颜无耻，越发使人感到奇怪。罗瓦利斯（Novalis）曾说："当我们梦见做梦的时候，我们就快要醒了。"

赫德爵士曾提出两种解决中国问题的方案：一种是实行强硬的帝国主义的瓜分豆剖，一种是争取在中国能飞速传播基督教。而我，则冒昧地提出第三种方案：我们要讲求公正合理！

欧洲的富有阶层——被卡莱尔骂为"养尊处优之辈"（Pamperedun）的人们——害怕正视正义的威严面孔——仿佛正义就像美杜莎[80]的头，一旦被其目光触及，便会化为石头。英格兰人的"傲慢"，苏格兰人和德国人的"自私"，使他们不敢去正视美杜莎威严的面孔；而法国人、爱尔兰人及所有像法国人一样宽容的民族，一旦瞥见正义的威严面孔，就会想方设法以"基督教最好能飞速传播"之类的虔诚愿望来藏头盖脸。

英国主教巴特勒（Butler）曾说："所谓事物，就是它们的现存状态，其结果就是它们曾经有过的状态：我们为何要自欺欺人

希腊女神美杜莎

呢？"

孔子曰："非其鬼而祭之，谄也，见义不为，无勇也。"中国的"谄"字，字面意思是"谄媚"。孔子把"盲目拜祭"解释成受卑鄙动机驱使所行的拜祭。直到今天，受过教育的中国人谈起佛教徒时，仍说他们"媚佛"，即向佛献殷勤，阿谀奉承或巴结谄媚。

真正的基督徒之为基督徒，是因为他本性如此，是因为他热爱神圣的东西和基督教中一切可爱的东西，就像艺术家所谓的为艺术而艺术一样，真正的基督徒是为了基督教而爱基督教。而基督徒中的"乱臣"之所以要加入基督教，是因为他害怕地狱烈火的炙烤；而基督徒中的"贼子"呢，他们之所以要加入基督教，是因为他渴望进入天堂，与天使们一道饮茶、吟唱圣歌。如今，真正的耶稣会士不太相信天堂、天使或地狱的烈火，但却希望别人去相信这些东西——为了他自身的利益而入基督教，这就是所谓的"耶稣会士"。

罗斯金说："我不仅相信有地狱这样一个地方，我还知道它在何处；当人们认为离开了对地狱的恐惧，美德便无从谈起时，他们实际上已经进入了地狱。"

在我看来，现代欧洲人的头脑可以分成两个隔离间，中间装有一个"滑动阀门"。当你在中国告诉一个英国佬中国的龙飞起来会致雨时，那扇阀门便自动开启，他会当面嘲笑你；而当主教告诉他这是贝拉姆[81]的驴子所说时，滑动阀门便会立即关闭——他会对此深信不疑。起初，人们还只是习惯于将这种阀门用于智力活动，现在却已逐渐将其运用到对于日常生活中的事情进行是非评判的道德方面。而且，将这扇方便的滑动阀门用于日常事务中的刺激和动力要强大得多——那就是利益的刺激与私利的驱动。

罗伯特·L.史蒂文森(Stevenson)先生在他的奇妙小说《两面人》(Dr. Jekyll and Mr.Hyde)里，对现代欧洲知识分子中的耶稣会士性格作过绝妙的描绘。

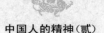

孔子说："人之生也直，罔之生者幸而免。"耶稣会教义对于人性的摧残及其必然结果，正如卡莱尔所言，"是广泛的苦难、叛乱和疯狂；是无套裤汉[82]暴动的狂热和复辟暴政的冷酷；它使千百万人沦为禽兽和各式各样团体受到纵容的轻薄无聊之举；那也是不义之君以法律裁决不义的可怕景象！"

我之所以在这些札记中反复谈论耶稣会教义问题，是因为不单是法兰西民族的灵魂正被其所吞噬，而且它就像麻疯病一样四处蔓延，使当今世界的所有民族都面临着毁灭的危险。英国的"冒牌帝国主义"和吃人的德国"殖民地政策"，不过是耶稣会教义与虚假民主杂交的产物。我把德国"殖民地政策"称之为"怪异的巨兽"，一种可怕的野兽。现在，法国民族的这种耶稣会教义，则是一种令人作呕的、粘滑而使人麻木的、带有巨毒的吸血蛇或爬虫。

在此，我确定中国目前事态的发端日期，乃是美国公使田贝[83]上校在北堂[84]开放之时用法文发表"一流"演说的那一天。田贝上校以及驻京的整个公使团都完全清楚天主教传教士在中国目前的地位，乃是基于一条厚颜无耻的伪造条款——1860年《中法北京条约》中的一条伪造条款之上的[85]。当北京的外国公使团乞求圣灵保佑这一厚颜无耻的赝品时，中国人别无选择，只能是向公使馆开枪射击！

昨天，头戴圣冠的主教大人对着圣灵这样说："圣灵！请下来吧，"

"不。"将要下来的圣灵道，"我不下来。"

正如英国的犹太人比肯斯菲尔德勋爵和德国犹太人海涅发现了他们本民族国家的长治久安需要什么一样，在法国，也是一个名叫甘必大[86]的犹太人发现了法兰西真正的弊病，他将其称之为"教权主义"（Clerical-ism）。如果甘必大活得更长一些，今日的法国会是什么样子呢？

当路易·波拿巴派法国军队去保卫罗马的教皇宫殿时，法国的教权主义达到登峰造极的地步。不过，自甘必大时代以来，教权主义在法国的影响已受到一定程度的控制，但尽管如此，它仍然有很强的势力。因为法国那些社会活动家们认为："反教权主义与商品出口不相干。"因此，尽管法国的军队没有再被派去保卫教皇，但法国人民却不得不缴纳税金，以便派人到中国去参与保护教皇的主教及其代理人的战争——为要给他的皇冠再次镀金，我们又须缴纳沉重的税银！

但这还不算是最糟糕的事情。最糟糕的事情是，教权主义利用其国外布道团作为进行投机买卖以维护自身在法兰西的特权之基础。耶稣会士们谈起他们在中国的传教团时确实可以说：四处奔走的传教士们，乃是我们做生意的"旅行推销员"。

法国政府应派一个专门委员会到中国去调查一下，看这些"旅行推销员"的生意做到何种程度，不用说其他肮脏生意，仅他们所从事的土地投机买卖一项，就已火红得不得了。除此之外，在中国，每发生一次教案，对耶稣会士来说就意味着要发一笔横财——因为他们每遭受一两银子的财产损失，就可以要中国政府赔偿白银50至100两——我算不清他们获利的百分比是多少了！

我说过法国现在没有公认的贵族，但法国、现代法国还是有一种贵族。在现代法国，真正的贵族是那样一些文坛巨匠，从发誓要"消除无耻"的伏尔泰到坦承"我忏悔"的左拉都是。然而，正如伏尔泰所说："怯懦乃是好人的不幸！"如今，法国需要有像伟大的丹东那样的人去呼喊："勇敢些！勇敢些！再勇敢些，革命就成功了！"

欢喜！欢喜！我们团结紧密，

法国出现了

未来的晨曦！

欢喜！欢喜！我们团结紧密，

勇往直前吧，高卢和法兰西！

关于中国问题的近期札记

之五(首次发表于 1901 年 5 月 25 日)

箴　言

爱默生说:"我的英国朋友问我是否存在真正的美国人? 那种具有美国思想的美国人? 面对这种富于挑战性的问题,我所想到的既不是各政党会议,也不是国会;既不是总统也不是内阁大臣,不是这样一些想把美国变成另一个欧洲的人。我所想到的只是那些具有最质朴最纯洁心灵的人们。我说:'是的,肯定存在',于是我谈开了无政府主义和不抵抗主义的教理。我说,确实,我从没有在哪个国家见到过人们有足够的勇气坚持这一真理,我非常清楚,再也没有什么东西比这种勇气更能赢得我的尊重了。我很容易看到卑鄙的滑膛枪崇拜的破产——尽管大人物们都是滑膛枪崇拜者——可以肯定,就像上帝活着一样毫无疑问,不能以枪易枪,以暴易暴,唯有爱和正义的法则,能收到一场干净的革命之效。"

美国驻华公使康格[87]先生最近在离开上海回国之前说道:"我不担心中国人还会发动同样的暴乱,他们已经得到了教训。"我想,这不该是一个美国官员、一个爱默生的同胞所应该说的话,这是一个卑鄙的孤儿院女舍监所说的话——她长期惨无人道地虐待那些没有自卫能力的孩子,而当孩子们反抗时,又毫无人性地加以残酷的痛打,然后坐下来喝口茶,还抛出一句:"这下小家伙们绝不敢再胡闹了,他们已经得到了教训!"

罗斯金说:"粗俗的本质在于麻木。"头脑简单和愚昧无知的粗俗,不过是身心缺乏训练和未经开发的迟钝,而在真正的与生俱来的粗俗中,身心有如死一般的麻木,臻于极至,就变得残暴成性,无恶不作。

但一般说来,美国人,还有俄国人,最不易陷入这种身心死一般的麻木之中。俄国人——众所周知俄国的下层人物及俄国兵是残暴的——有人说,"你惹了一个俄罗斯人,就等于碰上了一个鞑靼人。"俄国军队最近在中国北方的暴行无疑骇人听闻,但这种残暴仍然是那种未经驯化的野生动物的残暴。因此,俄国人的残暴还不是最可怕的,最可怕的是那种德国人形象地称之为"Rohheit"(字面意思是:纯粹的粗鄙)的残暴——即那种"人面兽"[88]的性情——阴森呆滞、庸俗粗野、冷酷无情、兽性十足,这些都是这种残暴的特征。

与俄国人被认为残暴一样,美国人则被认为是粗俗的。但美国人——美国受过糟糕教育的阶层明显的粗俗,一般说来,正是罗斯金所言的、身心未经训练与开发的迟钝,即那样一种头脑简单和愚昧无知者的粗俗。相反,英国伦敦佬或欧洲资产阶级的粗俗,才是与生俱来、深入骨子里的粗俗。

去年夏天,一个美国海军军官向我解释了美国文明的简单结构。他说:"在美国,无论我们何

英国作家斯威夫特的小说《格列佛游记》中的人形兽,指人面兽心之人

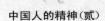

时规划一座城镇,人们要做的第一件事就是建一所学校,一座教堂和一个法院。"学校代表人,教堂代表上帝,法院连同绞刑架代表魔鬼。人首先被送往学校看看是块什么料,如果可堪造就,就送往教堂使之成圣;如果不堪教化,就送到法院、送到绞刑架——直接交给魔鬼。

这就是质朴的美国小木屋文明,但现代美国人已经"进步"了。除了修建学校之外,他们还创办了报纸;除了教堂之外,他们又创立了形形色色、大小各异的剧院;除了法院之外,他们还建起了银行。因此,那些本该送往学校受教育的人,现在却在阅读庸俗报纸,并因受其迷惑而丧失了原有的教养;那些本该送往教堂虔诚修行、接受高尚教诲的人,现在却热衷于到大大小小的剧院去享乐,耽于这种庸俗的消遣;最后,许许多多本该送往法庭或径直送往绞刑架下被绞死的人,现在却坐四轮马车到银行去提取利息和存款!

与此同时,那本该教育年轻一代知书识礼的美国学校和学院,现在已变成地道的"锻工车间",在那里,学生们被教以如何挣钱或如何谋生的方法,其途径是掌握那些被称为"现代技工艺术"的粗俗不堪的手头把戏——或被称为法律和神学的精巧的"脑筋急转弯"。在许多美国大学里,牙科学、手足病治疗或指甲修剪学,被置于同柏拉图和维吉尔的学问[89]一样"高"或一样"低"的地位。

与此同时,美国的基督教会也变成了盗贼和懒汉们的救济所。募集和分发救济品原本是基督教会的真正职能之一,但现代美国教会募集救济品,不是为了发放而是留着自己享用。如果人们真遭到不幸,那么接受救济当然没有什么不义或不光彩之处,然而,如果人们实在没有遭受不幸,只是"敏锐"地发现吃救济乃是一条舒适简便的谋生之道,那么其中包含的不义之恶便不言自明了——由此他亦将陷入真正的不幸之中。当人们耻于接受施舍而不以盗用施舍物为耻之时,那么接受施舍岂不更加臭不可闻?但必须公正地指出,对于今日欧美诸国的基督教会来说,并没有什么不好意思做的事了,它甚至不会以"传教士抢劫"为耻了。假若现代美国教会真有羞耻之念，它就不会振振有辞地写公开信给"异教徒"——日本的佛教徒，证明它有权向中国的饥民索取赔偿——在这些饥民家中，基督教会的代理人则帮着纵火，使他们无家可归、无以为食，以致陕西已经在出售人肉！这些赔偿和"劫来之物"自然不是用在教会或传教士本人身上，而是留给其可亲可爱的中国皈依者们享用。他如此标榜，并不意味着他真的关心那些穷人，而是因为他是一个小偷，并且已经赃物满袋。

最后，在美国，那代表绞刑架的法庭，那本该把正出入银行的那些人送进去的地方——现在已经变成一个避难所，一个为那些不成功的、内心坦然的人们准备的避难所。正如罗斯金所言，这个避难所是为那些聪明绝顶、地位卑微、敏感有情、富于想象、仁至义尽、公正虔诚的人们准备的——比如像埃德加·爱伦·坡（Edgar Allen Poe）或我曾在旅途中遇到过的那些只买得起散席船票，在珠江汽轮的甲板上抽着鸦片、能说流利的法语、德语和意大利语的食不果腹的美国艺术家那样的人。简而言之，美国的法庭是专门为那些弱者和不幸者、为各大城市的街头妓女们准备的：

> 当爱神的热切祈祷消失之后，
> 她那颗女性之心便不再存留。
> 连天国的基督也宽恕的罪过，
> 男人们却在诅咒不休！

在莎士比亚的《麦克白》（Macbeth）一剧中，麦克杜（Macdu）太太的儿子问她："何为奸贼？"

麦克杜太太回答道："噢，奸贼就是那种起假誓、说假话的人。"

儿子又问："所有这么做的人都是奸贼么？"

麦克杜太太继续回答："凡是这么做的人都是奸贼，都该被绞死。"

儿子接下去问："谁来绞死他们？"

莎士比亚《麦克白》剧中人物

麦克杜太太顺理成章地答道："噢，那些诚实的人们。"

儿子得出结论："如此看来，那些起假誓说假话的人都是些傻瓜，他们人多势众，为何不联合起来打倒那些诚实的人，并把他们统统绞死呢？"

然而，现代美国的奸贼，那些说假话起假誓的人却并不是傻瓜，因此，按照宪法，人人获得选举权的结果是：美国所有诚实善良的人都已被绞死，或正面临被绞死的危险。

在我看来，现代美国人实际上已经不配他们的先辈为其所制定的制度。正如中国人所言，"有治人，无治法"。无论如何，现代美国人在盲崇和迷信宪法条文的同时，已经丧失了他们的先辈——那些真正的、早期美国人的精神。对于此种精神，美国诗人写道：

这些养育我们的移民们，
他们沐浴着阳光漂洋过海而来，
为我发现了这块处女地，
并恩赐给我们自由的土壤。

人们经常断言汉语中没有关于"自由"的词汇。但令人惊奇的事实是，不仅汉语中有关于"自由"的词汇，而且这个词还准确地表达了美国人的本意，即"自由"的真正含义，当然，它迥然有别于现代伦敦佬或坦慕尼协会[90]的"自由"概念。汉语中表示"自由"的字是"道"。当中国人要说某个国家里没有自由的时候，他们便说"国无道"。这里表示"自由"的"道"字，字面意思是指"道路"，当它在"自由"这个意义上使用时，被定义为遵循我们本性的法则——"率性之谓道"[91]。那个表示我们本性法则的"性"字（字面意思指本性），被定义为上天的命令或意志——"天命之谓性"。因此，表示"自由"的那个汉字，是指自由地去遵循我们本性的法则——即按上帝的意志办事。那些头沐阳光、飘洋过海、离开旧家园寻求新天地的移民们所缺少的自由，恰恰正是他们所表达的照上帝意志办事的自由。事实上，早期美国人希望留给他们后人自由土壤的那种自由，并非像坦慕尼协会所认为的那样是自由地追求庸俗，进行诈骗，无心无肝，残忍粗暴，而是像中国人所说的：率性以尽天命——"我自由地漫步，因为我追寻您的旨意。"

但"自由"一词如今在美国，被另一个伟大的美国词"平等"夺去了光彩。的确，现代美国的"平等"概念，使得"自由"一词的真正含义无从得见。"自由"的真正意义是"你必须率性"，而现代美国的"平等"概念，意味着把人的头脑抹平（抹煞贤愚之别）。在一个国家，傻瓜和非傻瓜都是如此之多，现代美国的"平等"概念竟要求将非傻瓜的头脑与傻瓜扯平，以免傻瓜们的权利——他们的"平等"权利——那种与总统在白宫握手的权利被人剥夺！[92]

不过，美国人和欧洲的法国人如此固执于"平等"一词无疑是正确的。因为正是为了真正意义上的"平等"，反对"特权"的平等，美国人在独立战争期间，法国人在第一次大革命期间为之抛头颅，洒热血。但真正意义上的"平等"并不是指将国中最好之人变成与最坏之人一样糟的现代美国抹煞智愚差别的概念；也不是"士兵应当指挥将军，马应当驾驭车伕"[93]的法国人那种目无君上的概念。真正意义上的平等，是指敞开大门——开放门户。最正确意义上的平等意味着"开放"（Expansion），孔子

义和团团民奋勇而战

说："有教无类。"[94]这就是"开放"的真正含义。

自由、平等和最深刻意义上的"开放"——博爱，这就是基督教的内涵。或如中国人所说：一视同仁。因为心中拥有"博爱"一词，法国人德穆兰[95]在临上断头台之前仍诙谐地将自己比作"优秀的长套裤汉"耶稣。向康格夫人和其他公使夫人们说"中外一家，天下一家"的中国皇太后陛下，也是要告诉她们基督教的真实含义——那种最深刻意义上的"开放"，对此，康格夫人及其丈夫知之甚少。正因为皇太后的呼吁于事无补，成为徒劳，中国的优秀长套裤汉"义和团民"才不得不奋而起事，同他们的法国兄弟在1789年所做的那样，向全世界发出血淋淋的呼吁——呼吁应当把中国人当人看待，应当将其视为人类家族中亲如一家的兄弟。

现代民主和现代自由主义的伟大实践观念，那有别于现时代可以称之为欧洲文明的观念，构成了美国制度的基础。这种观念就是爱默生所谓"美国思想"。人们曾问歌德什么样的统治方式他认为最好，他回答说："那种使所有统治方式都成为多余的方式"。现代欧洲的统治观念，即怎样使人民、使"民众"遵守秩序的观念，是动用警察手中的警棍和军人手中的刺刀，而独特的美国统治观念，是借助学校和教会，使民众就身于秩序，从而免除"皮鞭"、警棍和刺刀的拷掠。

但美国人最初犯下一个错误，即他们不知美国文明是基于学校和教会，而不是建立在美国宪法的基础之上。美国人坚持按照他们早期"小木屋宪法"的模子来建学校和教会，而不是借助学校之光去阅读宪法，其结果，正如我们所见到的，是目前美国学校和教会所陷入的可怕状态。

美国人如此迷恋他们的宪法，实在让人怜惜。斯特恩(Sterne)小说中的下士说，"在这个世界上，他绝不会继续前进，不会再给阁下带来荣誉。"托比(Toby)大叔说："老天爷作证，他会继续前进的。"面对困惑，山姆大叔向律师求援。但一般说来，律师不宣告天理或上帝正义的法律，而只宣告依据于宪法的法律。人民、普通百姓当然不懂依据于宪法的深奥法律，于是，律师们便得以恣意妄为。简而言之，律师们根据宪法制订和解释深奥的法律，以使他们自己和任何能够付得起他们钱的人中意。

由于对法律和宪法名目的尊重已经深深植根于其宗族的心灵，美国人民，美国普通民众曾一度对这种依据于宪法的深奥法律保持沉默。然而，尽管美国的平民百姓在学校所受的教育很是糟糕，但仍然有人对其心中上帝正义的法律有所了解。因此他们时常发现，那依据于宪法的法律与上帝正义的简单法律正相违反。

于是，平民百姓只好动用"私刑"，但动用私刑是违反宪法的。因此，人们不得不召来持有刺刀和警棍的军警，不得不增加军警的人数，以对付与日俱增的私刑律师。

这样，起初从"美国思想"出发依赖学校和教堂的美国人，现在则仰仗警棍和刺刀，被迫采用欧洲思想，陷于卑鄙庸俗的滑膛枪崇拜中，结果，美国只能变成另一个欧洲。

随后，美国的"律师"被送往国外去做外交官。他们在对待菲律宾人和与中国签订条约时，不是遵照上帝正义的法律行动，而是根据宪法的

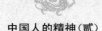

条文办事。这种宪法，他们出国之后加以扩充并称之为进步与文明的法则。然而拥有自己独特"救世主"的中国人发现，那种依据于宪法的法律、进步和文明意味着抢劫。而抢劫，尽管是富人抢穷人，强者抢弱者，但都明显违反了上帝正义的法律。正因此，中国人纷纷起来参加"义和团"并动用"私刑"——由此人们可以看到美国在眼下这场可怜而又可叹的悲剧中所起到的恶劣作用，同时人们还可以看到，他们支持、援助并最终采纳了其欧洲同伙卑鄙庸俗的滑膛枪崇拜的情景。

于是我们发现，现代"律师"是产生现代"警察"的真正和直接的原因，是现代欧洲卑鄙庸俗的滑膛枪崇拜的代表。现代"律师"乃是假教士，正如现代警察乃是假军人一样。事实上，最初正是这种假教士，首先带来了欧洲的军国主义或滑膛枪崇拜。在中世纪的欧洲，拥有虔诚、正直教士的真正教会毋需武装人员便能使国内百姓安居乐业。那武装人员、真正的军人，则被用于保卫英格兰和苏格兰（或威尔士）的边境，以防止游牧民族即蛮夷的入侵，事实上，也就是制服夷人的野蛮。而当教会变成假教会，教士变成不诚实的教士时，国内的人民、那平民百姓就再也无法保持秩序了。因此，另一种被称之为帝国主义者的武装人员——古斯塔夫（Gustavus），克伦威尔，腓特烈——不得不出来维持国内的和平与秩序，等待那些名副其实的教士的到来—公理通行之前，只好依靠强权。

然而他们等来的不是真正的教士，而是律师。他们一来就开始建立称之为"宪法"的新教会。这些律师不是减轻武装人员维持和平与秩序的任务，以减轻人民为养活这些武装人员所承受的负担，而是宣告需要更多的武装人员，这样做当然不是为了维持和平与秩序，而是为了维护法律的尊严并捍卫宪法——这种宪法意味着财产权，意味着律师以及为律师付酬的富人的财产权。于是，武装人员发展成为现代"警察"，这种警察不是勇士，骑士或真正意义上的武士，而是"士兵"，一个佣工和雇佣者，一个战斗者，一种原始意义上的武士，即律师、富人、外交官及资本家豢养的走狗。他们被雇佣来不是为了维持和平与秩序，而是保护财产、保护

东印度公司的鸦片仓库

铁路旁轨辛迪加(96)和鸦片仓库。这就是冒牌帝国主义或殖民政策的根源，是欧洲卑鄙庸俗的滑膛枪崇拜的最新发展。

剑或相当于剑的刺刀并非是粗俗或卑鄙的东西，恰恰相反，它是人类男子气概至上至圣的象征。武装人员或佩剑之人非但不粗俗卑鄙，而且是一切真正的高雅、礼貌、有教养——即文明真正含义的本源——在欧洲是这样，在所有国家也莫不如此。但那些可怜的漫不经心的现代乞丐，那些包裹在土黄色制服里、并配备有机枪的人们已经变得粗俗卑鄙了，他们之所以如此，倒不是因为他们是些乞丐，而是因为他们已经成为领薪水的警察。那佩戴肩章的现代庞大的自动机器，也已经变得粗俗卑鄙起来，因为他像自己惟一崇拜的东西——机枪一样，成为一个既无道德感情又无道德责任的自动机器。正是这样的人进驻北京并到处指手划脚，乃至侮辱中国的皇太后，让其同胞，即那些可怜的传教士，在饥饿或抢劫之间做出残酷的抉择。

的确，任何认识到现代欧洲的"军人"实在已变成地地道道的"警察"

的人，都不会对八国联军在中国北部的所作所为感到奇怪了。法国人马蒙太尔（Marmontel）说，普通士兵常受低劣战利品的诱惑，我完全可以想象得到，他们为了糊口会冒死亡之险。然而一旦让他们领取固定工资，他们就成了奴隶。其实，荣誉就意味着利益，因为荣誉、称号、声望这类东西就等于是薪水；谁够资格，就应给予谁——这就是一切军人道德的基础[97]。

那些真想改革英国军队的装模作样的英国政治家，首先应该使英国官员"非职业化"，将其塑造成君子，而不是变成"德国造的"纯粹冒牌的自动机器。英国"绅士"即便是在体育比赛中，也往往不愿承认自己是"职业选手"在那可怕的战争竞赛中就更是如此了。

在中世纪的法国，在那个产生过欧洲最纯粹军人的国度里，一个人要想得到晋升或荣获骑士称号，必须通过卜列严格的考核——

考官会问他："你进骑士团图的是什么？如果图的是财富、安逸和荣耀而不是为骑士这个称号增添光彩，那么你就不配享有这个称号。把这个称号授予你，与授予高级教士团中的那些盗卖圣职的神职人员（假教士、律师、书记员或为了谋生而甘充这类角色的人）完全没有两样。"如果考试合格，那个考官，他的上司会对他说："我以上帝的名誉，以圣•马歇尔和圣•乔治的名义，授予你骑士称号：希望你勇敢、坚毅和忠诚！"

这就是骑士品质或欧洲真正的尚武精神，它与那现代的自动机器，即警察或庸俗卑鄙的滑膛枪拜物教迥然不同。事实上，不论在欧洲、日本还是中国，一切军人道德或所谓"武士道"的基础，一切真正的尚武精神的基础都是相同的：那就是消灭蛮夷及其野蛮风俗，崇尚高贵与真正的君王风度，扫除人类自身的卑鄙与低级趣味，用汉语说，就是"尊王攘夷"[98]，丁尼生[99]用欧洲语言解释了这几个汉字的意思，他让亚瑟王的全体圆桌骑士们宣誓：

敬国王仿佛国王是其良心，

良心就是其国王，

打倒异教徒，捍卫救世主！

美国人现在不相信"君王风度"，他们信仰自由与无君；法国人现在信仰自由、无君和无基督，但中国人相信没有君主便没有自由。中国人的君主观念是——英雄崇拜（尊贤）。汉语里孔子所用的相当于卡莱尔所谓"英雄"一词的那个词，理雅各[100]译作"Superior man"（君子），字面意思是一个小王或小国君主——"koen-tzu"（现代官话拼成 Chiintzu），如同德语里的"koen-ig"，英语中的"king"。

现代美国人信仰无王之政，这比法国人现在相信没有基督更不足为奇。当今全欧洲，恐怕除了俄国之外，实在已没有君主。海涅指出："俄罗斯的专制主义，实在是对贯彻现代自由观念的专政。"在除俄国之外的欧美所有其他国家，"君王"纯粹成为律师的宪政的廉价点缀，正如"基督"已完全变成基督教教士供奉在教堂的"偶像"一样。

现代基督教教士发现，如今许多人已经不在乎他的"偶像"或冒牌基督了。因此，他们中的许多人为了谋生计，改行当了律师或新闻记者，事实上成为了政客。来到中国的典型的基督教教士，他们对国内的某些人谈"偶像"以得到捐赠；而对另一些人则谈"爱国主义和祖国的荣誉"，以得到那些鼓吹侵略主义的报刊的支持而不是受到责难。可到中国之后，他们又对中国的达官贵人们大谈什么"进步与文明"，认为这样可以在更广泛的领域里

罗伯特·赫德曾担任大清帝国海关总税务司一职

为中国人谋福利，其途径是当上某些总督的法律顾问，乃至于接替罗伯特·赫德先生！

另一方面，"律师"将"君主"与宪政卫兵之类粘合物粘在一起，或者迎合人们的口味处置其君，就像面包师在他的圣诞面包上装饰人物头像一样。如果人们喜欢一个"君主"，律师就把他们的圣诞蛋糕称之为"有限君主（制）"或"立宪君主（制）"，如果人们对这种装饰并不在乎，他就径直将其称为"共和制"。但无论是共和制还是君主制，其结果都一样，吃蛋糕的都是律师和付给他酬金的富人。

然而在我看来，显而易见，那最终将吞噬欧美文明的教士、律师、宪法、教会及上述蛋糕之类的东西，是那既无道德情感又无道德责任，而只是病态地渴望报上扬名——即便是臭名昭著也在所不惜，对痛楚和灾难麻木不仁，对昂贵的机枪却贪得无厌的庞大的现代化自动机器。事实上，正是这个威胁要将欧洲的律师以及他们所做的蛋糕一并吞掉的庞大机器，驱使着现在国内那些精神错乱的律师，为供养这个怪物而将其庸俗卑鄙的滑膛枪拜物教带到国外，并称之为"帝国主义"或"殖民政策"。

当年，正是这部自动机器毁灭了古罗马帝国——正是这种被携之国外、被称为"帝国主义"的庸俗卑鄙的武器拜物教，导致了古罗马人灵魂与肉体陷入死一般的麻木中，并使他们变得残暴成性、无恶不作，最终招致了古罗马帝国的灭亡。在现代罗马人中，任何明眼人都能看出这种毁灭帝国的恶疾，这种灵魂和肉体死一般麻木的极其严重的症状已经显露出来，这种症状首先表现为漫不经心，然后表现为在所有精神运动面前缺乏思想能力，表现出极度的无能与束手无策。上层和较上层人士傲慢的、绝弃生命的愚蠢举动，以及下层对于消遣、娱乐和下流刺激所表现出的令人可怕的、歇斯底里的狂热情欲，所有这样更会将整个文明推下悬崖。

假如我是美国人，即使有人将大清帝国——将整个亚洲大陆，包括菲律宾在内作为免费礼物赠送给我，我也不会要。哪怕整个大陆均由黄金构成，要是接受这样一个礼物又无法把它带走，那就比我的同胞染上欧洲瘟疫，或染上我在本文一开篇就提到过的那种美国人和俄国人不易感染上的、使得肉体与灵魂陷入死一般麻木的恶疾还要糟。因为，常言说得好："如果他得到了整个世界而丧失了自我，那么他还是毫无所得"，这句话对于民族国家也同样适用。

总而言之，现代欧洲的尚武精神如今已成为虚假的尚武精神，因为"军人"在欧洲已变成警察。我之所以说警察是一个伪军人，是因为他作为武装人员的目的只是为了谋生，因而成为领工资或被雇佣的奴仆，成为一名不仅拿固定薪水，而且离不开薪水的"专职人员"，而不是一名不取酬报的绅士——无论这种报酬是金钱、声望还是新闻名气，形式不限。其次，警察之所以成为伪军人，是因为他不是被雇佣来保护和发扬人的高贵品德的，也不是被用来控制和压服人的卑下之念，铲除和消灭粗野之气的，而是用来保护私人财产权的。最后，警察之所以变成可怕的伪军人，乃是由于他已像他的机枪一样，成为一个纯粹的自动机器，他"并未给骑士称号增添光彩"，仅仅是练就了一身"敲诈勒索他人的本领"，实际上他只崇拜他手中的机枪！

产生现代警察的真正的和直接的原因，是现代律师。正如警察乃是一名伪军人一样，律师则是一位伪教士。当古罗马天主教神父不再宣讲上帝的法律，而是宣讲其教会的法律时，他便成了一名伪神父。当后来的新教牧师不再宣讲上帝的法律，而是宣讲其《圣经》的法律并声言他对《圣经》的解释绝对正确时，他就成了一个伪牧师。现代律师之所以是伪教士，是因为他制定和颁布的不是关于上帝正义的法律，而是依据于其自身宪法的法律。

真正的教会并不是如今基督教教士的教会，而是并且始终是宣讲上帝真正的法律或意志的教会，真正的国家或政体也并不是现代律师的宪政，而是并且始终是制定和颁布真正的上帝正义法律的国家。但何为上帝真正的法律？何为上帝正义的真正法律？中国人说"天命之谓性"（上帝的命令或意志是我们本性的法则），因此"性"（我们本性的法则）便是上

帝惟一真正的法律。然而这"性"，并不是指一般市井小民之"性"，或是卑鄙下流者之"性"。这里的"性"，正如爱默生所言，是世上"至纯至朴者"之"性"。它如今是而且始终是上帝惟一真正的法律。那代表至纯至朴者的教士或律师，才是真正的教士、真正的律师或政治家，那愿意并能够接受世界各国至纯至朴者的智慧、愿望和抱负的影响与指导的国家，才是真正的国家。简而言之，真正的教会，今日那真正实在的天主教教会，尽管还没有正式成立，但它必将由世界各民族中所有最有教养之人，所有至纯至朴者所组成。这就是"开放"的含义。"在真正的有教养者之中，是不存在种族之别的"——有教无类。

我在这些札记的开头曾谈到粗俗，卑鄙下流者的突出标志就是粗俗。相反，单纯朴质之人的确切标志则是彬彬有礼、高雅脱俗。在此，我将举出两个例子：一种是真正的骨子里的粗俗，另一种则是真正的礼貌，那种发自内心的礼貌。

去年夏天，八国联军攻占天津后，发给上海各报的电文这样描述华北的可怕景象："天津，七月十五日电，街头上躺着成千上万具尸首，死尸

八国联军向天津发起总攻

在阳光的照射下发着惨人的光。城内大部分地区还在燃烧。夜幕降临时,熊熊的火焰将郊野上空映得一片血红。"然而,面对这一电文及成千上万具仍盯着他们面孔的尸首,上海租界的外国侨民竟张灯结彩,举着火把骑自行车游行,以庆贺北京的陷落和公使馆解围!在上次美西战争期间,在一次海战中,一艘美国军舰以其惊人的发射技术宣告了自己的胜利。当迅捷、连续不断的炮弹准确地击中一艘西班牙舰艇的时候,美国军舰甲板上的士兵们目睹自己精彩的射击表演,激动万分,他们情不自禁地欢呼起来。但这时,站在甲板上、暴露在西班牙人枪口之下而不像上海那帮外国侨民藏在彩柱后面的美军舰长,却平静地对下属们说:"不要喊叫,小伙子们,可怜的魔鬼们快要死了。"这就是我所说的真正的礼貌、那种发自内心的礼貌,它构成一切军人道德或曰武士道的基础,也表明美国这个民族仍然是健康的,尽管人们可以在当今美国看到许许多多不尽如人意的东西。

罗斯金说:"在所有时代,所有国家,军人都要比商人更重荣誉。因为军人的职业不是杀人,而是被杀。"日本伟大的军人和征夷大将军德川家康[101]——那个曾手持利剑将"残忍的恶魔"赶出封建的日本,并缔造了爱德温·阿诺德(Edwin Arnold)爵士所说的那个实实在在、优美动人、彬彬有礼、充满艺术情调的日本的人,在临死之前,他躺在床上,派人叫来他的孙子德川荣光,并对他说:"汝,他日治天下者也,治天下之道在于慈。"[102](这个"慈"字就是拉丁文"alma",或基督教《圣经》中所言的mercy 和 loving-kindness)。

跋

　　孟子曾说:"孔子作《春秋》,而乱臣贼子惧"。中文里的"乱臣",我译作"the sneak"(鬼鬼祟祟,暗中生乱之人),而一般均译成"a traitorous minister"(叛乱之臣)这个词的本意是指一个无法无天、惹事生乱的臣子和官员,或者如卡莱尔所言的"不守法的生乱之人"(ananarchicperson),他之生乱,并不一定出自冥顽不化的私念,而是由于其内心混乱的状态,由于现代"走狗人生观"和"坦诚之伪"的混合物的催化。这些东西使他背叛了本性中的君王风度,背叛了他的君王、人民与国家。事实上,他给人们带来的不是秩序、和平与亲善,而是乱世。中文里的"贼子"一词,我翻作"the cad"(举止粗俗、行为不端的无赖),而一般译为"robber"(盗贼),或"son of a thief"(窃贼之子)。这个词的字面意思是指一个麻木不仁、无情无义,但破坏性不大的人[103]。罗斯金说:"与上帝的力量相对抗的东西或力量,那称之为'钱财'的'首敌',始终可以从如下两种魔鬼的功能中简单地分辨出来:那就是'欺骗之主'(Lord of Lies)和'灾难之主'(Lord of Pain)。"如今,拥有伪律师、伪政客或外交家以及骗人报纸的欧美现代政治或外交,就是"欺骗之主"的化身"乱臣"。拥有作为伪军人的自动机器——警察及其机枪的现代军国主义,就是"灾难之主"的化身"贼子"。法国大革命期间,一个激情冲动的人高喊:"我要求把乱臣和贼子们抓起来!" Et. nunc, reges, intelligite: erudimini, quijudicatis terrain(且听着,统治者们,请明察:决定世界事务的人,需要掌握大量的知识。)

文明与无政府状态（104）

抑或远东问题中的道德难题

箴 言

我们这个时代的伟大任务是什么？
是解放，不仅是爱尔兰人民的解放，希腊人的解放，
或其他国家人民的解放，而且是全人类的解放，
特别是已经成熟了的欧洲人的解放。（105）

——海涅《旅游印象》

毫无疑问，对于许多人来说，所谓的远东问题无非是指最近的事变后清帝国的前景问题。但人们只要对此稍为认真地加以思考，就能不注意到问题并未就此完结。因为在贸易和金融的纯经济问题、以及因国际物质利益纠纷而引起的和平与战争的政治问题上，远东问题里还涉及到一个道德的问题，一个比中华帝国的政治前途更为严峻抑或更为现实的大难题。

欧洲第一次十字军东征的历史告诉我们："在法兰西的克勒芒（Clermont）举行的第二次宗教会议上，教皇（乌尔班二世（106））亲自向广大民众发表过一次激动人心的演讲，在演讲的过程中，人们那被抑压的情感骤然爆发，同时听众中升起'Deus Vult'（上帝之意）的呐喊。"而今在我

十字军东征

们看来,那些民众的感情似乎很难叫人理解。确实,当我们今天以本世纪眼光去看待他们当时所施行的愚蠢的宗教计划和狭隘的政治计划时,十字军东征对于那些一心想去践踏东方民族的欧洲人,显然是场劳命伤财、昏聩糊涂的运动。然而,当我们去研究欧洲民族的理性与道德发展路径的时候,就不得不承认,那十字军东征尽管是一场出于自愿和头脑昏聩的狂热与贪婪的远征,但其对于人类种族文明的完善无疑仍具有严肃的道德动机和道德作用。对于那一行动上,其也许看起来顽固贪婪,但确实含有"上帝之意"。因为我们知道,中世纪十字军东征的最后结果,首先便意味着打碎当时欧洲的拘谨古板的寺院文明。十字军东征之后,在欧洲赢来了马丁·路德及其新教改革。所以,基佐先生在他的《文明史》一书中指出:"十字军东征的最终结果,是通向人类精神解放的一步。"

现在让我们来看看欧洲各民族目前在远东的行径——这在德国被叫做"Kolonial Politik"（殖民地政策）——谁都不怀疑,这是十九世纪的现代远征,尽管表面上看起来大体不过是一场贪求物质利益并着眼于贸易目的的自私行动,但其对于人类种族文明的完善,也还是有一个道德的动机和道德作用的。当德国皇帝在基尔(Kiel)庄严宣告"上帝之意"寄于现代远征的时候,那种场面和他那陌生的中世纪语言,使人非常奇妙地想起1095年在法国克勒芒的情景。谁知道这场被称之为"殖民地政策"的现代远征之最后结果,不会像中世纪十字军东征时的基督教一样,即使不完全改变现代欧洲文明与社会结构,也会使其在修正中结束呢？正是这一思想,而不是什么黄种人将来可能入侵的观念,激起了这位显然是中世纪欧洲最后的一位皇帝,去绘制了他那幅著名"黄祸"的图景[107]。

不过确实,对于任何不辞辛苦去研究远东民族的道德文化和社会秩序的人来说,黄种文明本身如何会对欧洲人构成一种潜在威胁,实在让人难以思议。欧洲人,尤其是那些讲求实惠的英国人,他们习惯把现代政治经济学家所说的"生活水平"看作是衡量一个民族的道德文化或文明的标准,在他们眼里,中国和东方民族的实际生活无疑是十分低劣和难如人意的。然而,生活水平本身却并不是一个民族文明的标尺。在今天的美国,生活水平比在德国要高得多。可尽管一个美国百万富翁的儿子会认为某所德国大学教授的生活水平简单、相对低下,因此要怀疑教育在该大学的价值,但我相信,没有一个有教养的人在游历了这两个国家之后,会承认德国人不如美国人文明。

实际上,生活水平完全可以作为文明的"条件"来考虑,它却不是文明本身。举一个物理现象来说明：热在一个动物体内是生命和健康的条件,但是动物体内的温度本身却并非是衡量其内部结构组织完好或粗劣的真正与绝对的标准。一个结构组织真正完好的动物躯体会因某种反常原因而变得很冷。同样,某一民族的生活水平也可能由于某种经济原因而变得十分低下,但它本身却不是该民族道德文化或文明的证据。爱尔

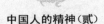

兰的土豆歉收和大不列颠长期持续的贸易萧条，可能极大地降低了这些国家人民的生活水平，但是人们却不能由此判断说爱尔兰人和英国人已经变得不怎么文明。

然而假如单纯的生活水平不是文明——那么什么又是文明呢？要解释全世界各国的文明就好比对单个人来说什么是真正的教育那样，实在很难下一个确切的定义。不过，我倒是可以通过一具体事例来阐述我对文明的理解。

1816 年，英国皇家海军巴兹尔·霍尔（Basil Hall）上尉访问朝鲜时，有一位年老的朝鲜下级官吏曾给他留下了这样的印象："他那种彬彬有礼和悠然自在，实在令人欣羡。考虑到迄今为止他很可能连我们的生存方式也一无所知时，却能在行为举止上表现出这种得体有礼的风度，仅此似乎已表明而毋需别的情形来证实：他不仅已进入到社会上层，而且已达到其所在社会的文明的高度。实际上，让人感到奇妙的是，在不同的国家，无论社会状况可能存在多大的差异，其礼貌都是大体相同的。这种优良品性在那位朝鲜官员身上便得了极好的证实。当他乐于我们请他干什么和无论我们对什么事情似乎表示关切的时候，他便立即怀有兴趣。他十分好问，一旦发现任何起初使他感到过迷惑的事物的用途时，总是高度地满足。但他并不一下子过分地表示赞赏之情，他肯定可以被看成是一个世界任何地方都有的教养好、观察敏锐的人。"

我所谓的文明就是如此。一切能够产生像霍尔上尉上面所描述的这样一种样子的人的社会，便是一个文明的社会。如果说以上解释说明了在远东民族的文明里有教养者或社会上层的典型特征，那么已故麦嘉温（Macgowan）[108]博士下面对中国人特性的描述，则可说明那种文明对于下层民众的影响。

麦嘉温博士说："在前面所述中国人的工商业生活中，可以注意到这个民族的一个显著特征，即他们的结合能力。这种能力是文明人的主要特征之一。对于他们来说，由于生来崇尚权威和恪守法纪的天性，组织与联合行动是件容易的事情。他们的驯良不同于那种精神分裂而遭致阉割的民族,而是由于其自我管束的习惯,和地方性、公共或市政事务中长期听任其'自治'(Self-government)的结果;可以说他们的国家,立于人人自治自立之上。倘若这些人中最贫穷可怜、最不文明的部分将他们自己置身于一个孤岛之上,他们也会像在原来地区生活、受过理性民主熏陶的人们那样,很快便将自己组成一个完整的政治实体。"

从以上对远东民族文明的说明中,可以清楚地看到,这样一种文明本身不可能对欧洲民族构成潜在威胁。然而尽管如此,必须承认,目前在欧洲和远东之间确实有一种文明竞争在进行着。不过在我看来,这种竞争似乎并不是一种黄种文明与白种文明之间的冲突,而更似一种远东文明与那种可称之为"欧洲中世纪文明"之间的冲突。

任何一个有兴趣研究欧洲现代制度之精神的人都不可能不注意到,最近一百年来,在通常所谓"自由主义"的名义下,欧洲一直滋长着一种新的道德文化意识,和一种迥异于那可称作古代中世纪文化与秩序的新社会秩序观念。在本世纪末,即第一次法国大革命之前,一个名叫杜·克罗斯(Du Clos)的法国人曾说:"Il yaun germe de raison qui commence a Se developperenFrance(在法国,有一种理性的胚芽正开始滋长)。"无疑,一般认为,严格说来,今日所谓的自由主义的那些思想和概念都是由本世纪法国哲学作家们第一次真正认识并传播开去的。但值得奇怪的是,迄今为止一直没有人知道也估计不了这些法国哲学家的思想,究竟在多大程度上应归功于他们对耶稣会士带到欧洲的有关中国的典章制度所作的研究。现在无论何人,只要他不厌其烦地去阅读伏尔泰、狄德罗的作品,特别是孟德斯鸠《论法的精神》,就会认识到中国的典章制度的知识对他们起了多大的促进作用:如果它对杜·克罗斯所谓的"理性胚芽"的兴起没起什么作用,至少对我们今天所讲的自由思想之迅速发展与传播是起过促进作用的。众所周知,那种"理性胚芽"最终发展成为自由主义思想,它在本世纪带来了欧洲中世纪制度的"culbute general"(全面解体)

或彻底崩溃。

这对上帝神灵真是一个极大的嘲讽。在此，我不禁要指出，那些来到中国、要使身为异教徒的中国人皈依其宗教的罗马天主教传教士们，他们应当使自己成为给欧洲传播中国文明思想的工具。因为正是中国文明的思想，那些传教士花费毕生精力，在努力教化中国人的过程中传播过去的思想，曾经成为打碎其中世纪文明的有力武器。

我已经绕了一个大弯子——现在让我们再回到文章的主题上来。这种文明的冲突，或更确切地说这种现代自由主义和古代中世纪主义的冲突，就是远东问题中的道德难题。它不是黄种人同白种人之间的冲突，而倒是部分欧洲人为将自己完全从古代中世纪文明中解放出来的斗争。一句话，它是今天德国人所说的"Kultur kampf"（文化之争）。

欧洲中世纪道德文化起源于基督教《圣经》。基督教《圣经》作为歌德所说的一部"世界文学"（welt-literature）典籍，有如荷马的《伊利亚特》和维吉尔的《埃涅阿斯记》，是一部非常了不起的巨著，它永远也不会在这个世界上完全消失。正如马修·阿诺德先生所说，《旧约》道德之崇高，耶稣·基督个性之魅力，以及《新约》中其教义的明了简朴——所有这些，可以说都已深入到欧洲出产的最好人型（best types of humanity）的骨髓之中，不仅如此，对于那些歌德的"世界文学"能够发生影响的人们来说，它将始终保持永恒的力量和价值。当然，这一力量和价值并不伴随着那些普通的人。因为一般欧洲人，要想充分地感受到基督教《圣经》的力量，就必须得和撰写《圣经》之人处于同等的理智状态。但我想，现在一般都会承认，杜·克罗斯所说的"理性胚芽"已极大地改变了一般欧洲人的理智状况。对于这样一些普通人，基督教《圣经》纵或不是全然晦涩难懂，也是难以理解的。而其结果，势必是《圣经》不再能成为真正的道德文化的源泉。在伦敦一校务会议上，已故教授赫胥黎[109]曾说：如果这些（不列颠的）岛屿上完全没什么宗教，那么借助于《圣经》去传播宗教的思想，也是不可能渗入人们的心灵的。

总而言之，我们相信现代自由主义的真正道德文化，如果不那么严格，恐怕是一种比来源于基督教《圣经》的欧洲中世纪文化更为博大的文化。一方面，过去的道德文化在人一般主要依赖于希冀或敬畏的情绪，而另一方面，新的道德文化则依赖于人性的整个理智力量：求助于他的理性和情感。在旧的文化中，那种关于人性的理论是"性本恶"（人生来就处在原罪中），即人的本性从根本上说是坏的。可现代道德文化的理论则认为人的本

英国博物学家赫胥黎

性从根本上说是好的（"性本善"），而且如果它得到适度的发展并求助于它自身，在世界上就会产生健全的德性和社会秩序。旧文化的方法起于"敬畏上帝乃智慧之发端"，现代文化教育方法则认为："大学之道，在明明德"。

起源于基督教《圣经》的古代文化的语言是象征性语言，即形象、符号、隐喻性的语言。现代道德文化的语言则是具体实在的语言，即科学语言。一种语言是这样说："对于他，正确地使其交谈有条不紊会显示出上帝的恩赐。"而用另一种语言说则为："要想治国，必先齐家，要想齐家，必先修身。"

以上，便是我从人性理论、教育方法和语言上，对古代中世纪道德文化与我们称之为的欧洲现代道德文化之间不同点的：一个概述。我相信，欧洲古代的和现代的文化，对于人们的生活以及他们的社会法律制度的影响也将是不同的。古代道德文化使得人们对权力和权威盲目和消极的

服从。现代道德文化的影响即如麦嘉温博士谈及中国人的特征所说的那样："国民自治自赖乃有国。"欧洲中世纪道德文化的结果，用一句话来说，是封建统治。而自由主义旗号下的现代道德文化的结果，则将是麦嘉温博士所说的"理性民主"，即自由制度的统治。当今，欧洲作家习惯谈论基督教文明是比远东人民的儒家文明更高级的文明。其实这两种文明的目标无疑是相同的，即保证人们道德的健全和在世界上维持国民秩序。但如果我所讲的欧洲古代和现代的道德文化是不错的话，那么我想就必须承认，尽管建立在一个依赖于希冀和敬畏之情的道德文化基础之上的文明或许是个极其强大甚至更为严格些的文明，但可以肯定，建立在一个依赖于人的平静的理性基础之上的道德文化，纵使不是一个较高层次的，也是个极其博大的文明。这一文明人们更难达到，而一旦实现，就将会永恒持久，不衰不灭。

事实上，在我看来，对一部分欧洲人而言，获得新的道德文化确实很不容易，而且黄种人文明，不仅对于现在的欧洲民族，就是对于人类的命运与文明也不是真正的威胁。欧洲民众，由于在很大程度上对使用暴力丧失了理性，且崇尚他们古代的中世纪道德文化，由于没有充分获得现代的新道德文化并用它去作为保持国民秩序的一种约束力量，所以而今其维持治安，在根本上不是通过道德力，而是靠警察或称为"军国主义"的纯粹外在力量。卡莱尔说："现代的欧洲各国是无政府状态加上一个警察。"一位法国作家说得更妙："C'est la force en attendant le droit"（在公理通行之前，只有依靠强权）。

然而在现代欧洲，维持这种规模巨大的军国主义的无数必要开支对于人们的经济健康来说，正起着一种毁灭性的破坏作用。在我看来，欧洲人民要想逃脱这种毁灭的厄运，只有两条路摆在面前：要么是为获得新的现代文化去奋力抗争，要么就回归到中世纪的信仰上去。但回归到中世纪信仰上去，欧洲人民是决不会愿意的。伟大的俾斯麦公爵曾说过："wir gehen nicht nach Canosa"（我们绝不回到卡诺莎[110]去），况且，欧洲人民纵使愿意，现在也不可能回到过去那真正的中世纪信仰上去了。如果他们试图回归，那么就只可能出现基督教救世军那样的劳命伤财或耶稣会教皇至上主义的骗子。

现在，如果有人想知道一种什么样的毁灭文明、毁灭一切道德文化的力量，以及基督教救世军那种浪费有一天会出现在欧洲，那么他应该读读中国太平天国暴动的历史。那次暴乱中的中国基督教徒们，抛弃了他们本民族的仰赖理性的道德文化，而退回到依赖于民众心中希冀与敬畏情绪的中世纪欧洲的道德文化上去，其结果是践踏了数省，屠戮了数以百万计的生灵。

至于耶稣会的教皇至上主义，它甚至比基督教救世军的浪费更为糟糕。耶稣会教皇至上主义的智力欺骗对于人性来说是一种践踏。这种践踏的结果，有如卡莱尔所指出的，将是普遍的灾难，反抗和谵妄、过激分子骚动的狂热、复辟暴政的冷酷，百万生灵惨遭那饱食终日无所事事的军队的杀戮；相反，一旦军国主义在中国成为必要，那么中国人肯定会成为一支强大的军事力量或者势必为外来军事力量所制服。但无论出现哪

亨利四世身披罪衣，翻越阿尔卑斯山到卡诺莎向教皇"悔罪"

种情况，全世界都将不得不为此付出一大笔额外的军事负担。

在欧洲，由于人民的不满情绪，军国主义是必要的，它是文明的庇护者与捍卫者——一种权力范围内的力量。用丁尼生中世纪的话来说，它的真正作用在于：

"打倒异教徒，捍卫救世主。"即打倒暴虐、野蛮与混乱。可是后来欧洲的军国主义却不被用来对付混乱与野蛮，反而用来对抗真正的文明，反对中国人民的好政府。这种欧洲军国主义愈是被滥用，其所耗资的负担就只会愈加沉重。

因此，对于欧洲人民来说，要想逃脱被其军国主义负担所压垮的惟一可能的途径，就是为获得我们称之为的那种普遍自由主义名义下的新的道德文化而斗争。但欧洲人民要实现这一点，很难说清要花多长时间。

就我个人看来，上世纪欧洲的那种自由主义确已衰退。比肯斯菲尔德伯爵在谈到他那个时代英国的自由主义时，说他惊奇地发现其已变成一种实际的政治独裁。我以为今天欧洲那种自由主义也已经变成了一种独裁：一种"养尊处优集团"的独裁。前一世纪的欧洲自由主义是有文化教养的，今日的自由主义则丧失了文化教养。过去的自由主义读书并且懂得思想；现代的自由主义为自身利益却只看报，断章取义、只言片语地利用过去那美妙的自由主义惯用语。前一世纪的自由主义是为公理和正义而奋斗，今天的假自由主义则为法权和贸易特权而战。过去的自由主义为人性而斗争，今天的假自由主义只是卖力地促进资本家与金融商人之既得利益。

如果能设想一个在上世纪不得不行杀死国王、险些推翻王权暴举的十足的自由主义者再生今日，那么他肯定会用莎士比亚作品中"布鲁图斯"（Brutus）的话来告诫今天的假自由主义者：

难道我们打击世间的一流人物只是为了助纣为虐吗？难道我们现在以卑鄙的行贿玷污我们的手指出卖我们廉耻的广阔空间只是为了换取可能得到的这么一堆垃圾吗？

我宁愿做条狗去吠月，也绝不做这样一个罗马人！

然而，我们却不必绝望。我相信目前的所谓"殖民地政策"运动在欧洲的最终结果，将会是真正自由主义的复兴。基佐先生在其关于欧洲文明的演讲中，谈到中世纪基督教远征的动机以及其对欧洲基督教国家的影响时说：

"对于最初的编年史家，及其他们笔下的十字军的最初成员来说，穆斯林教徒是他们憎恶和鄙视的惟一目标；显而易见，那些如此谈论他们的人并不真正了解他们。后来的十字军参加者的历史，说起来就十分不同了；很清楚，他们已不再将其看作怪物；并且还不得不在某种程度上深入到他们的观念中去；他们彼此住在一起；在他们之间一种勾通关系甚至某种同情已然建立。"因此，基佐先生接着说，双方的灵魂尤其是十字军战士的灵魂，已经从因无知而产生的那些偏见中解放了出来。最后他说："所以，这是向通往，人类精神解放的一步迈进"。

欧洲这一称作"殖民政策的现代远征"，在欧美终将完成人类精神的彻底解放。而这种人类精神的彻底解放，又终将产生一种全球性的真正的天主教文明；这一文明不建立在一个仅仅依赖人的希冀与敬畏情绪的道德文化基础之上，而建立在依赖人的平静理性的道德文化基础之上。它的法令不是出于外在的某种强力或权威，而是像孟子所说的，出自于人类生来热爱仁慈、正义、秩序、真理和诚实本性的内在之爱。

在新的文明之下，受教育者的自由并不意味着他们可以随心所欲，而是可以自由地做正确的事情。农奴或没有教养的人所以不做错事，是因为他害怕世间的皮鞭或警棍以及死后阴间的地狱炼火。而新的文明之中的自由者则是那种既不需皮鞭警棍，也不需地狱炼火的人。他行为端正是因为他喜欢去为善；他不做错事，也不是出于卑鄙的动机或胆怯，而是因为他讨厌为恶。在生活品行的所有细则上，他循规蹈矩不是由于外在的权威，而是听从于内在的理性与良心的使唤。没有统治者他能够生存，可无法无道他则活不下去。因此，中国人把有教养的先生称作君子

（"君"相当于德文 Koenig，或英文"King"，"a kinglet"，即一个"小王"）。

美国人爱默生谈到他访问英国和卡莱尔一起参观 Stonehenge 这座英国最古老的纪念碑时发生的一件小事说："星期天我们在雨地里谈了许多。我的朋友们问是不是存在这样一些美国人——拥有一种美国思想的美国人。由此我想到的既不是各政党会议，也不是国会，既不是总统也不是阁员，不是诸如此类想把美国变成另一个欧洲的人，我所想到的只是那最单纯的灵魂。于是我说：'当然有的；不过拥有那种思想的美国人是些狂热的理想主义者。我恐怕这种思想你们英国人是不爱听的，或许只会觉得荒谬可笑，但它却是惟一真实的。'于是我谈起无政府主义和不抵抗主义的教义。我说：'真的，我从未见过哪个国家有为了这一真理而勇敢地站起来捍卫的人。我很清楚，再没有比这种勇敢更能博得我的敬意了。我能很容易地看到那可鄙的滑膛枪崇拜的破产，这就像上帝的存在……一样无疑。不必以枪易枪，以暴易暴，唯有爱和正义的法则，能收到一场干净的革命之效。'"

正如杜·克罗斯谈及现代自由主义将依赖于"理性胚芽"的滋长一样，人类未来的文明就在于爱默生的这种美国人的思想之中。进而言之，爱默生这种美国人的思想又依赖于中国文明的根基，或更确切地讲依赖于远东民族可称为儒家文明的东西。

在此，它包含了远东问题中的道德难题，而要解决这一难题，既不完全依赖于国会，也不完全依赖于议会，既不依赖于皇帝、国王，也不依赖于内阁大员。解决它的办法用爱默生的话来说，即需要具备在欧美发现的那种最单纯的灵魂。诗人们曾为这种新的文明唱过赞歌。那个自称为人类精神解放而战的德国骑士海涅唱道：

一首歌，一首更好的歌，

啊，朋友，我要给你们写出它来：

让我们在这人间

建立起上帝的天国。

苏格兰诗人罗伯特·彭斯(RobertBurns)唱道:

让我们祈祷它的来临,

它将为那一切而来,

为了理性和价值遍及大地

可能带来生机和那一切:

为那一切,为那一切

它仍将为那一切而来。

在这广阔的大地上,

人与人之间应该亲如兄弟。

最后,法国人贝朗杰(Branger)在幻境中看到了他所谓的神圣同盟
(Sainto alliance des Peuples)并且唱道:

我目睹和平徐徐降临,

她把金色的花朵麦穗撒满大地:

战争的硝烟已经散尽

她抑制了使人昏厥的战争霹雳。

啊! 她说,同样都是好汉,

法、英、比、俄、德人,

去组成一个神圣同盟,

拉起你的手吧!

附 录

美国海军将军艾文斯致辜鸿铭的信^(III)

1902 年 7 月 27 日写于中国

发自美国"肯塔基"旗舰

辜鸿铭先生

我亲爱的先生：

　　承蒙您厚爱，赠送此书与我，请允许我向您致以谢意。我怀着浓厚的兴趣读完了您所写的每一个字，我相信我受益良多，最后，我在许多深怀兴趣的问题上站到了中国人一边。

你的极其真诚的

再次感谢您的厚谊，

我乞望保持。

R.D.艾文斯

下篇

清流传

中国牛津运动故事

下面的内容此书最早出版于 1910 年。1912 年由上海墨丘利公司（Shanghai Mercury）再版，头版时扉页上写着："献给张之洞"，再版时又增加了一些内容，以下内容出自再版本。

牛津运动（Oxford Movement）是一场发生于 1833 至 1845 年英国国教会中兴起的宗教复兴运动，由牛津大学的纽曼、弗洛德、凯布勒等人发起，故而得名。自 1833 年开始，这些人陆续发表九十本书册，故又称"书册派运动"。它标榜复兴早期基督教会的传统，改变现有礼仪，并企图在罗马天主教和新教之间建立一条中间路线，在保护教会不受自由主义思想的"侵蚀"的同时，避免世俗权力干涉教会。这场运动受到英国政界和国教会的抵制，英国的大学领导人和各地主教谴责他们是罗马主义派，1845 年纽曼等改宗天主教，这一事件在英国国教会中影响很大。其后，运动势力减弱，运动方式也发生改变，由皮尔兹领导，他坚持恢复传统的教义和礼仪，但并不皈依天主教。辜鸿铭在这里把以张之洞等为领导的"清流运动"称为"中国牛津运动"。这一运动反对现代自由主义，反对西方物质功利主义文明，主张更严格地按儒家的信条办事，辜鸿铭将之与 19 世纪中叶的英国牛津运动相比拟。

卷首引语

"我的英国朋友们问我：是否存在这样的美国人——有一种美国思想，对于美国未来的合理发展有自己见解的人？好一个富有挑战性的提问。对此，我既没有想到各政党会议，也没有想到国会；既没有想到总统，也没有想到内阁大臣，没有想到要把美国变成第二个欧洲之类人。我所想到的只是那最单纯的心灵。我说：'有，当然有。'于是我谈起无政府主义和不抵抗主义的教义。我说，我的确从未见过在哪个国家有哪个人以足够的勇气去坚持这一真理。我很容易看到卑鄙的滑膛枪崇拜的破产——尽管大人物们都是些滑膛枪拜物教的信徒。可以肯定，就像上帝活着一样无疑，毋需以枪易枪，唯有爱和正义的法则，能收到一场干净的革命之效。"(112)

——爱默生

再版记言

　　辜鸿铭先生的《中国牛津运动故事》一书出版后，很受欢迎，需求量极大，因此有必要再版。这次出版，基本上没什么变动，只是附上了一封写给《字林西报》的信，和一篇关于德龄公主（实为郡主）《紫禁城的两年生活》一书的书评。同时还收录一封中国著名学者写给一位德国牧师的信，题为《雅各宾主义的中国》，但愿这些附加部分是有益的。

出版者

1912 年 4 月

自 序

在一个偶然的场合，笔者与一些外国人讨论这样的问题：生活在上海的中国人与欧洲人相比，谁更讲道德？对于这一比较，一个英国人评论说："那完全要看你个人的立场是什么样的了。"这位英国先生所持的此种"立场"哲学，就是马修·阿诺德先生所说的"大不列颠人特有的无神论"之代称，他说："现在，有一种哲学在我们中间广为流传，它使人们相信，在这个世上，至善至美的品德或者最为正当的理由是不存在的——至少，举世公认和切实可行的至美品德或最正当的理由这些东西是不存在的。"阿诺德接着还引用《泰晤士报》上的一篇文章说："试图将那些我们喜欢或不喜欢的东西强加于周围的人，这种努力将会是徒劳的。我们必须脚踏实地，因为每个人对于宗教或世俗理念的完善，都有小小的一己之见。"

现在，知情人之所以无法帮助英国人了解发生在中国的事变的真实状况，不但因为这个国家的每个人都有他（她）"小小的一己之见"，而且，也是更要命的是，他们根本不相信这个世界上还有所谓"正确"或"错误"观点！

我有一个为我所熟识的英国朋友，我很尊敬他，他是上海头脑最为冷静的商人之一。有一次，他光临寒舍赴宴，我把一个书法家（他的书法的出色足以让他跻身中国一流书法家之列）的手迹拓本拿给他欣赏。不料，这位可敬的英国先生竟然表示，他敢肯定，他的买办写汉字写得要比眼前这幅出色得多——至少，笔划更为工整。你看，这就是他那"小小的一己之见"！

还有一个我认识的英国人，他出身于公立名校，近来活跃于上海上流阶层的社交圈。有一次，他欣欣然地跟我谈起诗来，他说他非常欣赏麦考莱勋爵的《古罗马之歌》。尴尬之余，我便把马修·阿诺德的相关评论拿出来给他看——阿诺德说，一个人如果不能从麦考莱勋爵那些貌似"黄钟大吕"般的短歌中辨听出毛病来，那他根本就不配谈诗，甚至还包括麦考莱勋爵的诗：

> 人们来到这个尘世，
> 死不过是或早或迟。

依我看，要我读这样的诗而不感到恶心和不自在，那真是为难我。想不到，这位出身公立名校的英国绅士看了后却对我说，那不过是马修·阿诺德的个人观点。照他看来，这些诗实在是妙不可言。因此，正如《泰晤士报》所说的那样，对于诗歌、艺术、宗教、政治乃至更广泛意义上的文明，如何才算高雅完美，何为"阳春白雪"，每个可敬的英国人都有着他"小小的一己之见"。

当然，一个普通的英国人对于中国书法或英国诗歌这类事物发表自己"小小的一己之见"，尽管可能有害，却无关紧要。但是，像莫理循[113]博

莫理循，《泰晤士报》驻北京记者。此图为他和他的仆人们

士和濮兰德先生[114]这样的《泰晤士报》驻华通讯员，他们对于已故的中国皇太后陛下的个人品德，中国的政治，乃至古老的中华文明，也自以为是地发表他们"小小的一己之见"——就如同笔者在前文提到的那个可敬的头脑冷静的英国朋友在评论中国书法时所持的态度一样。问题的关键是，当这些人将他们关于中国事变的状况所持的"一己之见"送到伦敦《泰晤士报》上发表，而英国政府又根据这些"一己之见"来制定对华政策并采取行动时，悲惨祸乱的发生也就顺理成章了——当年，从义和团运动爆发到中国民众围攻各国驻北京公使馆，这些老爷们的"一己之见"可谓居功至伟啊。至于前些年日俄两国悍然在中国东北的土地上开战，列强因所谓的"文明问题"而屠杀无辜的中国人，则更是不足为奇了。

然而，这个世界究竟有没有正确与谬误的绝对标准呢？对于艺术和诗歌，对于宗教和世俗常规，乃至对于更广泛意义上的文明，是不是没有一个公认的最正当的标准，以使我们得以据之判定世间万物孰优孰劣呢？谈到道德、宗教或文明的问题，基督教的传教士们会说："是的，有一个标准，那就是我们基督教的标准。"同样，在中国，一个出身儒林的士大夫则会说："哎，如果你们基督教以你们的标准评定一切，那么我们中国人就要抬出儒教的标准。"

北宋时期（960-1127年）的著名诗人苏东坡（1039-1112年，他名叫苏轼）的弟弟苏辙，曾经讲过一个乡愚初次进城的故事。故事里说，当那个乡愚见到一匹骡子的时候，硬说他看到了一头母牛。城里人说他弄错了，并告诉他眼前的牲口是骡子而不是母牛，那个乡愚却反驳说："我父亲说它是一头母牛，你们怎么敢说它是骡子呢？"因此，如果基督教传教士告知中国的文人学士们，道德、宗教以及文明的绝对标准是基督教标准，或者，当中国文人学士也以儒教标准作为衡量一切价值的绝对标准并将之告知传教士们时，他们的所做所为就与那个乡愚一样了。

在后面的正文中，我将指出："我们中国的文人学士，在欧洲现代物质实利主义文明的破坏力量面前无能为力，正如当年英国中产阶级面对法国革命的思潮和理论时束手无策一样。"我还说："要想有效地对付现代欧洲文明的破坏势力,中国文人学士需要开放(expansion)。"我这里的所谓"开放"就是需要懂得：那些后来被归纳成体系的称之基督教或儒教的理论汇编,行为规范与信条,并不是绝对真实的宗教,正如中国的文明或欧洲文明并非是真正完美无缺的文明一样。中国文人学士之所以束手无策,无能为力,是因为他们没有此种认识。现代欧洲文明无论利弊如何, 其伟大的价值与力量——说到这里,我希望能与那些认为我排外的外国朋友言归于好——就在于法国大革命以来,现代欧洲人民已经有力地抓住了这种开放观念,并且这种伟大的开放观念已经传到中国。马修•阿诺德谈起他那个时代的英国事态时所说的情形,正与中国今日的情形相同。阿诺德说："我们长期在其中生活与活动的那种封闭的知识视野,现在不是正在打开

马修·阿诺德

吗？种种新的光辉不是正畅通无阻地直接照耀着我们吗？长期以来,这些光辉无由直射我们,因而我们也就无法考虑对它们采取何种行动。那些拥有陈规陋俗并将其视为理性和上帝意志的人, 他们被这些陈规陋俗束缚了手脚,无以解脱,哪里还有力量去寻找并有希望发现那真正的理性和上帝的意志呢？但是现在,坚守社会的、政治的和宗教的陈规陋俗——那种极其顽强的力量,那顽固排斥一切新事物的力量,已经令

人惊奇地让步了。当前的危险，不是人们顽固地拒绝一切，一味地抱住陈规陋俗不放，并将其当作理性和上帝的意志，而是他们太过轻易地便以某些新奇之物相取代，或者连陈规新矩一并蔑视，以为随波逐流即可，毋需麻烦自己去考虑什么'理性唯上帝的意志'。"

实际上，无论是中国还是欧洲，当前的危险，不在于人们会把马修·阿诺德所说的陈规陋俗，即因袭已久的是非标准而认为其是理性和上帝的意志，而在于他们根本不相信有理性和上帝的意志这种东西存在。伦敦《泰晤士报》说："对于'完美'，每人都有自己小小的看法。"不仅如此，现在自称为自由主义者每一个英国人，都认为他自己对于"完美"的看法或观点即不比别人高明，起码也和别人一样高明。他们根本不在乎我们所谓的正确理性和上帝的意志。因此，现代英国人，当他来到中国时，因为打着开金矿，卖便宜肥皂，或借款给中国人修些无用的铁路来赚钱的如意算盘，试图将"自己对于'完美'的小小看法"强加给中国人，所以，只要中国人予以抵制，他就会怒火中烧，变成一个病态的悲观主义者，或像濮兰德先生那样写些心怀歹意、无中生有的下流事情来诽谤中国官员。

那些有头脑的英国人，在读过濮兰德之流所写的有关清朝官员的充满歹意的鬼话和令人作呕的诽谤文字后，也应该去看一看已故的戈登将军对于中国官员的有关看法。在将两者加以比较时，人们应该记住，戈登将军是一个闻名于世的基督教武士和一位君子，而濮兰德只不过是一个写通俗韵文的聪明作家和一个令人失望的中国政府前任雇员。戈登将军说："我所想到的是，如果我们逼迫中国人进行突如其来的改革，他们将会以一种猪一般的顽固群起抵制；但如果我们引导他们，就会发现他们情愿进行一定程度的改革并极易管理。他们希望有一种选择权，憎恨突然给他们划定道路，仿佛他们于事无关，不在话下。我们从前试行的办法，就是迫使他们走某种道路，使他们付出同样的代价，并认为与他们交换意见徒费唇舌，毫无必要。……

我总在考虑那些清朝官员不得不与之斗争的最困难问题；他们可能

完全认可我们强加给他们的一切,却不会去贯彻它;我们必须承认,说起来做这做那容易,而真正做起来却要难得多。如果他们不想在自己的军队中进行改革,我们就对这些可怜的家伙大加斥责,却没有考虑到变革必须尽可能循序渐进,赢得人心。我还能替这些(中国的)帝国主义者说得更多些。他们有很多缺点,但却蒙受了那些掠夺他们国家的外国人带给他们的更多冤屈。"(115)

在此,我想指出的是,在我看来,像濮兰德那样来中国谈进步和改革的一般现代英国人或欧洲人,他们的精神状态甚至还不如我们旧式的中国儒生。诚然,中国儒生除了他们自己的文明之外,甚至不知道有任何文明;但他们至少对自己的文明尚有所知,而如濮兰德之流的现代英国人或欧洲人,那些油嘴滑舌地谈论中国的进步与改革的人,甚至连他们自身的文明也不知道,实际上不知道和不能知道什么是真正的文明,因为

他不相信存在正确理性和上帝意志这样的东西,而不相信这种东西,世上就没有文明可言,只可能有无政府的混乱状态。

依我看,其实比我们旧式的中国儒生还远为不如的现代英国人更需要"开放",一种心灵开阔意义上的正确开放。但"真正的开放"并不告诫人们说不存在可以据之判定孰是孰非、孰优孰劣的

晚清时期准备出国留学的学生

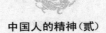

"至上之德"和"至当理由"这类东西。心灵开放的真正价值，在于能使我们领悟到像伦敦《泰晤士报》称之为我们自己"小小看法"的所谓"完美"，距离真正的、绝对的完美实在非常遥远。这种真正的绝对的完美，存在于事物的内在本性之中。的确，当英国人一旦弄清了真正开放的意义所在，他就会意识到他现在那种小小的猜测，即那种对于宗教和世俗完美的"小小看法"，实在是一个极其狭隘的"小小看法"，由此，他还会感到不再那么迫不急待地要将自己的这种小小看法强加给别人了。

然而，最大的困难在于如何实现这种真正的开放。我觉得有一件事情必不可少，用一句政界的时髦词来说，就是"门户开放"的原则。这不是贸易和铁路的"门户开放"，而是知识和道德上的"门户开放"。毫无疑问，没有知识和道德上的"门户开放"，真正的开放是不可能的。这种"门户开放"原则，用圣保罗的话来讲，就是"检验一切事物，择善固执"。

简而言之，不仅今日中国，而且今日世界所需要的，不是那么多的"进步"和"改革"，而是"门户开放"和"开放"，不是那种政治上的或物质上的"门户开放"和"开放"，而是一种知识和道德意义上的开放。没有知识上的门户开放，不可能有真正的心灵开放，而没有真正的心灵开放，也就不可能有进步。我已经给过圣保罗对"门户开放"的定义，下面，我再提供一个孔子关于"开放"的定义，孔子说："在真正有教养的人们中间，是不存在种族之别的"（有教无类）。

正是怀着促进世界"知识上的门户开放"和"道德上的开放"事业之愿望，我写了下列文章，也是出于同一愿望，现在我将它们汇集成书，提交给公众阅览和批判。

辜鸿铭

1910 年 2 月 1 日于上海

雅各宾主义^{（116）}的中国

一个中国官员^{（117）}致一位德国牧师的信

尊敬的牧师先生（Herr）：

大约五年以前，在下给《字林西报》以"一个穿长衫的中国人"的名义写过一篇文章，在该文中我表示："就我所见，目前中国维新运动中出现的狂热思潮，注定将要导致一场灾难发生。"现在，我的预言不幸应验，灾难来临了。共和主义革命以袁世凯将军成为中华民国的大总统而告一段落。未识事情真相的人们都称对此感到意外，在下却不以为然。如果您读到辜鸿铭先生撰写的题为《中国牛津运动故事》一书，您会发现，他将中国人分成三个等级——第一等、满洲贵族，第二等、中产阶级儒士，第三等、普罗大众或曰群氓。

也许您有必要了解一下，中国过去二百五十年的历史开始于满人当权，在太平天国暴乱后，中产阶级儒士的势力崛起。中日甲午战争后，满人重新掌权。世纪之交，义和团运动爆发，进而导致"庚子事变"发生。尘埃落定后，中国进入"三头执政"的权力真空期。而在眼下这场"新学"拳民暴乱^{（118）}之后，我们就不得不面临庸众掌权的惨淡局面了。

正如我说过，五年以前我所预言的巨大灾难，现在来临了。然而，真正的灾难，请让我在此指出，它还不仅仅是导致全国流血漂橹、十室九空的暴行，真正的灾难是这场革命竟然以袁世凯成为共和国总统而告终！

目前这场革命，始于四川那场暴动，即保路运动。就这场暴动本身的性质而言，我们可以认为它是合理的。此前，帝国政府公然允许外国人处理中国的铁路问题，就好像中国人自己倒成了局外人似的。为了反抗这样无耻的妥协，一场以人民群众为运动主力的革命爆发了，这也是这场运动应该被历史记住的原因。总之，目前这场革命暴动的最初起因不应该被忘掉，它是列强对中国内部事务的粗暴干涉。然而，当上海和其他地方的群氓利用人们对帝国政府的不满情绪，并最终将其转化为一场全国范围的革命时，灾难降临了。当像伍廷芳[119]博士那样的人都敢拍电报给皇帝陛下，勒令其逊位时，那实在是一场真正的灾难！马修·阿诺德谈起群氓时说："至于群氓，不管他是一个粗暴的野蛮人，还是一个庸俗的市侩，如果他能记得——每当我们带着愚昧的激动情绪而坚持一个过激主张的时候，每当我们渴望以纯暴力制服对手的时候，每当我们嫉妒他人、表现得蛮横残暴的时候，每当我们只崇拜强权或成功，叫嚣着反对某些不受欢迎的显贵以壮声威的时候，每当我们残忍地践踏战死者的时候，我们对那些受难者均不会有丝毫的同情之心——那么，意识到这一点的他就发现了自己深藏于内心的那永恒的'群氓精神'。"现在，伍廷芳博士正在参与到那场反对不受欢迎的满人的喧嚣中去，并为之造势。显然，眼前的一切都表明，伍博士身上就有阿诺德所说的那种"永恒的群氓精神"，并已彻入骨髓。

以法律为武器的公使——伍廷芳

真正的灾难，我说过，不是这场革命，而是这场革命以袁世凯当上共和国总统而告终，因为这意味着道德败坏的群氓已将整个中国踩在脚下。袁世凯，正如辜鸿铭先生在他的书中所说的，是中国群氓的化身，他在第一次维新运动[120]时就悍然出卖了同党。现在，群氓的代言人掌权了，手握重兵的袁世凯，自然成为共和国总统"最为合适的人选"。但我认为，他的统治将不会长久。不过，在短时期之内，中国一切精妙、美好、尊贵、崇高、亲切、声誉好的东西，都将受到毁灭的威胁。

几天前，你们德国领事馆有位先生对我说，他一直感到很奇怪，何以我们汉人竟然会那么长久地屈从于满人的暴政之下？他问我，满洲人到底为中国做过些什么？我没有直接回答他，而是问他是否见过康熙年间的瓷器，如果他见过，我认真地告诉他，他就应该知道满洲人到底为我们做过什么了——他们给了我们汉人一颗美好的心灵，以使我们能生产出那么精美的瓷器，当然，还有其他美丽而精巧的东西。简而言之，近250年来，中国在满人统治下变成了一个美丽的国家，一个真正如花一样的国度。而当太平天国叛乱平息之后，以儒士为主的中产阶级开始在中国掌权，这个国家的高层职位也逐渐被庸俗的市侩占据了。辜鸿铭先生在他的书中引述过一个身上带有贵族气质的英国人所描绘的一幅关于广州城和部分裸露无掩的广东百姓的图景，那是李鸿章掌权之下的中国的图景——一个粗俗、丑陋的中国。顺便说一句，正是为了反对这种粗俗丑恶的中国，中国那些保持着传统精神的士大夫们才奋起抗争，发起了中国的"牛津运动"。

如果说李鸿章统治下的中国变得粗俗丑陋——那么现在，在袁世凯统治之下，包括孙逸仙（即孙中山）和美国人荷马李（Homer Lee）的群氓们大权在握，不受限制的时候，我们中国又将变成什么样子呢？我忽然想到这一点。歌德说："压抑我们的是什么？——庸俗"。庸俗，中国所有的那些低级、庸陋、粗俗、卑鄙和可耻的东西，现在都得到了充分的机会和充分的"自由"，可以发展自己了。简而言之，庸俗将成为新中国的理想。

袁世凯一生受消极心理暗示的影响，
做出了误国误己的事情

更为糟糕的是，我们将不仅拥有中国自身的庸俗，还将拥有来自欧美的庸俗。

歌德死前曾大声警告人们，必须防治"盎格鲁－撒克逊传染病"。去年的大年初二，我去上海最为贵族化的茶园小坐，看到了"新中国"——一伙剪了辫子的中国人，谈吐粗俗，举止嚣张，骚动狂乱，吵吵嚷嚷，其厚颜无耻实在无法形容。当我看到这一切的时候，我第一次充分地领悟到歌德那一警告的意义。现在上海的外国人，他们为袁世凯统治下的"年轻中国"通过剪辫而最终"融入"了欧洲文明这一事实而兴奋不已。这些上当的人们完全没有意识到，"年轻中国"所"融入"的完全不是什么欧洲文明，只不过是上海的欧洲文明——歌德称之为"盎格鲁－撒克逊传染病"，即一种欧洲文明肌体内正在滋长的疾病而已。想一想，一旦四万万中国人都染上这种盎格鲁－撒克逊流行病，"融入"这种上海的欧洲文明，都变成像我在新年的茶园所见到的那些剪了辫子的中国人那样庸俗透顶，卑鄙至极和骚动不安的人，那将给世界文明带来一种什么样的后果。而且，请记住，这些新式的鄙俗和满身骚乱精神的中国人已经学会了使用炸弹。人们谈论着袁世凯统治下的新中国，依我看，这才是真正意义上的"黄祸"。"Volker Europa's，bewahret eure heiligsten Gefiter！"（欧洲人，保住你们最神圣的天良！）

现在,在上海,当我与欧洲人,甚至那些有教养的欧洲人谈起上述这些观点时,他们都称我为"理想主义者"。但这些现实主义者们忘记了一件事,在我看来,当今的时事评论家和政客们完全忘记了一个极为简单的真理,那就是,正如一个法国作家所说的那样:"一切文明和统治赖以存在的最终基础,在于民众的一般道德和他们在公共事务中能在何种程度上正直行事。"

中国的旧式政体,让我在此指出,尽管有种种缺陷,它仍然在民众之中维持了一般的道德水准。这一点,从欧洲传教士及其信徒——包括欧美诸国男人、妇女和孩子——能穿过幅员辽阔的帝国游历而不出大的危险这一事实,便能得到证明。至于人们在公共事务中能否正直行事,我们也能从这样一个事实中得到证实:旧式政体下的中华帝国政府尽管财政极端困乏,仍然能够定期支付庚子赔款。

而现在在袁世凯及其共和国统治之下,一切都将不成为可能了。之所以如此,有两个原因。其一,在欧洲,国家和教会是两个分离的机构,而在中国则合二为一。在欧洲,教会负责维持人民的道德,国家则主要负责维持秩序。而在中国,国家既要负责维持人民的道德,又要负责维持秩序,二者兼管。

欧洲的教会得以促进人民道德的权威本源,是上帝;而在中国,国家得以促进人民道德的权威本源,是皇帝。因此,在欧洲,如果你破坏和取消了对上帝存在的信仰,维持民众的道德即便不是不可能,也将是困难的。同样,在中国,如果你攻击皇帝,取消了人民对皇帝的尊崇,你就等于破坏了中国人民的道德赖以存在的整个结构——事实上,你破坏了中国的宗教——它不是超越尘世的神教,而是一种人间宗教,一种以中华帝国大清王朝为天堂,以皇帝为上帝——或曰上帝之代理人的宗教。一旦破坏了这种宗教,你在中国要保持民众的道德,哪怕是一般水平的道德,也是不可能的。正是由于这个原因,我认为在中国对皇帝的忠诚是一种宗教,可以说,它是儒家国教(State religion)的基石,应与欧洲的教会宗教

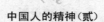

(Church religion)区别开来。正如在欧洲，殉道者因为信仰基督——上帝之子而万死不辞一样，在中国，殉道者则宁愿身受万死，也不放弃对于君主——天子或天使的忠诚。这一点从中国历史上可以得到证明。正是因为这个原因，我认为在袁世凯及其共和国的统治之下，民众连一般的道德水准也不可能维持了。

然而人们会说，在中国，我们发生过许多次以改朝换代告终的革命，中国人都并没有因此沦丧道德。但是，在中国，每一次导致了改朝换代的革命，始终都存在两个条件。其一，革命为人民（people）发动，而不像现在这场革命那样为群氓发动。孟子说："得乎邱民为天子，得乎天子为诸侯，得乎诸侯为大夫。"[121]显而易见，在目前的这场骚乱中，普通国民（邱民）始终没有参加革命，而且公开反对革命。另一个条件是，那个成功地变作最高统治者的人，必须具备能激发憧憬并赢得全民族尊敬的卓越的道德品质。而袁世凯的所作所为，表明他连一般的道德品质、一般的廉耻和责任感都不具备，甚至连小偷和赌徒也不如。袁世凯奉命出山保卫大清，可他出山后，不是像一个有廉耻心的人那样去尽职尽责，而先是恭顺地屈从于革命党，然后使出百般狡计，使其统率的士兵坠失忠君之心，并拥兵自立，逼迫皇帝退位，最后成为民国总统。在所有这一切过程当中，一个具有最起码常识的普通人，也无法将此种行为与廉耻和责任的最基本原则（即名分原则，忠义观念）调和起来。然而，最令人奇怪的还在于，袁世凯自始至终从没有进行过拒绝屈从的努力，哪怕是装模作样的努力的也没有过。这样一种人，怎能博得他统治下的人民的尊崇呢——除非人民丧失了一切廉耻和责任感。

这，就是我认为在袁世凯及其共和国统治下，中国民众即便连一般道德水平也保持不了的另一个原因。而失去了民众的一般道德，又怎能进行统治，遑论所谓"文明"了。

外国人欣赏袁世凯，认为他是一个挽救了中国目前局势而没有导致流血的大政治家。殊不知他不过仅为了一时的需要而规避了必要的少量流血，而将可怕的无政府混乱局面和更大的流血留到了未来。的确，如果我上述所言不差，那么袁世凯的所作所为将比人民流血还要坏上万倍——他不仅毁弃了中华民族的廉耻和责任感，而且毁弃了中华民族的政教和文明。大清王朝不仅是中国权威尊崇的象征和旗帜，而且是中国政教和中国文明目标的象征与旗帜。这面旗帜交托给了袁世凯，但他却像一个懦夫和卖国贼一样，以"挽救这面旗帜的布料"为借口，不得不将大清抛弃。然而，负责保护这面旗帜的官员的责任并不仅仅在于挽救这面旗帜的布料，不在于那些花费了许多金钱的物质，他的责任在于捍卫那为之战斗的目标——那无价的道德利益，而旗帜的布料只不过是其载体罢了。对于像袁世凯这般行事的官员，每个有廉耻感的人都会认为他是一个懦夫和叛徒。

我的许多外国朋友笑话我，认为我对满人朝廷愚忠，但我的忠诚不仅是对我世代受恩于她的王朝的忠诚，在这种情况下也是对中国政教的忠诚，对中国文明目标的忠诚。辜鸿铭先生在他的《中国牛津运动故事》中试图告诉人们的，就是我们为了这一目标——中国文明、中国政教、那种名誉和责任宗教的目标，来反对现代欧洲文明，反对那种利欲宗教。为了实现这一目标，中国人正在做孤注一掷的奋斗。这个故事的寓意，现在能见到的真理，包含在这样一句话中："你不能既侍奉上帝，又供奉财神。"张

纽曼，英国国教会内牛津运动的主要领导人

155

之洞大人告诉我们并教导文人学士们说：我们能够而且应该调和。现在这种局面，就是我们调和的结果。辜鸿铭先生在此书中写道："纽曼[122]博士和张之洞大人所采用的调和办法，在道德上和宗教上导致了耶稣会教义的产生，在政治上则导致了那个被称为"马基雅维利主义"[123]的东西；——"在中国，张之洞向儒生和统治阶层所传授的这种马基雅维利主义，当被那些品德不如他高尚、心地不如他纯洁的人所采纳，诸如被袁世凯这种天生的卑鄙无耻之徒所采纳的时候，它对中国所产生的危害，甚至比李鸿章的庸俗和腐败所产生的危害还要大。"

正是张之洞大人所传授的这种耶稣会教义的作用，使得整个中国的儒生们在革命者和袁世凯面前，其忠诚与抵抗能力瞬间土崩瓦解，令人费解。

事实上，正是这种耶稣会教义，使得中国的儒生们在袁世凯屈从于群氓、逼迫皇帝宣布退位并成为民国总统后，当袁世凯欺骗他们说他仍然忠于皇上时，儒生们竟然信以为真。最后，也正是这种耶稣会教义的阴险狡诈精神——即那种只要目的正当，可以不择手段的精神——甚至使得那些有教养的外国人，对这样一个明显的事实，即袁世凯的所做所为连盗贼也不如的事实视而不见。

爱默生在《英国人的性格》一书中谈到英国人实事求是，憎恶两面讨好、见风使舵、见机行事的机会主义者时说到，"牛津那些激进的暴民追随在托利党人埃尔登（Eldon）勋爵之后，大声叫喊着：'老埃尔登在，为他喝彩：他从不叛卖！'"接着，他又提到英国人给予路易·拿破仑的荣誉并对此加以注解，说道："我相信，当伦敦的贵族和平民在这个成功的小偷面前，像一个那不勒斯下等人那样卑躬曲膝的时候，我有幸结识的英国人当中，没有一个人会以此为然。然而，尽管这种行为令人作呕，作为国家，怎样才能采取一系列必要而有效的措施来加以抵制呢？政府总是太晚才知道，任用不诚实的代理人，对于国家就如同对于个人一样有害。"

如果像我所说，中国革命以袁世凯当上民国总统而告终是一场巨大的灾难，那么，我以为，若是外国列强找不到抵制袁世凯及其民国的办法，迈出承认它的令人作呕的一步，那将是一场更大的灾难，它不仅危害中国，而且危及全世界。有一个故事，讲一个西班牙贵族，当他受命接纳一个身居高位的臭名昭著的卖国贼时，说道："我完全服从命令，然后便焚毁自己的家园。"如果外国列强承

罗伯斯庇尔，法国大革命雅各宾派主要领导人之一

认袁世凯，那么，中国人就将同那个西班牙人一样，暂时接纳他，但随后必定焚毁自己的家园，在焚毁自己家园的同时，也会将大火引向全世界。

最后，让我再一次强调中国共和主义意味着无神论的事实。当罗伯斯庇尔[124]在法国大革命期间公开宣布无神论，并制定理性女神（Goddess of Reason）的法令时，所有的欧洲人都渴望见到自由、平等和博爱的黄金时代的到来。然而，在不到六个月的时间里，随之而来的不是黄金时代，而是动摇整个欧洲王权的"恐怖统治"。现在在中国，袁世凯的喉舌不仅无耻地宣称共和政体是最好的统治形式，而且实际上宣称共和国对于中国人民来说，就等于是无神论的代词。所有欧美人都希望看到一个改良、进步和繁荣的新中国，但在我看来，袁世凯及其共和国在中国存在的直接后果，甚至于比法国的"恐怖统治"还要可怕——它必将迫使欧美诸国非常严肃地反省他们对待中国及其文明的方式。

汤·生

导 论

　　谈起牛津,过去的牛津,马修·阿诺德说:"我们是在牛津那个优雅的环境中接受教育的。我们不会不懂得这样一个真理:美丽芬芳乃是人生至上之境的本质特征。我们喜爱美丽芬芳,厌恶丑陋下流,这种情感,已成为我们对许许多多遭受挫折的事业依恋不舍、对各式各样获得成功的运动不以为然的内在动因。这种情感实实在在,从来没有彻底败下阵来,即便是在挫折之中,它也显示出了自己的力量。"马修·阿诺德接着说:"看看大约 30 年以前震撼过牛津中心的那场伟大运动的过程吧,凡是读过纽曼博士《辩护书》(Apgloy)的人们都可以发现,这场运动所攻击的目标,可以用一个词来概括,即'自由主义'。'自由主义'最终赢得了胜利并泛滥开来。牛津运动则受到挫折,遭到了失败。我们的残兵败将流落四方。真所谓 Quae regio in terr1s nostri non plena laboris.(世界上哪个地方不充满着我们悲哀的故事。)"

　　前些天,当我正在琢磨马修·阿诺德上述这些话的时候,看到了一份要为中国建立一所大学的规划报告。我得知,这份规划出自牛津。于是我擦擦眼睛,自言自语道:自从纽曼博士时代以来,世界、牛津已经走过了多么漫长的道路啊。纽曼博士之牛津运动的目标,是反对"自由主义"。他那个时代的自由主义,意味着"进步"和"新学"。而眼下这场从牛津发起的运动,在中国建立一所大学的规划,则是要向中国输入西方观念。西方观念在中国,正如每个人都知道的,也意味着"进步"和"新学"。那么,马修·阿诺德所说的牛津情感,那种鼓舞和激励纽曼博士的牛津运动去反对自由主义、进步和新学的情感，都发生了怎样的变化呢？现在的牛津学者，已经找到了办法可以将牛津情感与进步、新学调和起来了吗？我自己并不认为这样一种调和是可能的。古人说得好，"你不能既侍奉上帝，同时又供奉财神"。换言之，难道牛津的学者打着同春风得意的进步与新学事业结盟的旗号，就真能给绝望中的中国人带来帮助吗？在牛津和英格兰，高尚的人们自言自语道："我们实在同情正在与进步和新学战斗的中国人，这种进步和新学使得他们变得唯利是图，道德沦丧。为了帮助他们更为有效地战斗并赢得胜利，我们将给他们提供武器。的确，这些武器都取自于进步和新学的武库，但是，我们却用追求美丽和优雅的牛津情感对之加以了调和，如果可能，用基督教那神圣的优雅和芳香来加以调剂就更好了。"

下面，我并不想对目前要在中国建立大学的规划提出什么意见或批评，我想给塞西尔(Cecil)勋爵及那些对这一大学规划感兴趣的人们，讲一个故事，一个大约三十年前发生在中国的伟大运动的故事，它在许多方面，与纽曼博士领导的著名英国牛津运动故事如出一辙。我想，讲这一故事对于他们或许不无裨益。中国那场牛津运动的目标，也是反对自由主义，反对进步和新学的现代欧洲观念。现在，新的牛津运动就要到来了，我相信，正如我所说过的，它将要来帮助我们中国人同现代欧洲的进步和新学观念战斗了。当此之时，回顾我们过去的运动，可以总结经验。我们怎样战斗，为什么失败和如何失败。所有这一切，对于我们新的外国盟友都将是有用的。我尤其有资格讲这一运动的故事，因为我有幸加入到牛津人的行列中参加了战斗。我们艰苦奋战了30年，然而现在我们的事业却几乎失败了——有些人背叛了我们的事业，还有许多人则投降了。余下的所有人，现在都已流散到四面八方。

领导我参加战斗的首领，是已故的帝国大臣张之洞。当我两年前在北京最后一次见到他的时候，他彻底绝望了，一心只想着怎样才能获得更为宽容的投降条件。运动中，同样接受张之洞大人指挥，和我一道并肩

梁敦彦：字崧生，广东顺德人。第一批赴美的留学幼童之一

战斗的战友梁敦彦[125]，即现在的外务部尚书，去年他在见到我的时候，向我下达了"各自逃命！"（Sauve quipeut！）的命令——我恐怕是我们的队伍中惟一仍然绝对相信我们的事业、那反对进步和新学之现代欧洲观念的中国文明事业最终必将胜利的人。但现在，我孤身一人，像维吉尔所写故事中的英雄一样。那个英雄在特洛伊城被攻破之后，不得不四处流浪，起先，他是想在贪婪的色雷斯人中间寻个安身的地方。而我现在在上海，为了给我的家庭守护神和那个伟大的特洛伊守护神（Penatibuset magnis）找个临时避难所和栖身之地，也不得不与黄浦江的污泥之龙（Muddragons）搏斗[126]。寻遍整个上海地区，我都找不到一个英国人肯向我伸出救援之手，因为："人人可管之事，也就是无人过问之事。"

我要讲的我们为中国文明事业拼死决战的故事，很长很长；它与我过去的生活紧密相关，并勾起我对倒下的战友、死去的亲人以及所有逝去的美好事物的怀念之情——对于我个人来说，它则是一个无法用语言形容的悲哀故事——

但既然你这么想知道我们的故事，
想简要地听一听特洛伊的最后灾难，
尽管一想起来就令人毛骨悚然，瑟缩哀痛，
那我还是开始讲吧。

第一章　满人当权

位于帝国首都的翰林院是中国的牛津，整个帝国的知识分子精英都在那里，此地因而堪称知识精英荟萃的宝地。这个翰林院，正是我所说的"中国牛津运动"的策源地和总部。对于那些参与、坚持这场运动的年轻翰林们，我们称之为"清流党"，或曰"民族净化党"。这场席卷整个中国的民族净化运动，就像当年英国的牛津运动一样，可以被看作为儒林中保守的高教会派(127)的复兴。至于运动的目的，则是反对那些为李鸿章和中国的自由主义分子所热衷并大肆引进的外国制度和理念，保守的"清流党"极力呼吁中国国民更严格地信守几千年来为儒家所遵奉的基本原

翰林院的编修们宴请儒雅的英国商人

则，以图净化本民族之心灵，规范人们的日常生活。为了让民众更清楚地了解这场"中国的牛津运动"，我想有必要在这里先详细地谈谈目前中国社会的本质以及社会秩序。

马修·阿诺德先生曾将英国国民划分成三大阶层——野蛮人、中产阶级和民众。同样，中国人也可以依照这种划分法分为三类：野蛮人或曰"蛮族"，是满洲人——大清江山定鼎后，他们（旗人）生来就是贵族了，这是基本的事实；中产阶级则是饱读诗书的儒生阶层，文人学士就是从这个阶层中产生的；民众则是中下层市民和劳工们。在民众阶层中，从中派生出的富裕商人和买办们凭借其勤劳与钻营的本领，也有可能跻身贵族之列。

满洲贵族的特长，在于他们的英雄气概或曰高贵品德；以儒生们为代表的中产阶级的特长，则在于他们的智识；而民众阶层的特长，则在于他们的勤劳，或者说是辛勤工作的能力。孔子曾说："力行近乎仁"，而马修·阿诺德先生则将这种生生不息的勤劳精神称为"希伯莱精神"，这就是中国民众或劳工阶级的勤劳力量；孔子又说过："好学近乎智"，马修·阿诺德相应地将中产阶级的特点称为"希腊精神"，这就是中国的儒生的知识力量；最后，孔子的另一句话——"知耻近乎勇"，描述出满洲贵族的高尚气节与高贵品格：作为中国惟一的军事部族的后裔，不客气地说，满洲人远比汉人有气节，因为他们的祖先是英勇而无所畏惧的战士，没有什么东西能比尚武更能养成高尚的气节与高贵的个人品德。一个真正的战士，总是不断地以勇于自我牺牲的精神来激励自己，而自我牺牲正是所有高尚气节和高贵品格的来源。"满洲之根本为骑射。"这一满洲人的祖训是他们英雄传统的最好诠释。

中国社会如果想实现健康、正常的运转，必须首先依靠民众或劳工阶层的勤劳力量去生产食物和其他生活必需品，以保证整个社会物质的充裕和人民生活的康乐；其次，还必须依靠中国儒生的知识能力去教化民众，管理并正确使用他们身上所具备的勤劳力量，并适当地供应知识成果;最后,也是最重要的,是必须依靠满洲贵族的高贵品格来指导民众,将他们的勤劳力量引导到一个高尚目的之上。

　　总而言之,在中国,民众的勤劳力量主导生产,儒生的知识能力主导教化;满洲贵族的高贵品格则主宰民众的力量,以使整个国家的国民都足以过上充裕的生活,享有高尚的文明成果。作为一个外国人,如果他(她)曾经在中国内地旅行过,曾看到那些保存完好的旧时桥梁和运河,将会理解我所说的对于人民生活的高尚指导会是什么样的。总之,这个阶层存在的最大意义在于引导民众的勤劳力量在物质方面趋向一个高尚目的而不至于无所归依。至于精神方面,像编纂《康熙字典》那样的宏伟著作,就充分地证明清朝早期的皇帝所具备的高尚品格以及他们如何指导精神生产也趋向同一个高尚目的。

　　然而,在外来势力侵入中国之前,中国社会承平日久,也就自然产生了这样一

《康熙字典》是清朝康熙皇帝亲自下诏编撰的

种必然的结果:由于缺乏积极的军事活动的刺激,满洲贵族的高尚品格不免会出现退化、萎缩;至于中国的儒生们,他们为了在各级科举考试脱颖而出,还必须苦心孤诣,在这一过程中其知识能力仍然可以得到磨炼。不过,这也是有限的:清朝开国时伴随着满洲贵族入关而带来的那种激人奋发的精神及其影响,到眼下这个时候几乎已经荡然无存了。相应地,儒生们的智识也大大衰退,尽管读书人为数不少,但是他们失去了"魂"。如果

我们把康熙年间中国文人的文学作品——特别是诗歌——和那些在满洲贵族的奋发精神及影响削弱后由文人们作出的诗歌加以比较,这一点就非常明显了。实际上,中国儒生的智识,在失去了强力的满洲贵族高贵精神之哺乳后,也就逐渐失去了优雅,从而日渐变得鄙陋和粗俗。(128)

中国在承平日久之后,正如时局所显示的那样,惟一没有受到削弱的民族力量,便是劳工阶层了。他们身上那种勤奋劳动、努力工作的精神力量,还存在于这个社会中。然而,中国普通民众身上这种以勤劳刻苦为本质的精神力量,即便没有受到削弱,但是,由于他们接受不到儒生们有效的教化和管理,不仅性情逐渐变得粗俗,而且工作效率也降低了。更为糟糕的是,民众们与儒生们一样还失去了高尚的指导——没有满洲贵族以高尚的品格去引导他们为一高尚目的而辛勤工作,中国劳工阶层的勤劳力量,就被卑劣的目的浪费了。也就是说,眼下劳工的力量不是被用来生产那些能促进国民身心健康的生活必需品,而是生产一些供人摆阔、满足其骄奢淫逸之欲望的器物。总之,现在的劳工只是在为了满足庸人的感官愉悦和虚荣心而劳动罢了。

罗斯金曾以其毕生的精力想使人们认可,政治经济学是一门伦理学,其目的是教会人民乃至国家如何花钱,而非如何挣钱。确实,眼下中国的财政状况不景气,世界经济也呈现出一派萧条。究其原因,不是说整个社会缺乏足够的生产能力,也不是说人们缺乏工业制品和铁路,真正的问题乃是在于那种可耻的"浪费性消费"正大行其道。这种可耻的浪费性消费——无论是地区性的还是全国性的,都是由于缺乏高贵精神的引导而产生的。如果民众身上那种以勤劳刻苦为本质的生产力量缺乏高贵精神的引导,那么所谓"浪费性消费"也自然而然地会出现。在一个国家或地区,如果人们有一高尚品格引导,将懂得怎样花钱——怎样为一高尚的目的而花钱。而当人们懂得怎样为一高尚目的而花钱的时候,他们将不再在乎自己拥有什么,而会在乎自己怎么去做——不是一味去追求宏大、豪奢,也不是要去跟别人炫耀什么,而是追求高雅的生活情趣和所处环境的优美。如果说某个国家或地区人民的品德达到一定的高度，他们除了高雅的生活情趣和优美的生活环境之外别无所求，就不再会把民众的生产力量浪费在修建这些东西上面了——他们绝不会去建造庞大、丑陋的楼宇，也不会去修筑冗长、无用的公路。总之，一旦某个国家或地区人民的生产力量得到一高尚目的的引导而不至于被浪费掉，那么这个国家或地区就可以称得上是真正的富裕之邦了——它不是因为有足够多的财物或拥有庞大、丑陋的楼宇而称富，而是因人民身体健康、心灵优美而称富。

歌德说："每一种天赋之物都有自身的价值，都应该得到发展，有人只鼓励生产'美'的东西，也有人只鼓励生产'有用'的东西，实际上，只有将两者结合起来，才能建设好一个国家。'有用'的东西不必主动追求，因为这些东西是人人不可或缺的，大众自然会生产它们；而'美'的东西则必须被追求，因为很少有人能够主动展示它——但许多人又确实需要它。"因此，袁世凯先生和莫理循博士认为中国最需要这样的东西：诸如煤、铁、廉价的肥皂、便宜的电车以及无线电报——即歌德称之为"有用的东西"。其实，我认为对于这些东西的生产倒不必过于鼓励。然而，已故的皇太后陛下则认为中国需要这样的东西：诸如她的颐和园的美、《论语》之美，中国诗之美，乃至于八股文的美——即歌德所谓的"美好而必须加以追求的东西"。一方面，很少有人能够主动展示它；另一方面，不仅是许多人而且是所有的人都需要它。

如果我们的国家、社会缺少了这些歌德称之为"美"的东西，便不会有高尚的品格；而如果没有高尚的品格，正如我们所看到的，人民身上那种以勤劳刻苦为本质的生产力量就会被可耻地浪费掉。紧接着，那里的人民在生活中所享有的舒适、奢靡与豪华，就会像死海南岸罪恶之都俄摩拉的苹果(129)那样，落得个金玉其外、败絮其中的下场。19世纪初，在列强用枪炮轰开中国大门的前夜，那个时候的中国承平日久，苏州、杭州等城市的富豪显贵们正过着安逸的纸醉金迷的豪奢生活，彼时出现的种种

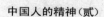

征兆都已明显地显示出,古老中国的社会肌体上已经产生"浪费性消费"的癌变。至于其原因,正如我已说过的那样,是由于中国失去了满洲贵族高贵品格的引导,人民身上固有的勤劳的生产力量也缺乏一高尚目的的引导。事实上,可耻的浪费性消费不仅浪费了人民的生产力量,而且使他们的劳动果实也难以得到公平的分配。长此以往,富者愈富,贫者愈贫,也就顺理成章了。

上述这些,就是西方人最初带着他们的商品和鸦片来中国时我们这个老大帝国的状况。西方人通过黑白两手——做正常生意和贩卖鸦片来向中国沿海一带的商人和买办们公开传授那种赚钱快且容易学的生财之道。于是,中国社会肌体上那种原有的可耻的"浪费性消费"之癌便急剧恶化。这样,公平分配人民的劳动成果不仅变得困难,而且几乎成为不可能的事。长此以往,城里的富人们和寄生阶层变得越来越富有,而那些不能靠寄生来营生的乡下人,则不仅越来越贫穷,甚至被甩到破产的边缘,无以为生。如果一个国家的人们——除了富人以及寄生阶层之外——发现他们尽管已竭尽全力、拼命地劳动,但仍无法养活自己,那么留给他们的惟一出路,就只有投入到一场疯狂的叛乱中去了,以此来彻底根除国家的癌症——正如我们所看到的那样,有关这一国家的癌症,症候表现得最为明显的是苏、杭这样的商业城市。在中国,旨在根除这种可耻的"浪费性消费"之癌变的,便是著名的太平天国叛乱。(130)

太平天国叛乱发生后,满洲贵族们束手无策,无能为力。至于出现这种情况的原因,并不是说满洲贵族已完全丧失了以勇武精神为特质的高尚品格——值得一提的是,1860年,当英法联军进攻北塘时,就遇到了满洲军人的英勇抵抗。外国人从关于北塘战役的战况报导中可以看到,那种一往无前、视死如归的英雄气概在满洲贵族身上依然存在。那么,为什么他们在身为叛乱者的太平军面前却一筹莫展,战场上也陷入狼狈不堪的局面呢?我想,真正的原因在于,虽然满洲贵族们有他们的勇武的高贵品格,但在太平军方面,他们身上却有着一种特殊的狂热。

太平天国军队在天京(今南京)附近江面上与英军作战图

什么是狂热？狂热就是陷入疯狂之中的高贵人性。虽然太平天国叛乱分子在起事前只是普通民众，但是出于对社会弊病所持的强烈义愤，在他们那麻木迟钝的本性中也被激发出了勇武的高贵品质。因此，面对太平天国叛乱分子身上所体现出的狂热精神，或曰"高贵的疯狂"，满洲贵族身上的英雄气概就无法奏效了。在此，笔者顺便指出一点，欧洲列国那些具有崇高精神和其他杰出道德品质的旧式贵族，之所以对革命者以及他们所发动的革命始终、至今仍然是束手无策，原因也正在这里。

一个贵族的傲慢，也许能使由愚蠢的学徒和庸俗的店主组成的乌合之众产生敬畏感，但是，一个不能或不愿正视社会错误与民众欲求的贵族，他身上所有的英雄气概和他所具备的最优秀的战斗素质，即便在所谓的"上帝的正义"面前，也是徒劳无功的。因为，所谓"上帝的正义"，总会是我国革命的最终根源。正确与谬误，正义与非正义，在形形色色的骚乱和革命中鱼龙混杂，是那样的难以分辨，这就要求一个人既要具备蓄势待发的拳头，又要有洞察一切的双眼。否则，即便你在紧握的拳头外包上最坚固的克虏伯钢甲，若胆敢向"上帝的正义"出手，最终会使自己受

到上帝的惩罚,那表面上坚固无比的拳头也会化为齑粉。总之,要想有效地对付狂热或那种陷入疯狂的高贵人性,或者干脆说要想对付疯子,我们最需要的一点,乃是才智——知识就是力量。因此,当太平天国叛乱发生后,在满洲贵族面对狂热的叛乱者而束手无策时,皇太后陛下便不得不求助于汉族儒生身上所具备的知识力量,指示他们回乡组办团练,要完全依靠他们去镇压叛乱了。于是,马修·阿诺德所说的"统治权"或"政权",即统治中国的真正的主动权和指导权,从满洲贵族的手里转入汉族儒生的手里了。满洲贵族的权力中心或曰指挥总部在北京,而汉族儒生的权力中心则在地方各省。因此,从满洲贵族到中国儒生的权力转移,也就意味着中国政府的实际统治权从帝国的首都转移到地方各省了。对于这一点,许多西方人已经观察到,中国政府的权力开始呈现分散状态,至于这种局面形成的真正原因,就是太平天国叛乱。

然而,难能可贵的是,对于这种可能使中国陷入地方分裂局面的隐患,被一个伟大的汉族儒生消弭了,他就是已故的曾国藩侯爵(前任驻英公使曾纪泽之父)。这位伟大的侯爵乃是近代中国儒生的领袖。在整个太平天国叛乱时期,皇太后陛下授予他"便宜行事"的绝对权力,因此,当时他可以说是中国事实上的独裁者。在他的统率之下,汉族儒生响应皇太后陛下的号召,毅然脱下身上的长衫,纷纷投笔从戎。战争初期,虽然儒生们对战争韬略一窍不通,对行军打仗的辛劳也极不习惯,但他们仍然奋发努力,克服了他们遇到的一切困难。开始,他们先是以超人的智识及时抑制住太平军的疯狂进攻;接着,在实战中他们逐渐掌握了战争的艺术;最后,历时十数年,他们终于扑灭了这场叛乱的大火[131]。

第二章　中产阶级儒生之崛起

　　总的说来，中国的太平天国叛乱有点类似于欧洲的法国大革命：二者都是旨在摧毁不公正、腐败的社会秩序。如同法国大革命之后该国的统治局面一样，在中国的"后太平天国革命"时代，国家统治权的重心也从满洲贵族转移到中产阶级的身上。此外，因社会的旧有秩序被捣毁而产生的震动，也总会给社会和人们的心理带来一股惯性力量——如人们心目中的常规和旧俗的崩溃。在这场革命之后，人们往往能以一种相对比较自由、独立的方式来看待事物，这种方式就是所谓的"自由主义"。

　　我们可以说，一个民族作为一个整体，人们的心智一旦摆脱旧有陋规和习俗的桎梏，就立即会变得生机勃勃。因此，我们看到，在中国的太平天国叛乱时期，正如法国大革命时一样，人们才智焕发，那种朝气蓬勃的精神力量感染了整个国家。对于这种人民智识的持续增长，起初，那些再造社稷的伟大的中国儒生们尚能引导、控制这股力量，并将其纳入一定的秩序而不至于失控。但是，不久之后，这种智识增长渐渐停滞，甚至开始失控。这样发展下去，这种失控的势力（我们仍可称之为"自由主义"）不仅会迷失方向，而且可能误入歧途，损害普通国民的心智。为了把这种快要陷于失控、进而会导致普通国民在智识上误入歧途的力量严格按照儒家原则纳入思想的正轨，我所谓的"中国牛津运动"兴起了。

　　这场"中国的牛津运动"，主要是旨在反对李鸿章——即时下中国的中产阶级领袖、自由主义的代表人物，或曰"中国的帕麦斯顿[132]勋爵"。李鸿章继曾国藩侯爵之后成为中国儒生的领袖。当这位伟大的中国儒生

李鸿章大人

率领儒生和农民镇压了太平天国叛乱之后，仍有两个非常困难的问题摆在他们面前，亟需解决。

首先，就是重建工作——战争之后，在战争发生地重建社会秩序和各级行政管理机构，这是极为现实的问题。另一个问题则是，作为"天朝上国"，我们应该采取什么办法来对付欧风美雨的侵袭？对于西方人掌握的现代工业文明及功利主义的强大的破坏力量，我们到底怎么应付？

对于第一个问题，即重建战乱地社会秩序和行政管理机构的实际工作，那个伟大的汉族儒生所做得一切非常值得我们称赞。对于他的努力成果，即使算不上是完美，至少也说得上是立竿见影。在太平天国叛乱被镇压后的极短的时间内，半个中国的行政机器和社会秩序迅速得以恢复，并开始正常运转，老大帝国呈现出一派太平景象，是为"同治中兴"。

然而，关于如何处理另一个问题，即如何对付现代欧洲工业文明的破坏力量，曾国藩侯爵——那个伟大的汉族儒生则完全失败了。一时间，中国的儒生们在欧洲现代工业文明及功利主义的破坏力量面前一筹莫展。这一现象，让人想起当年在英国，新兴的中产阶级面对法国大革命中的革命派所提出的思想和理论，也是同样的哑口无言。

总而言之，要有效地对付现代欧洲工业文明及功利主义的破坏力量，中国的儒生们需要有一种"开放"的心态。但是，旧式的儒生根本就没有所谓的"开放"观念，因为他们自幼在狭隘的宋代儒家清教主义（理学）教导下成长，他们不可能对另一种文明真正抱学习、交流的态度。鉴于现代欧洲工业文明的东来，他们所想到的"开放"，至多就是中国人必须拥有现代的枪炮和战舰，仅此而已。

不过，当时在中国的政界，有一个大人物对于真正的"开放"的含义是有所领悟的，他是一个满洲官员。正当汉族儒生们忙于修建军械工厂和试制现代化的枪炮时，文祥(133)，即后来的领班军机大臣和总理衙门首席大臣，设立了同文馆(134)，他极富前瞻性地设立了这样一个学院，旨在使中国青年接受充分的西式教育。的确，曾国藩侯爵后来也曾派出120名中国幼童赴美留学，不过，同文祥相比，曾国藩侯爵的欧式教育理念极其模糊、狭隘，他以及他领导下的汉族儒生们仅仅是要派学生出国学习制造枪炮、掌握驾驶战舰技术；而文祥这位伟大的满洲政治家对于西式教育的看法，却与他们截然不同。如果有人想了解文祥大人创设同文馆的构想是多么开放和富有前瞻性，只要阅读一下他与美国驻华公使的一段谈话就够了，这段谈话刊登在美国政府出版的《外交通讯》里。

不幸的是，这个伟大的政治家那旨在拯救中国的正确的开放思想，居然被委托给中国海关总税务司，即赫德爵士来负责具体操作和执行了！对于这个极其重要的教育机

张佩伦——李鸿章的乘龙快婿，也是著名作家张爱玲的祖父

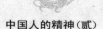
构——其创办之成败攸关中国的未来——赫德爵士并没有选派欧美列国第一流的学者和绝对可以胜任此职的西方人来主持，而是指派他的一个私人朋友，即一个美国传教士[135]去担任总教习。这样，同文馆，这个本该成为中华民族实现近代化之曙光、对古老的中国进行西学启蒙、进而成为中国"开放"之源的教育机构，就变成了一个收容贫苦、饥饿、目不识丁的青年的二流食宿学校。

不可否认的是，在中国，曾有两个人（即赫德爵士和李鸿章）真心想着手拯救中华民族，但不幸的是，这两个人都是马修·阿诺德所说的那种"庸人"。国运如此，怎能不让人黯然神伤？尽管赫德爵士和李鸿章无疑都对中国做出过贡献，但前者对于同文馆和所有有关中国教育的问题要么是漠不关心，要么便疏忽大意了；而后者对于 120 个归国留学生的处理态度则非常消极，这样的错误给他们二人带来了深刻的耻辱，并永远难以洗刷。在李鸿章大人看来，只有坚船利炮才能拯救中国；而赫德爵士则认为，就拯救中国而言，最为重要的乃是征收高额国家税收以开国家之财源。对于这两种关于何为国家强盛之本的施政理念，恕我直言，赫德爵士的理念比李鸿章大人的显得更狭隘、卑鄙和无耻。

我们已经得知，笃信"中学为体、西学为用"的中国儒生们关于中国"开放"的思想和观念，乃是要拥有现代化的新式枪炮和战舰。为了推行这一"开放"计划，李鸿章将那些暴发的富人、中小商人和城市买办阶层，即那些在中国对外贸易中获益颇丰的生意人吸引到自己周围——不用怀疑，这些人都赞成李鸿章采用外国的方法去推行其所谓的"进步事业"。然而，这些人照搬照用西方近代发展模式的拙劣观念与做法，其中包含了惊人的粗鄙和丑陋——对此马修·阿诺德在谈起英国新兴中产阶级及其主张的自由主义时曾加以严厉斥责。可想而知，这种粗鄙和丑陋肯定也会让中国传统文化的最后捍卫者——翰林院，即中国的"牛津大学"那些知识精英们为之震惊。这样，由于各种原因，中国的"牛津运动"就变成了一场情绪强烈的排外运动。之所以说它"排外"，并不是说那些知识精英们对于外国人及外国事物一概持憎恶的态度,而是因为他们一眼看穿了那种即将蔓延到整个中国社会的惊人的粗鄙与丑陋,进而使得他们不得不站出来反对李鸿章和他的追随者,以及他们照搬照用西方近代发展模式的拙劣观念与做法。所有这些,便是真正的中国儒生身上所具备的那种排外精神的道德基础。

在这场中国的"牛津运动"中,处于原版"牛津运动"中纽曼博士[136]的地位的人,是已故的李鸿藻[137]大人,后来他成为翰林院掌院学士。客观地说,他不是一个深刻的思想家,他与纽曼博士一样,仅是一个温文尔雅、品德纯正的人。时至今日,中国目前的这一辈文人学士们即便在事隔多年后谈起他来,还是满怀敬仰之情,并且充满发自内心的爱戴。在他逝世后,皇太后陛下赐给他最为荣耀的"文正"谥号。

同这场中国的"牛津运动"有关联的两个最著名的人物,一是已故的张佩伦[138]大人,即当年福州海战中的主要当事人;另一个则是已故的帝国重臣张之洞大人。此外,曾参加这一运动的其他名人还有:已故的邓承修,陈宝琛[139](最近被召回北京)、徐致祥[140]和陈启泰(江苏巡抚,前些时候刚去世)。

中国的这场"牛津运动",在东京湾战役爆发前夕达到高潮,势不可挡。在这次战争的和谈过程中,李鸿章将边界协定问题弄得一团糟,这些年轻的翰林们意气风发,为了国家利益而大声疾呼,李鸿章被迫退隐了一段时间,面对热情高涨的翰林们只有徒呼奈何。接着,大清帝国政府派陈宝琛为钦差,赴上海高昌庙去与巴诺德(当时的法国公使)谈判;张佩伦则被遣往福建担任会办大臣,负责保卫福州;张之洞接任两广总督,前去驻守广州。

客观地说,这帮年轻气盛、头脑发热的儒生,实际上是毫无作战经验的,可想而知,让这些书生猛然间投笔从戎,战果自然一塌糊涂。在这一事件中,最终的结果是,面对僵持的局面,法国人按捺不住了,法军舰队司令孤拔下令,击败并摧毁了福建水师。张佩伦大人则如同一个只会吟

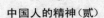

诗作对的拉丁诗人一样被打得丢盔弃甲，狼狈地逃到一座山上躲了起来；张之洞大人则幸运一些——法国人没有攻打广州。

中法战争后，李鸿章东山再起，大权重握。这场中国的"牛津运动"就这样流产了。先前被派往上海高昌庙谈判的陈宝琛，受到免职处分。张佩伦，这位福州海战中的主要当事人被流放到驿道上服苦役，流放期满后，他遭遇到的居然是这么一桩极富戏剧性的巧合事件：他竟成了李鸿章的乘龙快婿！邓承修则先是被派往东京湾去划定边界，不久，干脆就从中国政坛上永远消失了。徐致祥在翰林院则被束之高阁，朝廷不再叙用他，他呢，则开始沉湎于酒色，这导致了他的早逝。在他死前，他曾上书猛烈参劾张之洞[141]大人，我记得他的措辞极其严厉，他指责张大人背离了早期的原则，竟然向李鸿章靠拢了。

在这场中国的"牛津运动"中，有两人在清流党解体后没有失宠，即李鸿藻大人和张之洞大人。皇太后陛下对李鸿藻大人还是持一如既往的尊崇态度，恩遇有加。正如我们所看到的，在李大人死后，她赐给他最荣耀的"文正"谥号——正是这件小事，使我洞悉到皇太后陛下内心所持的立场，这一事件标志着皇太后陛下内心是站在"牛津运动"发起者一边的。

同已故的维多利亚女王一样，她不能容忍帕麦斯顿勋爵，我们的皇太后陛下也绝不会发自内心地喜欢李鸿章——尽管她不得不利用他那双富有经验的手来处理帝国的内外政务。当张佩伦——那个福州海战的主要当事人流放归来，并成为李鸿章的乘龙快婿之后，李鸿章请求太后将其官复原职，对此，太后不客气地加以拒绝了。她无法想象，一个曾经属于"牛津运动"阵营的人，竟然会跟李鸿章的女儿结婚！

在这里，李鸿章被我称为"中国的帕麦斯顿勋爵"，那么对于张之洞大人，我们则可以称之为"中国的格莱斯顿[142]勋爵"——他们分别是中英两国"牛津运动"的派生物。格莱斯顿勋爵先是英国圣公会高教会派保王党人，后来则成为帝国的首相；张之洞大人呢，他起初是一个中国儒家"高教会"的保守代表，后来则成为立宪政治的鼓吹者。不客气地说，他们二人都算是学者，可惜的是他们的学养也都算不上深厚，在学识上甚至可以用"肤浅"二字评价。因此，从他们两人身上，我们事实上都可以看到中英两国的"牛津运动"在精神文化方面都存在严重的缺陷。

格莱斯顿勋爵，英国自由党领袖

我认为，中英两国的"牛津运动"的共同缺陷在于：他们都简单地从各自既定的理论原则出发来看待问题。在英国，是基于基督教的原则；在中国，则是基于儒家思想的原则。这两场"牛津运动"的阵营里的学者们都想当然地认定，既成的基督教原则或儒教原则是千真万确的，而不敢或不愿以对事物本质的探索来检验一下这些原则究竟是否真的正确。简而言之，无论是中国的还是英国的"牛津运动"，其思想都从未虑及事物的基本原则，也就是说，他们探讨的问题从未触及到事物的道德根本。因此，从这个意义上说，两国的"牛津运动"都算不上是真正的智识启蒙运动，他们的理论所体现出的肤浅和虚伪，是他们的致命弱点。总之，分别投身于本国的"牛津运动"的两国学者都同样地缺乏富有活力的思想，并且也没有真正的思想家所具备的那种坚定不移的信念——其原因在于，他们的思想从未触及事物的道德根本。这就是投身"牛津运动"的学者们思想极易发生转变的根本原因所在——纽曼博士后来改变了自己的宗教信仰，格莱斯顿勋爵和张之洞大人则一而再、再而三地改变自己的政见。

简而言之，张之洞和格莱斯顿一样，他们不是思想家，而是杰出的雄

张之洞在办公中

辩家；他们不是真正的学者，而是所谓的"文人"或曰"士大夫"。但是，作为中国"牛津运动"的成员，张之洞大人却有一种李鸿章从不曾有的思想能力。说实在的，李鸿章是个庸人，不过，像帕麦斯顿勋爵那样，他是一个带贵族气质的庸人：他具备一个中国翰林所应具备的优秀的外在涵养和良好的仪表气度，因为他出身于翰林院——中国的"牛津大学"。但是，他除了早年为参加科举考试而受到的一般儒家教育外，就没有接受更广泛、更深刻的文化教育了。值得一提的是，他勤奋而有条不紊的办事作风补偿了他的不足。长期处理实际政治事务的丰富经历使他获得了切实可靠的实践知识，因而，在处理实际问题方面，他比张之洞大人这种见识不广、缺乏主见的学者型人物要显得更为果断、老练。

中法战争之后，张之洞大人继续留在广州。正是在那里，他的所见所闻使他离弃了中国牛津运动的原则，变成一个维新人士。其实，那场广为西方人所知的中国改革（即清末新政），真正的发起人是他，而不是袁世凯。

这场新政，经历了三个比较明显的阶段：第一阶段，乃是以发展实业

176

即实现中国的实业化为目标,张之洞大人在广东施政期间形成了这一思想,后来在武昌付诸实施。第二阶段始于甲午战争之后,其目标是振兴军事,即使中国的军队实现军事近代化,改革军事体制。在上海附近的吴淞口,张之洞编练了一支由德国军官训练的中国模范军队。这场改革运动的第三个也是最后一个阶段,开始于义和团运动爆发之后,其直接目标是实现中国教育的近代化。

现在,我们可以看到:在英国,按照马修·阿诺德的说法,正是纽曼博士领导的牛津运动的影响,才导致了中产阶级及其自由主义的崩溃;同样,在中国,也正是由于中国的"牛津运动"的影响,我们才得以推翻李鸿章及其统率的粗鄙、腐败的寡头政治。"牛津运动"的影响——或者说是那种对优雅事物的热忱挚爱、那种高尚的"牛津情感"使得张之洞觉察到了李鸿章当年引进的那些外国社会发展模式及其所导致的统治阶层的粗陋与腐败,并对这种现象深恶痛绝。张之洞和所有中国"牛津运动"的成员,最初都坚决反对引进外国的社会发展模式,因为他们当时都一眼看穿了伴随这些发展模式而将要纷至沓来的粗鄙和丑陋。

然而,中法战争之后,张之洞大人逐渐认识到,所谓"以忠信为甲胄、以礼义为干橹"的主张,即仅仅使用严正的儒教原则来对付法军舰队司令孤拔及其所指挥的那些配备有骇人巨炮的丑陋的钢铁战舰,绝对是无济于事的。于是,他不得不开始寻求调和折衷的道路。一方面,他觉得利用那些丑陋可怕但威力惊人的外国器物乃是迫不得已的;另一方面,他又认为在使用这些现代工业文明产物的同时,应该并且能够尽可能地消除其中包含的庸俗、丑陋的部分。

在这里,我想指出,尽管张之洞大人后来改变了自己的政见,但是他所主张的改革跟李鸿章是绝对不同的——这样一个事实可以作为证明他的纯洁动机和高尚爱国精神的证据。他在担任两广总督和湖广总督的时候,正如有些宵小可能会加以指责的,他"滥用公款以引进西人器物",但同时他也毫不吝惜地拿出自己的所有私人财产,用以创办各类高等学院和学堂，并专门鼓励人们研习儒家原则（即创办存古学堂之类的学堂）。他认为，在这种时候，为时局所迫，他引进了西方的近代器物，为了消弭随之而来的粗鄙，就必须加强对儒家经典的研习。因此，这种"存古"之举比以往任何时候都显得更为必要。

于是，张之洞大人变成了一个维新主义者。这位昔日"牛津运动"干将推行的新政政策，也成为中国的一股政治潮流——从最初的阻碍、抑制到最终的摧毁和消弭，他成功地化解了以李鸿章为首的寡头政治集团及其推行的鄙陋的自由主义所带来的政治影响。事实上，正是这股中国"牛津运动"所衍生的情感浪潮，助长了中国的儒生阶层对于以李鸿章为首的寡头政治集团的不满，也助长了对那种自以为是的中产阶级自由主义的不满，并为其在甲午战后的突然崩溃和最后消亡铺平了道路。当李鸿章带着《马关条约》及莫大的耻辱从日本回国时，也正是那种当年由"牛津运动"所衍生的潜在不满情绪，使得顽固保守分子——如帝师翁同龢之流——也悍然将自身的命运与暴发的康有为新党及其所倡导的激进的"雅各宾主义"绑到一起了。

马修·阿诺德说："一股对于既往历史的强烈不满情绪，一种对于抽象革新体制的生搬硬套，一套精心炮制、文采华丽的新式学说，一个面向未来、自称前景远大的合理社会构想：所有这些，就是雅各宾主义的做派。"我认为，这也是李提摩太[143]牧师和为那些自命为"中国朋友"的外国人所

李提摩太夫妻

极为赞赏的康有为们的做派。

更有甚者，"外国朋友们"不仅赞赏康有为们以及他们胆大妄为的做派，当皇太后陛下努力以最体面的方式试图将中国从康有为们所倡导的激进的"雅各宾主义"中挽救出来的时候，列国的驻华公使居然千方百计干涉她，甚至还起了限制她老人家行动自由的罪恶念头。至于中国的普通民众——整个华北地区的农民们则奋起支持皇太后陛下，反对康有为们的"雅各宾主义"，从而使中国的局势变得更加错综复杂。西方人错误地认为，在中国，只有儒生才会排外，一般老百姓则不排外。殊不知，在所有国家里，普通民众往往都会比知识阶层更为保守。在中国，儒生们同普通民众一样排外，但如果论及对维新变法的反对，恐怕后者的反对情绪还要严重些——总之，在中国只有一个阶层既不排外也不反对维新变法，那就是在中外贸易中暴发的买办阶层。

中国的普通民众之所以奋起反对康有为们的"雅各宾主义"，乃是因为这种激进的思潮意味着中国要陷入全盘西化的深渊。尽管我还不能确定早期的"中国牛津运动"对于普通民众的影响有多深刻，但可以肯定的是，它无疑有助于一般民众凭自身的文化本能而感觉到，中国的全盘西化意味着西方那种粗鄙、丑陋的工业文明的大肆输入。因此，当普通民众看到欧美列强公然支持康有为们的"雅各宾主义"时，他们奋起反抗，要尽自己最大的努力将所有在华的外国人都消灭或赶出中国，便是不幸而又顺理成章的结果了——所有这一切的原因，乃是在于：对普通民众而言，全盘西化意味着让那种粗鄙、丑陋的现代工业文明之恶魔主宰这个我们生于斯长于斯的古老帝国的命运，进一步，对于那些满脑子充满恐惧的普通民众所做的一切，我们也不难理解了。总之，这就是当年义和团成员为何陷入一种群体性狂热的道德原因。

由此，北京的局势顿时变得复杂至极，同时也危险之至。皇太后陛下竭尽所能，施展一切政治手段以挽救危局。但是，那些驻在北京的欧洲列国的外交官们，不仅不对我们这位国母表示起码的同情，反而极尽威胁恫吓之能事,到处带着自己手下的小撮卫兵在中国的首都耀武扬威。为了抵制康有为们激进的雅各宾主义的影响,皇太后陛下不得不召唤满洲贵族的高贵的勇武精神和高尚的抵抗力量。已故的宓吉[144]先生在其《英国人在中国》一书中指出,在中国近代各阶层中,满洲贵族其实是最不排外的。然而,此时此刻,满洲人的热血沸腾起来。这沸腾的热血,带着他们的高贵精神和高尚的抵抗力量, 一旦这种力量同外国外交官那狐假虎威的恫吓狭路相逢,一场大危机的爆发也就在所难免了。到了这个时候,即便皇太后陛下再伟大,即便她的政治手段再灵活,也是无能为力了——正如一个德国诗人所言:"攻击愚昧,神仙来战也是枉然。"

在这最危急的关头,张之洞大人要扮演一个非常尴尬的角色——眼下,康有为及其所倡导的雅各宾主义已然偏离了他的维新方案。不仅是康有为,还有那个在雅各宾主义者中称得上最为才华横溢的人——梁启超。实际上,在当时的中国,几乎所有最臭名昭著的年轻雅各宾分子,要么是康有为的门生,要么是他的特殊党徒。中日甲午战争后,康有为最初在北京鼓吹他的雅各宾主义时,很不受欢迎,随即被赶出了北京城。然而,正是在张之洞大人的支持下,他才得以再次进京蛊惑光绪皇帝,甚至使其接受了他那套极富雅各宾主义色彩的维新变法方案。这一次,当年"牛津运动"的影响再次挽救了张之洞大人。马修·阿诺德先生所说的那种追求优雅和美好的"牛津情感",使张之洞大人对康有为所持的雅各宾主义的激进、粗陋之本质逐渐产生憎恶感。于是,在康有为的雅各宾主义得以在全中国付诸实施的最后关头,张之洞大人明智地舍弃了他们,返回了"牛津运动"的大营。

梁启超,这个最具才华的雅各宾分子,此后一直指责张之洞大人居然像卑鄙的袁世凯一样,是一个投机政客——因为张大人曾在他们落难的时候退缩回保守派的阵营了。

我认为,这一指责既是绝对不合事实的,也是不公正的。我曾经亲自出席过张之洞大人召集的一次幕僚议事会,会议的议题是要讨论如何对付康有为的雅各宾主义。当时,康有为正以皇帝的名义大肆颁发维新法令。因为这是总督第一次准许我参加他的心腹幕僚内部会议,所以我至今仍可以非常清楚地回忆起那个场景。在此之前,我曾经冒昧地提醒过总督大人,我对他说:"就我所知,康有为人品卑劣,其计划亦虚夸不实"。

此外,我还把"爱国主义是恶棍的最后避难所"这句约翰逊博士 (Samuel Johnson, 1709–1784,他是英国有名的诗人、散文家、文评家和语言学家。)的名言尽可能准确、清楚地翻译给总督大人听,然而,当时总督大人对于这番话是听不进去的,还指责我不懂中国政治。到了康有为及其雅各宾党人露出狰狞面目时,总督大人便想起了我,于是,他专门叫我出席他的私人幕僚议事会,讨论对策。这个议事会在武昌棉纺厂的楼顶召开。总督非常激动。我至今依然清楚地记得老总督在月光下来回踱步的情景,他一遍又一遍地重复着:"不得了！不得了！"我们的会议没有做出任何决议。

我不畏烦琐地举出上述细节,乃是代表老幕主做出反驳,也是为了使人们相信——说张之洞大人像真正的投机分子、乱臣贼子袁世凯所做的那样悍然出卖其雅各宾派的朋友,这一责难有失公允。或许,比我的反驳更为有力的证据就是他自己写的那本著名的"小册子",即那本广为当时西方人所知的题为"学习"(Learn,或更确切地应译为"教育之必要")的书。[145]西方人认为,此书证明,张之洞是赞成康有为的维新变法方案的,其实,大谬不然。这本著名的小册子,是我们在武昌棉纺厂召开那次议事会之后立即写出来的——可以说,它是张之洞大人反对康有为及其雅各宾主义的宣言书,也是他的"自辩书"。该书告诫他的追随者和中国所有的儒生,要坚决反对康有为推行维新变法的方式,此后,凡是欲推行此类的改革,就必须首先从教育入手。更进一步地,这本"自辩书"陈述了一个很重要的理由:张之洞大人之所以部分放弃他早年严格信奉的儒教原则,转而赞成、提倡引进西方近代文明的部分成果,乃是事出有因。

张之洞大人的这部名著,像纽曼博士那本著名的《自辩书》一样,是

查尔斯·金斯尼

人类智识发生微妙变化的一个极为突出的例证。按照此二人的看法，明辨是非的真理和道德准则都不是绝对的，并且不是对任何人在任何情况下都有约束力。关于纽曼博士，正如查尔斯·金斯尼（Charles Kingsley）所批评的那样："真理自存，总体说来，它不必也不应该只是罗马传教士的美德之一。"至于张之洞大人，他一方面认为儒家原则是真理，在个人的道德生活中必须绝对遵从；但另一方面他又认为，这一原则在现代国家政治生活中则行不通了。儒家圣人之教，告诫个人或国家不必亦不该专心致志于对财富、权力和物质繁荣的追求，这一点，本乎孔子"贱货贵德"之说——而现代西学的功利主义理论则教导人们，人生的成功和国家的强大，其基础乃是在于拥有巨额的财富、无上权力和煊赫的物质繁荣。按照那个在中国鼓吹西学最为热心的李提摩太牧师的说法："一种没有商业价值的教育，是绝对无用的"（146）。

面对这两种彼此相互矛盾、冲突的理想——即儒教的理想和现代西学的理想——张之洞大人曾天真地试图以一种特殊的方式将它们调和起来，他得出一个结论，即对于这个问题一个人必须有双重道德标准才行。其中，一重标准是关乎个人生活的；而另一重则是关乎民族和国家生活的：作为个人，中国人必须严守儒教原则，但作为一个民族，中国人则必须抛弃儒教原则而采纳现代西学的原则。简而言之，在张之洞看来，就个人领域而言，中国人必须继续坚持自我的认同，努力做儒门"君子"；但整个中华民族，或曰中国国民，则必须全盘实现西化，全部变成"食肉野兽"以适应那主宰国际大环境的"丛林规则"。为此，他煞费苦心地动用了自己丰富的学识，不辞劳苦地列举出古代中国的例子，试图证明在遥远的混乱时代，中国人也曾努力要变成"食肉动物"，以免受到外族欺凌。总之，张之洞大人就是以这样一种特殊的方式来阐明自己的学说的。

张之洞大人认为，他这种奇特而荒唐的调和是正当合理的。他当时的理由是，我们中华民族当下处在那些"只认强权不认公理"的食肉民族的包围之中，为了消弭那种已威胁到古老的中国及其文明存亡的巨大危险，民族的自强已成为时代的迫切要求。因此，张之洞大人身为一个伟大的爱国者和孔门弟子，在他心目中，中国以及中华儒家文明的利益与安全是超越一切道德准则之上的，这就如同在纽曼博士心目中对于罗马天主教和基督教利益和安全的认识一样。事实上，正因为纽曼博士对于基督教的优雅与美好持如此的挚爱，才使得他为了挽救和维护基督教——在他看来，基督教具体体现在罗马天主教会中——而认为他在某种特定环境下抛弃基督教的原则是正当合理的。同样，出于对中国以及中华儒家文明能否得以存续的强烈忧患意识，张之洞大人认为，他是被迫搞这种调和的——他迫不得已部分抛弃儒教原则，对于整个中国及中华民族来说，是完全有必要的。

总之，话说回来，无论是纽曼博士还是张之洞大人，像所有"牛津运动"的成员一样——鉴于我已指出过的那种弱点——他们都是极端的理想主义者，也都是那种其才智被自身过于强烈的空想所扭曲的人。孔子曾说："道之不行，我知之矣，智者过之，愚者不及也。"法国人茹伯则说："愚昧，从道德方面看，可以减少罪过；从智识方面看，本身就是最大的罪过。"纽曼博士和张之洞大人所采用的这种调和折衷的办法，在道德上和宗教上造成了所谓"耶稣会教义"的产生，在政治上则造成了一种被称为"马基雅维利主义"的东西。

尽管张之洞大人和纽曼博士这样的人——正如我所说过的——是品格高尚、行事动机纯洁的人，但是，当张之洞大人将这种"马基雅维利主义"教给中国的儒生和统治阶层时，当他的宏论被那些品德不如他高尚、心地亦不及他纯洁的人所采纳时——例如被袁世凯这种天生的卑鄙无耻之徒所采纳的时候，其对中国所产生的危害——我不得不说，甚至比李鸿章那种市侩味十足的"自由主义"所带来的危害还要大！

当年，当庚子事变结束，朝廷回到北京之后，中国政府在全民族的支持下，开始致力于采纳西化方案——数年前，在中日甲午战争后，欧洲那种极端的物质功利主义文明的可怖巨兽次被正式带到中国的大门口，置于古老的儒家文明面前。此前，中国的儒生们虽然对这一可怖巨兽感到惊奇、厌恶和憎恨，但他们仍然可以蔑视它，可以努力不去理会它，也可以不用想像它对于中国人及其文明可能造成多大伤害。那时，这个巨兽还远在欧洲，远在另一个大陆，所以它的危害距离我们尚且遥远。然而，在中日战争之后，中国及其文明与这头可怖巨兽之间，就仅仅是一海之隔了！

于是，在中国的儒生中，便激起了一种异常强烈的忧患意识。这种忧患意识导致的结果，自然是一场因忧患和激动而产生的群体性疯狂——那些往日最为坚定的保守派，乃至身为万乘之尊的光绪皇帝，居然也愿意同康有为及其党徒——他们是中国的

特洛伊战争

雅各宾派，也是打算把希腊人的木马引入特洛伊城⁽¹⁴⁷⁾的贼子——合作了！实际上，这种举动就是要祈求、召唤现代欧洲物质功利主义文明之可怖巨兽来援助中华民族了。对于这种无奈的举动，反对的呼声自然此起彼伏："我害怕希腊人，甚至怕他们的礼物！"张之洞大人在这时候，正如我们所见到的那样，不得不建议对之进行调和，但是，高傲的满洲贵族们却起而声言："不可，我们宁愿像一个真正的人那样去死！"他们誓死抗拒这一亘古未有的巨变。已故的帝国重臣徐桐——值得一提的是，他是一个保守的满洲贵族，也是一位我们中国的一流人物——便说："要亡么，要亡得正。"

与此同时，出于对现代欧洲功利主义文明即将占领中国并毁灭中国文明的恐惧，出于对这头可怖巨兽的害怕——再进一步说，出于对"亡天下"的恐惧，普通的中国民众，特别是整个华北地区的农民们顿时陷入了一种群体性狂热状态，他们组成了义和团，树起"扶清灭洋"的大旗，奋起支持满洲贵族。皇太后陛下无奈之下，只有尽其最大努力设法摆脱这种困难而复杂的局势。但是，当列强的海军袭击并攻占大沽口的消息传到北京之后，皇太后陛下得出了这样的结论："对战败的人来说，不再希望有任何救星便是惟一的救星。"身为一个绝望的母亲和统治者，她同意下令向公使馆开火。于是，一些满洲贵族和整个华北地区的农民们便疯狂而不顾一切地做出了一系列极端举动——他们要赤手空拳地将现代欧洲功利主义文明这一可怖的巨兽，乃至"在华的所有洋人"统统赶入大海！

就像这样，整个中华民族以其自身的文明资源——以满洲贵族的英雄气概和勇敢的义和团战士视死如归的精神——正如八国联军总司令、海军上将西摩尔的一个部将所看到的那样，中国人如痴如狂地向现代欧洲文明的枪口冲锋，与他们的死对头作孤注一掷的抗争，要以这种玉石俱焚的悲壮方式去保卫、挽救中华文明。遗憾的是，他们的最后一搏以失败而告终。此后，中国人得出一个结论——正如我将说明的那样，这个结

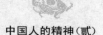

论是错误的——他们认为凭中国自身的文明资源去对付现代欧洲现代功利主义文明的破坏力量，终归无能为力，亦是徒劳之举。

因此，正如我所说，当朝廷在庚子事变后回到北京时，中国政府在全民族的支持下，走上了西化的不归路。在这里，我还想指出的是，鉴于目前的中国局势，真正让人觉得可怕亦可悲的地方在于，当整个中华民族决心抛弃他们自身的文明而跪拜于现代欧洲物质文明时，在整个帝国内竟然没有一个受过教育的人对现代欧洲文明的真正内涵有丝毫的了解！康有为以及中国的"雅各宾分子"们，正如我们所见到的那样，只想通过一个简单的维新变法行动——仅凭皇帝的一纸"上谕"来在古老的中国实现西化。若不是皇太后陛下采取强力措施，成功地夺回其外甥、即光绪皇帝的统治权，并镇压康有为以及他手下"雅各宾派"党徒——那么，全世界人将看到一场可怕的悲剧：整个中华民族就会像一个疯子一样行动起来，砸碎自己家中的所有家具，拆毁房子，而代之以纸糊的家具和劣质的纸板房屋。

皇太后陛下在庚子事变结束后回到北京，便决定采取行动，以除时弊。她绝不允许自己或任何别人再像她的外甥、即光绪皇帝那样行事——即听从康有为及"中国雅各宾派"的居心不良的鬼话，按自己个人的意志颁布法令来推行所谓的维新变法，以图在中国实现西化。

作为一个拥有高贵天性的满洲人，皇太后陛下个人对于欧洲文明及其社会发展模式并没有什么好感，但是作为一国之主——在此，皇太后陛下显示了她的完美品格和杰出的政治家风范——她感到有责任让自己个人的喜好与愿望服从于全民族的利益与意志。不仅如此，所有的满洲贵族成员也像她一样，他们出于满人高贵的天性，并不热爱现代欧洲文明，但是他们会主动而自觉地服从于民族整体的利益与意志。

在此，我可以指出，那些暴发的买办阶层和一部分卑劣无德的儒生，或者那些具有鄙陋的市侩智慧而缺乏高贵品格的人——主要是这些人，他们渴望享受现代欧洲物质文明所带来的肉欲的满足，因而成天叫嚣要在中国搞全盘西化。客观地说，作为一个阶层，对于他们的欲求，高层也无法忽视。

因此，综合各种势力的欲求，中国的皇太后陛下不得不以她伟大的人格强迫高傲而生来倔强的满洲贵族们服从全民族西化的意志和命令——但是，尽管如此，她仍

京师同文馆

下定决心，在中国推行西化的每一个改革举动和措施，都不能由某个人擅自为之，甚至包括她本人在内，而必须得到全民族充分而自由的认可——例如得到代表民族意志的各部大臣、在京的其他名人显要以及各省督抚的同意才可以。简而言之，皇太后陛下决定，如果中国非要进行一场革命不可了，它亦将是如伟大的英国公爵威灵顿（Willington）先生当年所说的那样，那应该是"一场合乎法律秩序的革命。"

第三章　满洲贵族重新掌权

　　继曾国藩之后，中国儒生名义上的首领是李鸿章。中日甲午战争后，李鸿章倒台，中国的儒生们面临群龙无首的困局。这种情况导致的直接结果是，中国的统治权——正如我所说过的，它曾经在太平天国叛乱时期从满洲贵族手中落入汉族士大夫手里——现在则又重新回到了满洲贵族手中。裕禄[148]继李鸿章之后做了直隶总督和北洋通商大臣，不过，这位满人总督在义和团暴动时因兵败而自裁于天津。不过，他还算不上是满洲贵族的首领。真正的满洲贵族首领是已故的军机大臣荣禄[149]，他堪称中国的索尔兹伯里勋爵。

　　已故的索尔兹伯里勋爵不仅拥有卡莱尔极为欣赏的那种彬彬有礼的英国绅士气派，而且在私人和社会生活中兼有马修·阿诺德在谈论诗时所提到的那种"气魄"。在这个工业化时代，他堪称英格兰贵族阶层中最后一个优雅的人。荣禄不仅具有高尚的品质和尊贵的气质，身为满洲最后一个"雅士"，人们常可以从这个有教养的满洲青年身上看到那种温文尔雅而不失宏大的气度，或者说是一种真正的贵族特有的威严。目前，我在北京见到的最为出色的满洲贵族，甚至于现在的摄政王，也没有索尔兹伯里勋爵和荣禄身上的那种气质。当然，除了荣禄之外，近来满洲贵族中惟一的另一位具有类似"宏大气度"的人，则是已故皇太后陛下——她不仅是一位像英国的维多利亚女王那样的伟大贵妇或曰女主，她甚至还称得上是一位高贵而"不同寻常"的女性。[150]

　　然而，俾斯麦对于索尔兹伯里勋爵的看法，也同样适用于中国的荣禄——在谈到身为国务活动家和政治家的索尔兹伯里勋爵时,俾斯麦不客气地评论道:"他只不过是一块看上去像钢材的涂色石膏"。说白了,就是说他"金玉其表,败絮其中"。相反,俾斯麦则与比肯斯菲尔德勋爵一样,富有才华与政治谋略。无论是索尔兹伯里勋爵还是满洲人荣禄,他们都不曾自命为"天

1896年,李鸿章访英期间与英国首相兼外交大臣索尔兹伯里(左)合影

才"。相比之下,不管是俾斯麦还是比肯斯菲尔德勋爵,他们则都曾费尽心机要提升自我的修养,提高智识水平。另外,索尔兹伯里勋爵和荣禄的血液里都只仅有英雄主义气概和高贵的品格——可以说,他们是人中之瑞,算是块可造之材,但是,他们却并未努力——也或者因他们太过执拗、高傲而不屑于去做那样的努力,即他们不屑把将自己血液中的高贵因子经由智识修养的萃取与提炼,因此,他们未能将其自身潜力进一步发挥出来,没有能以提高自己的施政水平而在本国政坛做出更宏伟的事业。(151)

结果,他们两个人,索尔兹伯里勋爵这个品格高贵的英国大贵族,与骄傲的满洲贵族荣禄——当他们在各自的国家处于危急的关头,而本人又负有最高责任的时候——他们两人都非但未能控制局势,反而听任局势的摆布。索尔兹伯里勋爵做梦也想过要向南非的布尔人开战,更没想到要吞并德兰士瓦。但他听凭事态自由发展,直到南非共和国总统克鲁

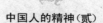

格（Kruger）送来了最后通牒之后，那个伟大而骄傲的赛希尔[152]的热血，才终于战胜了国务活动家和政治家索尔兹伯里勋爵，使他在战争爆发前夕的那场极其动听、令人难忘的演说中，怒火中烧，不可遏止。这一演说，读起来就像莎士比亚笔下科里奥兰纳（Coriolanu）的那场演说：

> 你有数不清的谎话！叫我撕裂心肺
> 也容纳不下。呀，奴才，你这该死的奴才！
> 原谅我，爵主们，这是我生平头一次不得不骂。

这一反应的结果是布尔战争的爆发和南非持续两年多的祸乱，说得更深远一些，导致了大英帝国的衰落。同样，中国的荣禄——正如有一天保存在武昌总督衙门的电报会证明的——他做梦也不曾想攻打外国使馆，更谈不上要将所有外国人都赶出中国去。要说正确和公正，外国人指责已故中国皇太后和荣禄处心积虑围攻使馆，要把所有外国人赶出中国，就好比指责已故维多利亚女王和索尔兹伯里勋爵在南非战争之前阴谋发动布尔战争并吞并德兰士瓦一样。

事实恰恰相反——尽管荣禄已尽最大努力去制止那些因自尊被洋人刺痛而发疯的满洲贵族们，他也努力要保护在京的外国人，以维护列国间的和平，但是，当克林德男爵被董福祥[153]军纪涣散的部下杀死时，他心如刀绞，立刻给张之洞总督发出一封加急电报，发出了绝望的呼叫："Tout est perdu fors l'honneur——一切都完了，只剩下自尊了。"

实际上，像索尔兹伯里勋爵一样，荣禄听凭事态自由发展，漫无节制，直到外国海军发动猛攻，占领大沽口炮台，他身上流着的那高贵的满洲贵族血液才占了上风。于是，他放开羁縻之手，让端王带着疯狂的拳民，让董福祥带着麾下漫无军纪的甘军为所欲为。这一决定的结果是整个华北地区陷入一年半的骚乱中，而无辜的中国人民则不得不每年把千百万两白银送入外国国库。

这样，索尔兹伯里勋爵和荣禄一经考验，便表明他们正如俾斯麦所说："只是一块看上去像钢的涂料石膏。"孔子说："古之矜也廉，今之矜也忿戾。"（出自《论语·阳货第十七》）。

在议和结束，朝廷回迁京城后不久，荣禄大人便死去了。此后，庆王⁽¹⁵⁴⁾继之成为满洲贵族的领袖——尽管中英两国社会状况有别，但庆王就是中国的贝尔福勋爵。像贝尔福先生一样，他是一个悲观主义者，同时也是一个玩世不恭的犬儒主义者。有些没有头脑的外国人，以及类似的中国人，将这样一个事实——即庆王从其所栽培和庇荫下的那些有油水可捞的下属那里接受钱财和礼物，说白了也就是他受贿的事实——过于看重。

其实，庆王并不像李鸿章那样对钱财本身怀有卑鄙无耻的贪婪之心，而是他身上那种玩世不恭的犬儒主义使得他无所顾忌地从其被保护人那里接受礼物和金钱。正如臭

庆王，即奕劻(1836—1918)爱新觉罗氏

名昭著的罗伯特·沃波尔⁽¹⁵⁵⁾爵士的犬儒主义使他在他那个时代容忍和庇护英国的"假公济私者"一样。沃波尔爵士曾说："每个人都有他的价值"。庆王则说："我的身后事，与我无关"。在庆王看来，如果一个无望世界上的无望政府，连他这个奢侈惯了的老头子及其一家老小也养活不了，而他自己又辛辛苦苦一辈子，为了挽救这个无望世界上的无望政府，耗尽了全部的房产、私人财物乃至自己的一生，在这种情况下，他这个老头子就要依靠自己来为自己及一家捞点外快了。假如英国的贝尔福先生

生活在乔治时代而不是维多利亚时代，他的犬儒主义将使他像罗伯特·沃波尔爵士一样，容忍和庇护"假公济私者"。假如他生活在中国，也会接受张伯伦先生及其伯明翰朋友的礼物和钞票，就像庆王接受袁世凯及其来自广东的朋友们所送的礼物一样。(156)

爱默生说："我们评价一个人智能的高低，要看他抱负的大小。"因此，我在另一本书中曾指出，一个人或一个民族抱悲观主义，是其智能不健全或有缺陷的确切标志——现在中国的满洲贵族，像所有国家的贵族一样，最初都是一个军事部族或种族，其专长在于能征善战。它从形成之日起，就更需要和更重视发展体力，而不是脑力或智力。因此，该部族的后代，甚至到了晚近，社会环境改变了，但一般说来，他们仍然不爱去进行脑力或智力方面的训练，加强这方面的修养。

然而，如果缺乏智能方面的修养，你就无法有思想，也无法了解思想。进一步说，若没有深厚的智能修养，你就不能有正确的思想，而没有思想，便无法对现实作出说明。一个没有思想的人只能看见事物的外表，却无法见到事物的内涵，见到那物质客体的内在道德特质或精神价值。对于一个没有思想的农民来说，正如华兹华斯所言：路旁的樱草就只是一颗樱草，再也没有任何别的意义。简而言之，没有思想，人们无法说明和了解现实的内涵，而没有正确的思想，人们便无法得知现实真正的内涵——那种现实内在的道德特质或精神价值。(157)

因此，一个国家的贵族阶级，像中国的满洲贵族和英国的上层阶级，因为他们缺乏智识修养，一般说来没有思想且无法理解思想，结果也就无法解释和说明现实，然而，生活中的现实，就像古埃及的斯芬克斯之谜一样，如若得不到正确的解释和说明，她就会将其人和民族一起吞并——在太平时期，对于那些生活在古老的既成的社会和文明秩序中的人来说，不必自行理解生活中环绕自己的种种现实——那由男人和女人组成的社会，既成社会秩序和文明中的生活方式与风俗习惯。因为这些现实已经得到了解释，绝对毋需人们再去自行解释。然而，生活在革命和

"开放"的时代——比如当今生活在中国和欧洲的人们——当文明与文明相遇，冲突和碰撞之时，一个民族旧有的社会秩序、生活方式与习惯，就像大地震中的陶器一样很容易破碎——在这样的时代，人们突然面临新的现实，他们不得不对其作出正确的解释和说明，否则，新的现实，就如同那埃及的斯芬克斯女怪，将要吞没他们、吞没他们的生活方式及其文明。

在这样的时代，我们发现那些具有智识修养的贤者，像中国文人学士的代表张之洞，英国中产阶级的代表纽曼博士和格莱斯顿，他们有思想且能理解思想——这些人做出了真诚而英勇的努力，来说明解释新时代的新现实。但是，由于他们的智识修养肤浅，不够深厚，因而其思想不正确，只是虚假的不成熟的思想——他们对于新现实，也不能做出正确的解释说明，只能做出虚假的总体说来错误的说明。当他们发现自己错误的解释和说明拯救不了自己的时候，又改变主意去搞折衷调和：以一种极端虚伪的理想主义来自行拯救。纽曼博士和张之洞这类人的极端虚伪的理想主义，正如我所说明过的，使得人们在宗教和道德上成为耶稣会士，在政治上则成为马基雅维利主义者。

另一方面，贵族阶级中人，在一个革命和"开放"的新时代，由于他们缺乏智识修养，没有思想和不能理解思想——也就完全不能解释和说明现实。比如像义和团运动中的端王和疯狂的满洲王公贵族们，他们不去设法了解和认识现代欧洲文明的新现实，而是以英雄主义作拼死一搏，去对抗新的冷酷的现实——那可怕的现代欧洲文明的物质主义杀人器械，诸如连发的来福枪和马克沁机枪。他们仰仗满洲贵族的英雄气概、勇武精神和高贵品格，去赤手空拳地与现代工业文明博斗。但这些新的冷酷现实，就像埃及的斯芬克斯女怪一样，以这种方式自然是无法将其战胜和赶走的。因此，在这样一个革命和"开放"的时代，满洲贵族阶级的人们，当他们以自身所有的英雄气概和高贵品格去英勇抗击新时代的冷酷现实，而又无法将其战胜和赶走的时候，他们只能发现自己被可怕的新现实冷酷无情地击倒了——不久，他们就拒绝再战。然后，他们掏出手帕，揩干额上的汗珠说："好一个野蛮的东西！与这种绝对无法理解的野蛮东西作战是毫无益处的。罢了，罢了，如果我们要灭亡，就灭亡好了，反正五十年后，我们都难免一死，迟死早死又有什么关系呢？此时此刻，我们还不如将这个无望世界上的无望生活尽量过好。"

赛西尔·罗德斯

由此，我们就能够了解像中国的庆王、英国的罗伯特·沃波尔爵士和贝尔福先生那样的人怎么变成悲观主义者，然后又由悲观主义者变成犬儒主义者的了。罗伯特·沃波尔爵士的犬儒主义使他容忍和庇护"假公济私"；贝尔福先生的犬儒主义使他能容忍约瑟夫·张伯伦先生，并培植和保护在南非的赛西尔·罗德斯（Cecil Rhodes）和杰米逊（Jamieson）博士；中国庆王的犬儒主义则竟使他说："我死之后，即便天塌下来我也不管"，并对袁世凯及其广东朋友所送的礼物和银票来者不拒。

因此，我们发现，我所谓"一个人或民族抱有悲观主义，是其智能不健全和有缺陷的确切标志"一说完全正确。像纽曼博士和张之洞这样智识修养肤浅不深的人，他们具有不完善、不正确的思想，一旦面临革命和"开放"时代的新现实，他们就变成了极端理想主义者，或者像拿破仑所说的空想主义者（idealogues），从极端理想主义者或空想主义者又变成耶稣会士和马基雅维利主义者。而耶稣会教义和马基雅维利主义，不过是悲观主义和犬儒主义的别名和伪装形式罢了。另一方面，像庆王和贝尔福先生这样的人，他们甚至连肤浅的智识修养也没有，没有思想也不能理解思想，因而变成了彻底的悲观主义者和玩世不恭的犬儒。

纽曼博士和张之洞大人那样的中产阶级代表，其高贵的天性使他们摆脱了其错误的人生观所带来的严重后果，即虚伪的理想主义的结果。同样，庆王和贝尔福先生那样的贵族阶级代表，其英雄主义和高贵品格也使他们摆脱了其悲观主义和犬儒主义所造成的后果，即那极端物质实利主义的结果。因此，尽管纽曼博士和张之洞在理论上都是耶稣会士和马基雅维利主义者，但他们在实际生活中所信奉的却与其持论不同，他们过着一种正直无私的高尚生活。同样，尽管庆王和贝尔福先生在理论上均为极端的物质实利主义者，并且最终变成了悲观主义者和犬儒主义者，但在实际生活中，贝尔福先生是一位温和的悲观厌世者，庆王则是一位好心肠的玩世不恭者。我相信，在英国，贝尔福先生是他的朋友们所尊敬的人物。而中国的庆王，我在北京时就曾听说，他受到仆人和随从们的敬重。

但是，在这里，我认为有必要指出——这一点非常重要——纽曼博士和张之洞这样的人，尽管其错误的人生观对他们自己的道德生活伤害不大；同样，庆王那样以犬儒方式供养自己及其家属的恶习，容忍张伯伦的贝尔福先生和赛西尔·沃波尔那类人的恶习——对他们自身的高贵气质也没有太大的玷污，事实上，就贝尔福先生来说，他那种态度甚至还可能给他的高贵品质增光——然而，纽曼博士和张之洞错误的人生观，以及庆王和贝尔福先生的恶习，最终将对世界——对于世界文明，产生无穷的危害。因为耶稣会教义和马基雅维利主义使一个人或民族不可能有真正的道德生活；悲观主义和犬儒主义则使人或民族不可能有真正的智识生活，而没有真正的智识生活，真正的道德生活也是不可能的。孔子说："道之不行也，我知之矣。智者过之，愚者不及也。道之不明也，我知之矣：贤者过之，不肖者不及也。"（见《中庸》第四章）

兰斯东，英国政治家

英国人有个"霸王"兰斯东[158]，中国人也有自己的"霸王"铁良[159]。铁良是中国的改良派和革命党的绊脚石（bete noire），兰斯东勋爵则成为英国激进党和社会主义者的嫌恶对象。中国的革命党人有充分的理由痛恨满人铁良，犹如英国人有足够的理由憎恶兰斯东"霸王"。因为兰斯东和铁良这种人不仅是"霸王"，而且是煞星——一个上帝派来的可怕煞星，其特殊使命是"逮捕流氓和无赖"，打击乱臣和贼子，消灭一切混乱与无政府状态。事实上，这两个人，是那欧洲必定要来的、甚至中国也可能要来的超人同类，除非欧洲人和我们中国人马上改弦更张，那个超人将会携带比俾斯麦首相的"铁血"政策更为可怕的东西来，不仅报复性地"改造"我们，而且残害和丑化我们及其全部文明——将文明中的所有精华，包括其香甜之处、美丽之处乃至聪慧之处，统统糟塌得面目全非。现代欧洲人，还从来没有见过这种可怕超人真正令人恐怖的面孔。大约两千年前，我们中国人就在本国与这个极其骇人的超人面孔打过了照面，直到今天，中国的文人学士一想起他的名字，就不寒而栗。他在中国，人称秦始皇——就是那个修筑长城的皇帝。与这种超人相比，英国的兰斯东和中国的铁良只能算是其虚弱的代表，真正强有力的象征人物是中国那个著名的皇帝。这种即将来到欧洲也可能来到中国的恐怖超人——他代表着"在公理通行之前，只有依靠强权"之主张。他是《旧约圣经》中犹太人的神，也是现代那些没有思想的英国人的神。希腊人称之为公正的审判官或报应女神，罗马人则称之为彼拉多，他不知真理为何物，把拿撒勒的圣人（指耶稣）与强盗巴拿巴不加分别地一并钉到十字架上。

现代欧洲人称这一超人为"警察"。这个欧洲"警察"现在也到了中国。(160)除非欧洲人不再做食肉野兽，而我们中国人既拒绝变做食肉野兽，又拒绝变成没有思想的英国人——这一"警察"、这一主张"公理通行之前，只有依靠强权"的"警察"的势力，就会不断膨胀，直到他变成那种可怕至极的超人。终有一天，他会毁灭全部人类文明，毁灭人类文明中一切有价值的东西，而留下一片荒漠并称之为"秩序"为止。

生活在革命的混乱时代和社会变革时期，那些品德高尚但缺乏智识修养的人，要想不变成丧失理智的疯子，或不变成使他人丧失理智的无政府主义者，存在以下三种方式：像纽曼博士和张之洞那类人，正如我们看到的，其学问或智识高于简单智识或常识，他们使自己免于疯狂，靠的是抛弃常识、变成极端虚伪的理想主义者，即变成耶稣会士和马基雅维利主义者。所谓耶稣会士和马基雅维利主义者，就是通过一种虚假的极端理想主义，一方面以宗教热忱的形式出现，另一方面又以热烈虚假的爱国主义相标榜的人。他们那自欺欺人的实践，实际上已经毁了自己的道德品质，但他们还在诓骗自己，以为由此保住自身高贵的品格。再一种方式，就是中国的庆王和英国的贝尔福先生所代表的。他们的常识远远超过了学识，生活在乱世之中，他们使自己免于疯狂，靠的是置学识乃至高贵品格——置"道德法律"于不顾，变成悲观主义者和犬儒主义者……他们是抛弃和扭曲了智识的人；至于犬儒主义者，则是在抛弃了高贵品格之后，又抛弃了"道德法律"的人。但是，悲观主义者和犬儒主义者，当其实际上抛弃高贵品格——抛弃道德法律的时候，却认为他们正以其坦率在挽救自己的高贵品质，挽救道德法律，而不像耶稣会士和马基雅维利主义者那样是自欺欺人。悲观主义者和犬儒主义者坦白地说："如何进退，需要三思。"他们用莎士比亚笔下鲍西亚

（portia）的话来为自己开脱："如果行善与知道何为善行一样的容易，那么小教堂就变成大教堂了，穷人的陋居就变成王子的宫殿了。"然而，伏尔泰也说过："胆怯是所有好人的不幸。"

最后一种方式，可以英国的兰斯东勋爵和中国的满人铁良为代表。他们既无常识又无学识，只有英雄主义和高贵品格——这样一种人生活在乱世，要使自己免于疯狂，靠的是变成白痴。他们成了盲目巨人。有力量却没有眼睛——没有一丝一毫的智慧。但他们是道德上的巨人，他们所拥有的力量是。一种"真正"的力量，一种道德力量。人们指责卡莱尔，说他不道德，因为他崇拜强力，殊不知所有"真正"的力量都是道德的——是一种道德力量。所有真正的力量都具有建设性，因而是道德的。而假的或虚伪的力量，虽貌似强大或自以为强大，其实虚弱不堪，就像那"看上去像钢的涂色石膏"一样——一旦付诸检验，会立马露陷。它具有破坏性，因而是不道德的。所有真正的力量之所以具有建设性，是因为它总是力求建立秩序，即使在进行破坏的时候也是如此——因为必要的破坏正是为了建设——所有真正的力量所从事的破坏，都只是为了建设——为了建立秩序。（161）

盲目的力量——像兰斯东勋爵和满人铁良那样的人的无知无识的力量——是一种巨大的真正的道德力量，因为他们能够克己。孔子的一个弟子曾请教他何为真正的道德生活（仁），孔子回答说，就是"克己复礼"。因此，中国的端王及其拳民，以及英国那些鼓吹妇女参政的女人们所具有的那种狂热或高贵的疯狂，虽然是真实的力量，却并非是健全可靠的力量，"因为他们不能充分地克制自己"。在此，我可以顺便说一说，北京和外地的那些贫苦的满族家庭妇女——还可捎上日本妇女——所有这些高贵的妇女，处于无政府混乱时代，为了尽力保持她们的高贵品质，甚至比英格兰那些主张妇女参政的妇女遭受到更加残酷的迫害。但是我们中国的妇女，特别是满族妇女和日本妇女（162），却没有尖声叫喊去跟警察搏斗。她们只是以苍白的面容、倦怠的双眼和凹陷的两颊做无声

孔子讲学

的抗议。当一个生人从旁经过并试图与她们搭话的时候，这些苍白的面孔因太疲倦而失去骄傲，因太悲哀而不再美妙，她们以无声的尊贵移开目光，转身走开：

> 她转身凝视地上，
> 面容丝毫不为埃利阿斯的话所打动，
> 俨然一块坚硬的燧石或马尔佩斯山上的大理石。

任何一个想要了解中国义和团运动狂热风暴的英国人，都应该到北京或南京贫苦的满族聚居区去走一走，看看那里本该成为最优秀的高贵妇女们所遭受到的摧残，如果他有些头脑，起码还有一点点高尚的人性，那么，他就会自愧无颜，悔不该讲些什么汉人或满人穷凶极恶、如魔鬼般无情之类混话了。简而言之，这些汉族和满族妇女，还有日本妇女，由于她们确实坚强，具有真正的道德力量，拥有孔子所讲的古代自尊的人们那种克己和沉静，所以，她们比英格兰那些尖声叫喊并与警察搏斗的现

代妇女、那些即使和她们遭受到同样的苦难也必定没有她们坚强的妇女更有自制力。

言归正传。虽然满人铁良像兰斯东勋爵一样，没有荣禄和索尔兹伯里勋爵的"气魄"，但由于他们能够克己，因而也就摆脱了索尔兹伯里勋爵和荣禄特有的弱点：极端的急躁和任性。铁良，和兰斯东勋爵一样，以沉着冷静著称，在革命和国家剧变的时代，这是一种伟大而可贵的品质。借用一句俾斯麦的隐喻来说，如果荣禄和索尔兹伯里勋爵是看上去像钢的涂色石膏，那么铁良和兰斯东勋爵则是水泥——坚硬的水泥。进一步说，在革命和"开放"的时代，像纽曼博士和张之洞那样的人——拥有极端虚伪的理想主义，变成了"毒气"；像庆王和巴尔福先生那样带有极端物质实利主义倾向的人，则变成了"泥浆"。而像铁良和兰斯东这样的人，由于连何为理想主义与物质实利主义也一概不知，仅仅具有英雄主义和高贵品质，便成了又硬又纯的水泥。对于奠基房子来说，水泥是一种非常有用的材料，它能用来抵挡暴风雨和洪水的冲击，保证房屋不致于整个儿地坍塌。然而，当环境迫使你不得不改变和扩建房屋的时候，那房中用水泥制成的东西不仅没有用，而且肯定还难以处理，妨碍你行事。要是赶上一场地震，那就连房子带房中的一切，都要一并遭殃。我隐喻的话就此打住。在一个国家，像中国的满人铁良和英国的兰斯东勋爵这样的人，他们固执，却有强烈的廉耻感和责任感；刻板僵硬，但确实正直诚实；酷爱秩序，勇武有气节（moral hardiness），又具有高傲的抵抗力量；最为重要的是，他们还沉着冷静。

> 即使天塌下来，砸在身上，
> 他也绝不动摇，毫无恐惧。

这样的人，在社会剧变和国家动荡时期，就抵抗和防止急剧的社会堕落、国民道德总体的败坏，以及社会与文明的彻底崩溃这一消极防御目的而言，是极为可贵的。纽曼博士和张之洞那种人极端虚假的理想主义没能起到防止作用。中国的庆王和英国的贝尔福先生那种悲观主义和犬儒主义，只能帮倒忙，将局面弄得更糟。

事实上，像兰斯东勋爵和满人铁良这样的人是现代清教徒：此种人，中国的铁良和英国的兰斯东勋爵——而不是像"谈起来就害怕"的英国人斯特德先生，汉口的杨

杨格非：英国伦敦会传教士

格非[163]牧师、甚至于张之洞大人这种人——才是现代文明真正的清教徒。但是，这些现代清教徒是心中没有神的清教徒。无论如何，他们的神，我说过，跟《旧约圣经》中犹太人的神差不多。现代清教徒，像兰斯东勋爵和满人铁良那样的人，他们心中的神是——荣誉和责任。他们不知道也不承认《新约》里的神：爱和仁慈。当仁慈之神向现代清教徒请求以更真确的道德法律，一个比讲荣誉和责任的法庭更高的法庭的法律："宽恕罪犯，体谅作恶和违法的人，乃至对不人道的人也以人道相待"——当仁慈之神请求按此种法律行事的时候，现代清教徒却回答说："我们的神是一个要求绝对忠实和崇敬的神，我们必须公正无私。"甚至于爱神——我们见到的那些面容苍白、双眼倦怠，两颊凹陷的满族妇女——恳请于他们时，也是徒劳。当爱神如此请求的时候，现代清教徒用缓和而冷酷的声音回答道：

我不能爱你这么深，亲爱的，

我对荣誉也不曾如此厚爱。

　　就这样，现代清教徒决定参加公平竞争了。中国的铁良决心不惜一切代价，也要给中国建立一支强大的海军，兰斯东勋爵则要在英国继续建造无畏战舰。与此同时，中国的满族妇女那苍白的面容越来越苍白，两颊陷得越来越深；而在英国，要求女人参政的妇女则尖声叫喊着与警察搏斗，到头来，不是自身的女人味消失殆尽，就是一命呜呼。现代清教徒们就这样公平竞争下去，直到总有一天；现代欧洲将会听到一声大叫，就像两千年前在古代欧洲所听到的那样，当时，他们把《犹大书》[(164)]中那个拿撒勒的圣人钉在十字架上——叫喊着："潘神[(165)]死了！"简而言之，跟古代清教徒一样，现代清教徒，比如铁良和兰斯东勋爵这种人，他们太过刚直耿介，太有道德，因而不可能去冒一个不道德的险，因而也就无法维护道德和文明于不堕。

　　因此，对于那种积极的"开放"和重建工作，那种开阔心胸便于了解在实践中所遇到的新时代的各种新情况，并懂得如何处理这些新情况的积极工作，像中国的铁良和英国的兰斯东勋爵这样的人，当然是毫无用处的。不仅如此，甚至于让他们去做那种激励工作，正如我所说过的，那种满洲贵族在中国社会组织结构中所肩负的特殊任务，他们也难以胜任。因为他们太过刚直刻板了。他们品质高贵，就像是一朵美丽的花，一朵晚秋的菊花，生长在阴冷的寒空下，沐浴不到阳光——太冷，太无光泽和缺乏热度，万不能打动人的心灵、温暖他们的情怀，点燃他们的激情。要想激励民族扩展工作——达到激励的目标，就必须以激情去点燃一个民族的火热之心，从而实现灵魂的扩展，使之能够容忍和接受新的观念。在这种情况下，你需要的是那些品德高贵的男人和女人具有爱心，具有强烈的激情，他们热情奔放，可以发狂，像中国的端王及其拳民，或者英国那些主张妇女参政、实实在在与警察搏斗的女人一样。正如我的一个苏格兰女朋友最近来信所说的："她们主要不是为自己着想，而是为了她

们那更贫苦和不堪折磨的
姐妹们。"(166)

孔子说:"不得中行而与
之,必也狂狷乎!狂者进取,
狷者有所不为也。"

如果说铁良是目前中
国的满洲贵族中最坚强和
最好的典型,那么端方(167)
便是最软弱和最坏的典型。
端方是中国的罗斯伯里勋
爵。英国的罗斯伯里勋爵同
中国的端方一样,又跟著名
的或声名狼藉的白金汉公

德赖登:英国诗人和戏剧家

爵韦利尔斯(168)属于同一类人。这位白金汉公爵,就是德赖登(169)讽刺诗里
的那个齐木里(zimri):

他如此多能,仿佛不是
一个人,而是全人类的缩影。

的确,德赖登对软弱、轻浮、不忠不实、聪明过人的白金汉公爵的无
情描绘,尽管时间和社会状况可能不无差异,但却同样可以用在英国的
罗斯伯里勋爵和中国的满人端方这两个现代名人身上。因此,我毫不客
气地将德赖登那首令人叹赏的妙诗,全文抄录在此:

他如此多能,仿佛不是
一个人,而是全人类的缩影。
他固执已见,所见总是荒谬,

他什么都做过，没有一事能够持久；

然而，月亮轮回一遍之间，

他却成了化学家、提琴师、政治家和小丑。

责骂和颂扬是他的经常论断，

为要显示高明，他总是走上极端。

挥金如土，是他特有的能耐，

无事不赏，唯有弃他一事除外。

傻瓜骗他，他知情为时仍晚，

他嘲弄别人，别人却骗走他的财产。

离开官庭他自嘲不断，然后组建政党

将心自宽，但主席职位从来与他无关。

　　威廉·约翰逊·科里，罗斯伯里勋爵在伊顿公学的教师，谈起年轻的达尔门尼（罗斯伯里在公学时的名字）时所说的话，也完全符合满人端方。威廉·科里说罗斯伯里"不愿手掌上染上灰尘"。然而，一个不愿让手掌沾上灰尘的人，生活在无政府混乱时代，要想在人世上取得成就和进步，赢来地位、荣誉、名望和显达，不去辛勤工作和奋斗，不去拼搏到"手指关节失去血色"——这样的人是不可能有固定不变的操守的。孔子说："善人，吾不得而见之矣；得见有恒者，斯可矣。亡而为有，虚而为盈，约而为泰，难乎有恒矣。"

　　满人端方，很年轻时就当上了部堂衙门的主事，属于北京有名的"公子哥儿"。大约 20 年前的北京，有三个衙门主事以放荡、奢侈闻名。直到今天，北京妓院的那些老鸨还记得并谈起"大荣"、"小那"和"端老四"。"大荣"是荣铨，庚子暴乱时期任浙江按察使，被外交团列上黑名单，遭到流放。"小那"就是那桐[170]，即现在北京外务部的尚书。最后那个"端老四"，就是现在的端方，直隶总督兼北洋大臣（治所在天津）。这三个年轻的满洲贵族，入仕都很早，可谓少年得志，大有"不可一世"之气概——北京的长者们对他们的看法，与威廉·科里对罗斯伯里勋爵的评论颇为一致，都认为他们"有些不祥的鬼聪明，却不乏风趣"。简而言之，端方，正如我所说过的，入仕之初，属于北京"花花公子"中的佼佼者。

作为花花公子，不能也不必有什么原则或宗教信仰，对于所有的花花公子，北京的也好，上海的也好，或者是巴黎或伦敦的也好——除了信奉人人都必须投机钻营，知道利益所在之外，他们没有任何原则。再者，所有花花公子，除了信仰"享乐宗教"之外，也没有任何宗教信仰。然而，带着享乐的念头加上时髦的原则去投机，一般说来都好景不长。除非一个人碰巧特别幸运，像英国的罗斯伯里勋爵那样，娶个百万富翁的女儿——享乐的信仰，我说过，一般说来，很快就会以破产告终，不仅身体玩完，品德丧尽，名誉扫地，而且还会出现现代人特别是现代花花公子最为害怕的情况，它比赴汤蹈火还要可怕，那就是因负债累累而完蛋。

与此相应，我们发现，端方，那个北京最放荡的花花公子，那个衙门中年轻的满人主事，抱定享乐主义，尽情奢靡不几年之后，大约在中日甲午战争时期，即便实际上没有破产，实践上也是负债累累了。于是，破产的端方，那个年轻的满洲贵族，有了伦敦或巴黎的花花贵公子们在同样处境中的表现；尽力出卖或典当自己作为一个贵族的名望，实际上，就是把自己在北京名公子中作为佼佼者的身份转换成现金。换言之，为了现金或骗取现金还债，端方与那些金融界人士——银行家和买办们拉上了关系，交上了朋友。这些人，对像他这样的贵族兼名公子当然另眼相看，他们将其不仅当成一件难得的装饰品，而且视作一件有商业价值的宝贝。于是，端方成了天津汇丰银行买办、臭名昭著的吴调卿[171]那类人的赞助者和知心朋友。实际上，端方在天津还真的开办过银行，或者把他的名义借给这些银行。我可以顺便提一下，在义和团之乱爆发后，这些银行倒闭了，端方那时正在署理湖北巡抚，他厚颜无耻地拒绝偿还债务。当他的债权人把他的负债票出卖给一个在天津的美国公民时，他便求助于美国驻华公使康格先生，让他阻止那个美国人干预此事。

吴调卿，安徽人，早年为天津汇丰银行买办

但是，中日甲午战争之后，端方发现，与天津的买办和李鸿章豢养的德国犹太狗拉关系的骗钱术已然过时，他找到了更好的摆脱负债困境的出路。因为这时候李鸿章已经垮台，康有为和其他中国激进党人正以暴烈和凶猛的雅各宾主义勃然而兴。端方，这个破了产的满洲贵族，还有那个从朝鲜回国的破了产的"暴发户"袁世凯，与激进派和雅各宾党人携起手来，共同拥护康有为的变法事业。作为回报，在已故光绪皇帝发布变法诏令之后，那个同天津汇丰银行前任买办吴调卿搅在一起的端方，被赏给三品内务府大臣的职位，并兼任农工商总局监督。然而，不久以后，康有为垮台了，其党徒被送上了断头台。但端方倒一点也不狼狈，这位公子哥诡计多端、厚颜无耻——他来了一个一百八十度大转弯，利用约翰逊博士称之为恶棍最后逃避所的"爱国主义"大做文章。实际上，康有为刚一倒台，已故皇太后重掌政柄时，端方就以中文白话写了一首爱国歌——肉麻地颂扬已故皇太后及其辉煌政绩。由此，他得以摆脱了与康党及其雅各宾主义之干系的严重后果。

但尽管如此，对于这个破了产的、以爱国主义作为最后逃避所的满洲贵族来说，北京已是无法容身。他打通关节，得以外放，成为陕西按察使，不久又升为陕西布政使。拳民乱起时，他迁为代理陕西巡抚。起初，谣言纷纷，传说义和团已经得手，并消灭了海军上将西摩尔率领的海军增援部队。陕西的端方便兴高采烈地给已故湖广总督张之洞发来一封电报，劝他炸毁汉口和所有长江的通商口岸，以切断来自上海外国人及其军舰上的一切给养。张之洞不得不回了一封措辞严厉的电报，告诫这位以爱国自居的年轻的满人巡抚说，形势严峻，万万不得有此种儿戏之举，让他最好还是维持好本省的秩序。一向乖巧的端方幡然悔悟，他立即又来了一个一百八十度大转变，不仅竭力保护陕西境内的传教士，而且对他们极尽谄媚讨好之能事。"从陕西巡抚迁为湖北巡抚后，端方感到爱国主义并非生财庚途"。于是又抛弃爱国主义，选择更好的赚钱之道——与外国人交朋友，特别是与那些有利可图的重要人物拉关系。不过，他有时候也与那些无业的、把对中国的友谊作为最后避难所的外国人交往。这些外国人有奶便是娘，能忍受并欣赏这位满洲破落贵族那种骄横凌人和放肆的戏谑与嘲弄，因为他是个总督。我顺便在此指出，就我所知，端方是满洲高级官员中惟一一个言谈举止最无教养，令人讨厌的人。已故张之洞总督就极其憎恶此人。记得在武昌的时候，有一次，他模仿端方那晃晃荡荡的步态，咬牙切齿地说："这个人，居然成了一省的巡抚！"话扯远了，然而，端方也常常发现自己吃了亏，他同后一种外国人交往经常是一无所获，我说的后一种外国人，指的是那些无业的洋佬。事实上，德赖登谈论白金汉公爵的那些话，也同样适用于端方及其外国朋友：

> 傻瓜骗他、他知情为时仍晚，
> 他嘲弄别人，别人却骗走他的财产。

无论怎么说，端方有他的癖好，而他那些并不傻的外国朋友——那些精明的美国人，则迎合他的癖好，诸如爱好搜集中国和埃及古董之类，甚至于用黄浦浚治局的淤泥去激励他。而当端方有话可以戏弄他们的时候，那些精明的美国朋友和其他洋朋友们，已经是大笔酬金到手，或者是已经搞到了一笔中国的国家赔款。

我不必再谈端方的官宦生涯了。谁都知道，他通过炫耀与外国人的友谊，受命到欧美各国考察宪政，是同行五大臣之一。对于端方来说，无论是考察宪政，还是与洋人交好，都不是目的，而只是投机的手段。这时，他盯住的是两江总督的职位。果然，他考察归来便如愿如偿。当上两江总督后，端方像罗斯伯里勋爵一样，又变成了一个帝国主义者——帝国主义意味着好大喜功、一事无成，如约瑟夫·色菲斯（Joeph Surface）大谈高尚优美的情操一样，在私生活上却挥金如土。正是这种空洞的"帝国主义精神"，使得端方不惜重金在南京修建一所特别学校，专门教育那些出生在爪哇和其他荷属殖民地的中国男孩。同样是出于这种空洞、虚幻和无良心的帝国主义，端方在他所统辖的人民饿死或几乎要饿死的时候，竟然设计建造了一个优美的公园，它的兽圈里有两头小狮子——所有这些几乎花了一百万两银子！事实上，端方自打成为北京花花公子的一员，到如今当上大权在握、关系到数百万人民生命财产的总督，他始终依然故我，从来忘不了也改不掉了那挥霍钱财的特有技能。早年他破落败家，今日则将其统治下的各省——湖北，湖南、江苏、安徽和浙江搞得元气大丧，濒临崩溃的边缘。上海的中国士大夫文人给他取了一个外号，称之为"债帅"。他们还把《上海周刊》送给我们上海的荣誉市民福开森[172]博士的戏称，也用在端方身上，名之曰"应变有方"。

　　不错，已故的张之洞也滥用公款，但他本人的生活却很清廉。环视整个中国，没有一个总督衙门像张之洞当总督时的武昌（湖广）总督衙门那么破烂，待遇那么差。在此，我可以自豪地说，我们所有这些在张之洞手下当差的人，都同我们的首领一样清廉。我在武昌的老友和同僚梁敦彦，现在的外务部尚书，后来他被迫接待盛宣怀，即那个后来的督办铁路大臣，当那个李鸿章寡头政治集团里面最富有的成员的造访，他不得不把一条家用的红毯子扔过去，以盖住客厅里那个破烂坍塌的土炕——即中国人的沙发。

　　但是，满人端方以及在他手下当差的人却与此截然不同。他们滥花公款,为的是所谓的"帝国主义"。他们以为自己过奢华的生活是责无旁贷,以便激励和带动他人(pour encourqcer lesautres)。出于一种帝国主义的梦想,端方盼望把中华民族搞得富裕繁荣起来,他认为最好的途径,莫过于身先士卒,带个好头,无论想什么办法,先把自己变成豪华富翁再说。实际上,已故的张之洞大人,正如我们已说明的,他揭橥一个莫名其妙的站不住脚的理论,以为中国人就个人来说,必须严守儒家原则,努力去做一名真正的儒门君子,而中华民族——整个中国则必须抛弃儒家原则,去变成食肉野兽;而端方,及其像他一样的中国人,则揭橥更为莫名其妙的理论:认为中华民族必须坚守儒家原则,同时民族中的个人则不妨抛弃这一原则,见机捞它一大把,以赢得那"不沾灰尘的手掌"——在丧失天良的生活中获得成功。

一句话,在现时代,一个自称帝国主义者的人,像英国的罗斯伯里和中国的满人端方,就如同莎士比亚笔下的奥菲丽亚(Ophelia)所说的那个牧师一样:

他指给别人一条险峻多刺的天堂之路,
自己却像一个无所顾忌的放荡人物。
踏上樱草嬉戏的快乐小径,
对自己给予他人的忠告满不在乎。

下面,我们来做一个综述。端方是一个彻底丧失了英雄主义和高贵品质的满洲贵族。两年前,我在北京时,曾听他的一个幕僚对已故张之洞说:如果政府举行一场考试,设奖考一考中国的督抚之中谁没有良心,那么端方总督必得头奖。年老的张之洞极为痛楚地苦笑了一下,点头表示同意。实际上,近来,无良心的端方对于中国官场风气的败坏,比任何一个高级官员都严重——除了袁世凯之外。说句公道话,端方比起袁世凯来,还是要强得多。在血液里,他毕竟有或者说曾经有过英雄主义和高贵

昂格,而暴发户袁世凯除了贪婪、伶俐和狡诈之外,实在一无所有。他那种狡诈,卡莱尔称之为"狐狸之智",一种缺少优雅成分的智识,或者说是被欲念强化的常识。就端方而言,他身上那种满族英雄主义和高贵品质的毁坏,使他感到痛苦,就像罗斯伯里患下可怕的"失眠症"一样。相反,那些骨子里卑鄙无耻的人,如袁世凯,他们那无良心的、乃至于荒淫无度的生活,只能使他们变得越来越肥。其实,端方这种人,在本质上还不算卑鄙无耻,只是道德品质被其轻率任性和固执的自我放纵削弱和毁坏了。——这种人对一个国家和民族最大的危害在于,他们身居高位以后,那些寄生虫,国内的那些邪恶分子便蜂拥而至,聚集到他的周围,像一块臭肉上的蚂蚁或杆菌,不仅损害这些虚弱者自身的身体,而且危及一个民族和国家的道德命脉和物质命脉。最近当端方离开南京北上时,一个中国学者兼诗人在上海报纸上发表了一首讽刺诗,极为辛辣,其中有一句是:"狐鼠都来穴建康"(所有肮脏的动物,如狐狸、老鼠,都来这里搭窝造巢)。简而言之,像中国的端方和英国的罗斯伯里勋爵这种人,其最大危害在于,当他们成为首相或总督时,正如德赖登对白金汉公爵的描写那样:

挥金如土,是他特有的能耐
无事不赏,只有弃他一事除外。

孔子说:"色厉而内荏,譬诸小人,其犹穿窬之盗也与？"这就是孔子对于英国的罗斯伯里勋爵和中国的满人端方这种人、这种自称为帝国主义者的现代型新人所作的描绘。

在本文的开篇,我曾对满洲贵族及其英雄主义和高贵品质说过许多赞赏和表扬的话,人们可能会因此认为我著此文乃是利害攸关,偏爱使然。其实,我赞赏和要表扬的,乃是中国满洲贵族至今依然的那种良好的质地和高贵的气质。不过,我必须指出,中国满洲贵族目前的实际状况，确实离值得赞扬还差得很远。

跟英国贵族一样，满洲贵族最初是个军事部族。明朝末年，中国复兴时代伟大的爱国皇帝——我指的是明朝开国皇帝（明太祖朱元璋），他的后人经过苦战，终于将蒙古游牧民族赶出中国，恢复了尚武精神和高贵品质，即古代中国的豪侠之风——后来，大约三百年前，中国的统治阶级又一次

朱元璋，(1328~1398)明代开国皇帝

退化了，丧失了其高贵品质，无法保卫中国文明。当时，未退化的中国人，只有生活在白雪覆盖的深山中的那些女真部族——他们最初仅有二十八甲——因此，他们不得不进入中国本土，来指导和协助中国统治阶级，照管好中国人民的道德生活及其物质福利，并保卫中国文明。简而言之，中国现有的满洲贵族，最初是一个军事部族，后来成为了整个国家的核心和潜移默化的内在力量，它激励、改善并形成了中国的新统治阶级。

然而，跟英国的不列颠贵族一样，中国的满洲贵族打败了汉人，赢得并重建了中华大帝国。此后，他们逐渐地不把具有古老文明的大帝国视作人民托付给他们照管的神圣之物了，而只把它看作祖宗的遗产或既得利益，认为有特权享用，而没有任何责任。因此一味地花天酒地、以为可推动劳工阶级的利益促进商业繁荣。有个真实的故事，讲一个无知无识、颇有来头的满族高级官员，太平天国暴乱前受任为两广总督。这位出身名门的满洲贵族，把全部时间都用来搜集和玩赏玻璃器皿和鼻烟壶上，当有人规劝他要他好好尽，一个总督责任的时候，他说："我的责任！笑

话！哎，难道你不知道我们满人受圣上的鸿恩被派来当总督，不是来办什么事，而是来享福的？"可惜，我们中国没有像法国格拉蒙特公爵的回忆录和英国最近出版的卡狄根夫人回忆录这样的书，将太平天国前中国上层社会的腐败情形如实记述下来，传之于世。

不过，我们中国有一部著名小说叫《红楼梦》。据可靠说法，书中内容是以纯粹的事实为根据的——它的故事原型是一个名叫明珠的满洲大贵族家族的兴衰。这种大家族生活型态的衰落，乃由和珅的垮台所致。和珅是乾隆朝权势显赫的政治家，以贪婪著称。后来被乾隆的继位者嘉庆皇帝给杀掉了，但《红楼梦》在写作手法和风格上与《金瓶梅》不同，《金瓶梅》才是真正的写实主义小说。它描写了明朝末年的社会状况，比左拉的任何一部小说都更有力度。

《红楼梦》所描写的是没有高尚理想的社会生活；上流社会的男男女女，除了吃、喝、穿戴、互相调情之外，没有一点正经事情——所有这一切，都只是略施淡墨，描个轮廓而已：那些违反了第七条戒律（指基督教中上帝予摩西"十诫"中的第七条，即"不可奸淫"）的无味细节，只是一笔带过，并未大加渲染。不过，《红楼梦》尽管算不上是写实主义小说，但它所反映的满洲贵族中上层人物堕落的程度已经很是惊人了。从小说里所描写的一件小事便可见一斑。书中的角色之一(焦大)在谈及这个满洲贵族大家族时，曾说过这样的话："整个王府内外，也只有府前那两只石狮子是干净的了。"

的确，在太平天国叛乱之前，正如我在本文开头所说过的，由于丢掉了尚武精神和高贵品质，丢失了高尚理想，结果，堕落了的满洲贵族，无法给予国民所期望的高贵引导——正是这一切，造成了卑鄙无耻的浪费性消费，最终招致了那场太平天国大叛乱的灾难和激变。如果说在太平天国叛乱之前，中国的满洲贵族实在犯下了大罪，那么，他们在太平天国叛乱中已经受到了应有的惩罚：那些头扎红巾的狂热的叛乱分子，突如其来、气势汹汹地杀入那些无忧无虑、尽情享福、腐化堕落、享有各种特权的满洲显贵驻防的城市。正如那位希伯莱预言家所说的："地狱已因此自动扩大，并张开了它那无边无涯的大嘴，他们的盛名，他们的民众，他们的荣耀，他们所拥有的一切，都不得不落入那张巨嘴之中。"事实上，太平天国叛乱刚刚爆发的，时候，驻防在不同城市的许多满族显贵，几乎全部丧命：老人青年、男孩、妇女、女孩、婴儿——统统被狂怒的太平军赶尽杀绝。所有满人和站在满人一边的汉人，都被称之为"妖"或"阎罗"，必须加以斩杀。

在太平天国叛乱之后，正如我们所看到的，中国的统治权，也从满洲贵族手中落入到中产阶级儒生手里。由于丧失了在国家政治中的主动权，中国的满洲贵族便无力发挥他们在社会组织或社会秩序中的应有作用——激励和引导中国人民去过一种高尚的国民生活。既然无力发挥应有的作用，那么他们在中国的社会结构中，也就没有存在的理由了。简而言之，如不列颠贵族组成了英国上议院一样，享有特权的中国满洲贵族也构成了一个异乎寻常的中国"上议院"。因此，除非从外部来人，或从他们内部出现强有力的成员，着手改造满洲贵族，给其体内注入新的生命力，我们中国的"上议院"，犹如英国的上议院一样，将不得不被废除。但紧接着，我们就会陷入两难境地，如果我们按照中国的改良派和革命者打算做的那样，学英国的激进党和社会主义者，把上议院解散——那么我们就会丧失英雄主义和高贵品质，国家便会失去英雄主义和高贵品质的集结点与重振的依托。

眼下，马修·阿诺德对他那个时代英国贵族的看法，用在中国的满洲贵族身上也是合适的。他说："真不知道，世界上是否还有人像我们上流社会一般英国人这样，对于世界的现实变化如此的无知、迟钝、糊里糊涂。他既无思想，也没有我们中产阶级的那种严肃认真态度。正如我常说的，这种严肃认真态度，可能是本阶级得以拯救的伟大力量。唉，当听到贵族阶级中一个年轻富豪兴致勃发，以一种玩世不恭的态度对财富和物质享受大唱赞歌时，我们勤劳的中产阶级中人，即便庸俗透顶，以其良心

中国历史上规模最大的农民起义是清末发生的太平天国起义

所在，也会吓得倒退几步。"

说起我们的满洲贵族缺乏智识，任何一个与北京汉人称之的满族大爷的人因公打过交道者，都能告诉你这么一个头戴蓝顶子或红顶子的白痴，他会毫无理由地与你辩论不休，纠缠没完，"而根本不懂什么叫交涉或辩论，一直到你觉得非逃之夭夭不可，不然你就得气疯，被迫犯下谋杀之罪，因为你忍不住要去掐他的脖子，把那个面无血色、两眼无神、絮絮叨叨的白痴给憋死"。不过，目前在中国，满洲贵族最大的缺点，还在于他们缺乏严肃认真的态度。现任摄政王是个例外，在我看来，他倒是有点过于严肃认真的毛病。我在北京见过的大多数满族王公和其他名流，他们不仅没有意识到当今国事的严重，也没有意识到在国家财产方面他们那特殊化的、朝不保夕地位的危险性。正如拿破仑说起上个世纪的法国顽固派那样，现在中国的满洲贵族自太平天国叛乱以来，甚至于义和团灾变之后，虽然吃尽了苦头，却丝毫也没有接受教训。他们所剩下的惟一一样东西就是骄傲——那种门第高贵、身无分文的苏格兰少女的骄傲。

当然，我以上所说也有许多例外。目前的满洲贵族中，像铁良等人，便有强烈的荣誉感和责任感。中国的满洲贵族最杰出的道德品质，那种或许可以拯救自身的伟大力量——是他们的纯朴和耿直（guilessness），即便是今天，满人虽然有许多缺点，但仍然是一个不狡诈的民族，一个具有伟大的质朴心灵的民族，其结果是生活简朴，清风可操。现任外务部侍郎联芳⁽¹⁷³⁾曾留学法国，在李鸿章手下供职多年。他本有机会像李鸿章手下的"暴发户"们那样大捞一把——然而现在，他大概要算是中国留过洋的人当中最贫寒最清廉的一个了。还有一个锡良⁽¹⁷⁴⁾，即现在的东三省总督。他是从小知县做起，最后升任大总督的。其生活也很清寒，是个廉洁的人。说实话，要是不怕把这篇文章写得太长，我本可以再举出官场内外我所认识的许多满人贵族的名字，他们心地质朴，举止优雅，并有法国人所谓"发自内心的得体的礼貌"（la poutesse du coeur）。他们都是真正的君予一旦知道怎么办，就会毫不犹豫地去尽职尽责，一旦听到召唤便不惜为了君国的荣誉献出生命。在此，我还想再提一下满洲妇女，特别是较为贫寒的满洲家庭里的那些妇女，她们靠朝廷补贴的微薄俸银为生，自己过着克己、半饥半饱的生活，像奴隶一样做苦工，努力成为一个贤淑之妇，去尽自己对孩子、丈夫、父母和祖先的责任。⁽¹⁷⁵⁾

总而言之，公平合理地观察中国目前的种种混乱和颓败状况，我必须指出，那种最好的材料，凭借它可以产生出一种新的更好的事物秩序，一种真正的新中国的最好材料——将仍然要在中国的满洲贵族中去找。的确，正如马修·阿诺德所说的，处在我们今天所生活的扩展新时代，所有习惯于墨守陈规，对事物的变迁流转、对一切人类制度不可避免的暂时性缺乏认识的贵族，都是最容易陷入不知所措、无可奈何的困境之中的，实际上，在"开放"的新时代，最需要的是思想和懂得思想的人。不幸得很，中国的满洲贵族，跟所有的贵族一样厌恶智识修养，是些最不懂思想的人。话又说回来，虽说满洲贵族没有思想和不懂得思想，他们却有其某种可贵的东西，如没有这种东西不仅一种新的好的事物秩序，甚至旧秩序，旧秩序中的最佳之物，中国文明中的精华也势必遭到破坏和毁灭。

一言以蔽之，满洲贵族有"气节"。这种道德品质在中国的任何阶级中，至少在我们庸俗的中产阶级儒生中是不易找到的。中国的儒生，我们庸俗的中产阶级，在此我可以指出，除了少数几个人例外，如现任两江总督、福州海战中的主角张佩伦的侄儿[176]，他虽然还年轻，难以成为牛津运动的实际成员，却是一个受到过牛津运动精神熏陶的人——目前中国儒生的庸俗与丑恶的特征，从上海的中文报纸上随处可见，顺便补充一句，他们在张园的"各种表演"[177]就更为庸俗不堪了。这些儒生已经是彻底丧失了道德，除了虚荣和狂妄之外，毫无品行可言。而中国的民众，即辛勤工作的阶层，的确，他们的道德至今也没有受到太大损害。但中国的民众没有政权，庆幸的是他们目前还没有掌权，因为在中国，民众的真实伟大的道德力量尽管强大，却是一种粗陋、残暴的力量，它没有满洲贵族道德力量的高尚与优雅。因此，一旦真正的民主被用于维护它的"否决"权，正如在太平天国叛乱和义和团暴乱中一样——那种否决权只能成为一种可怕的破坏力量。

简而言之，一种新的更好的事物秩序，一个新中国赖以建立的惟一基础和基石，是满洲贵族。但正如我所说过的，满洲贵族，这个中国的"上议院"必须革新。不仅中国，还有英格兰，目前亟需着手的第一件事，就是革新贵族。中国的满洲贵族，正如比肯斯菲尔德勋爵时代的英国贵族一样，我以为直到今天，他们的道德都仍然是健全的。不过，满洲贵族缺乏一个领袖——一个有思想且能理解思想的人来领导他们。我们的满洲贵族中最出色的人，像铁良，或更出色一些的，像现任摄政王[178]——正如我在后文要说明的，他是一个和铁良一样纯洁而高尚、并且受到过牛津运动精神熏陶的人。所有这些人，只能够维护——且他们正尽最大的努力在维护——旧的秩序，使中国文明的精华免于破坏和毁灭。至于"开放"的积极工作——建立一个新的更好的事物秩序，创建一个新中国——满洲贵族，正如我所说过的，还缺乏一个领袖——一个有思想且能够理解思想的人去领导他们。维多利亚时代中期，英国贵族找到了他们的领袖,即比肯斯菲尔德勋爵,此人的优势在于,他既不属于庸俗的中产阶级,也不属于野蛮的贵族阶级。因此,满洲贵族将可能从一个留过学的中国人中找到他们的领袖,一方面,他没有受到过分的教育,没有中国儒生那种自大和不切实际的迂腐;另一方面,他又没有满洲贵族的傲慢和阶级偏见。实际上,也就是一个对古老

摄政王载沣与其子溥仪、溥杰

的中国文明中的道德价值和美的观念有真正认识,又具备说明和理解现代欧洲文明中扩展和进步思想能力的人。如果满洲贵族有了这样的领袖,外国人又能接受忠告,把一些真正有智识修养、除了懂外交和写新闻专电技术之类文明之物,还懂得文明问题的人派到中国来做外交官,如果这些外交官对于我所描述的那个留过学的中国人不仅不加干涉,给予放手处理一切权力,甚且以他们的德望来支持他——那么,中国真正的改革,那为了新中国的改革才有希望。这个新中国,不单属于中国人,也属于文明和全人类。世纪的秩序将重新诞生!

第四章　空位期：中国三头执政

我说过，中日战争之后，李鸿章倒台，中国文人学士失去了领袖，其实应该说，中国文人学士中的自由党失去了领袖。曾国藩死后，正如我们看到的，政权落入到两派文人学士手中，一派称之为湘军系，一派称之为淮军系。湘系是些湖南人，属于保守党，司令部在南京。淮系是些安徽人，属于自由党，司令部则在天津。曾国藩侯爵一死，保守党的湘系逐渐失去权势，除了从国库里按期领取抚恤金外，那些曾经参与镇压太平天国叛乱的湖南人再也没有任何别的特权，于是长江流域又出现了哥老会（秘密结社），对帝国统治构成新的威胁。相反，自由党的淮系在李鸿章领导下，则权势日增，直到大权在握，统治全国；特别是掌握了支配国家钱款和拔去他人顶戴花翎的权力，还控制了国家那些最有利可图的肥缺。中日甲午战争后，李鸿章失势，自由党的淮系集团也群龙无首、一哄而散。但保守党的湘系却还有领袖，他就是已故两江总督刘坤一。实际上，此时初兴的康有为雅各宾党尚未形成气候，刘坤一不仅是保守党的湘系首领，名义上也成为整个中国文人士大夫阶层的领袖了。

从某种意义上说，刘坤一在中国近期政治生活中的地位，相当于英国的威灵顿公爵。他跟威灵顿公爵一样，并非学者，甚至不算文人，只是一个军人而已。其与威灵顿公爵的不同之处在于，他是中国的苏格兰高地人——中国的长江流域就是英国的英格兰。汉口以上的长江流域上部，包括山陵覆蔽的湖南省及其"内湖"，形成中国的苏格兰高地。汉口以下的长江领域下部，包括安徽和南京，形成中国的苏格兰低地。长江流域

的居民具有苏格兰人的一切特性。长江下游的中国人，像苏格兰低地人一样，机灵、精明，是讲求实惠的生意精，吃苦耐劳，贪婪鄙吝——比如李鸿章，就是长江下游的安徽人，带有苏格兰低地人机灵精明的典型特征，把"半个便士"或中国所谓"碎银"看得极重。相反，长江流域上部居民，特别是湖南人，则像苏格兰高地人一样——粗豪，耿直，勤劳，节俭但不吝啬。不过，无论是长江流域上部还是下部的居民，他们都具有一个共同的特征；勇敢或坚毅。这种道德品质，是中国其他各省人特别是广东人所不具备的。事实上，在镇压太平天国叛乱中出力最大的，也正是具有苏格兰那种"勇敢坚毅"品质的湖南人和安徽人。

我说过，刘坤一不是学者，而是一位军人——一位粗犷的苏格兰高地老将，他终其一生都保持了那粗率耿直的作风，说起话来调门极高，操着湖南方言。他缺乏智识修养，甚至还不如李鸿章斯文，但像威灵顿公爵一样，他在与太平军的作战中因功显达。久经沙场的磨练，使他对人对事富有实际的见识，有成熟的判断力。此外，他还具有强烈的责任感和荣誉感。这一点，也与威灵顿公爵相同。说实话，刘坤一可以称得上是中国有气节或道德勇气（moral hardiness）的最后一个文人士大夫。甚至连张之洞大人也缺乏气节或道德勇气，尽管他是一个秉性高洁的人。我说过，目前中国惟一称得上有气节的有教养的阶层，是满洲人。

孔子说："刚、毅、木、讷，近仁"。1900年，华北爆发了义和团狂热运动，北京帝国政府在列强攻占大沽口之后，被迫宣战。南京的刘坤一致电两宫，认为把战争的恐怖带给他治下的人民是不应该的，但尽管如此，他却向皇太后和皇帝陛下表示效忠，如果外国列强侵犯他统辖区的任何部分，无论是获胜还是落败，他都将誓死捍卫中华帝国的荣誉和尊严。孔子曰："可以托六尺之孤，可以寄百里之命，临大节而不可夺也——君子人与？君子人也。[179]"

刘坤一死后，中国文人学士受三大巨头领导。这三大巨头是张之洞、袁世凯和前两广总督岑春煊[180]。中日甲午战争后，中国整个知识阶层陷于绝望，在绝望中，无论是保守党还是自由党，都乐于追随康有为的过激党，赞同他那连根带枝的彻底改革方案，此种改革终于演变为康有为暴烈凶猛的雅各宾主义。然而，张之洞首先警觉起来，他同康有为及其雅各宾派划清了界线，如我们所看到的，他发表了反对他们的宣言书。正是牛津运动的影响，那种反对丑陋粗鄙、追求美好优雅的牛津情感，把张之洞从康有为暴烈凶猛的雅各宾主义中挽救了出来。讲到这里，我可以指出，张之洞在他的全部政治生活中，对于国家最伟大的贡献，就在于中国历史的这一危急存亡关头，他本人觉悟并率领追随他的文人学士们脱离了康有为及其雅各宾派。如果张之洞与中国文人学士跟康有为搅和在一起并支持他到底，我不知道中国是否会发生内战。但不管怎么说，要不是张之洞和中国文人学士及时退出，已故皇太后绝不会如此轻而易举地对付和镇压康有为及其雅各宾党徒，使国家免遭他们那暴烈凶猛的雅各宾主义的灾难和毒害。

袁世凯，三巨头中的另一个成员，在这危急存亡时刻，也从康有为及其雅各宾同伙中脱离了出来。就张之洞而言，他脱离他们，是因为他品格高尚，性情优雅，牛津运动的影响使他更加精炼。而袁世凯则不然，他之所以抛弃雅各宾朋友，抛弃康有为及其党徒，纯粹是出于品质卑劣之故。

袁世凯乃中国的约瑟夫·张伯伦。索尔兹伯里勋爵曾把张伯伦先生称之为"杰克·凯德"。[181]的确，像杰克·凯德一样，中国的袁世凯和英国的张伯伦，实在都属于群氓党，分别代表他们国家那粗野、浅薄、污浊和卑鄙的群氓志趣。在所有国家，群氓都并非是不道德的。在中国，群氓甚至于极为道德，比目前中国的知识阶级、文人学士们要有道德得多——这一点，从他们一心一意踏踏实实努力工作所表现出的正直诚实中，可见一斑。然而，即使是中国的群氓，尽管他们有道德，却并不高贵。群氓之所以不高贵，是因为他们无法克服和抑制自身的欲望，一个人要想高贵，必须首先彻底战胜和抑制其自身的动物性——他的欲望。民众的确拥有实力，但这种实力来源于强烈的欲望，因而不是一种高尚的力量。此外，受其生活和工作环境的影响,群氓是粗俗不堪、无优雅之处可言的,这种粗俗与强烈的欲望两相结合,便使得民众在掌权之后,总是蛮横残暴。

因此,无论是中国的袁世凯还是英国的张伯伦,由于他们分别代表了本国的群氓,所以也就一并拥有了群氓的长处和短处、优点和缺点。他们两人都是强人,但是,正如我说过的,他们的力量由于来源于自身强烈的欲望,因而是一种卑鄙残暴的力量。此外,他们俩都具有天生的智能,但却只是一种丧失了优雅和美妙成份的智能,即英国人称之为常识的东西,在华外侨则名之曰:"自救本能(savey)"。实际上,袁世凯和张伯伦都有足够的"自救本能"。他们深知生姜入口便有辣味,与饭碗作对是愚蠢至极的,一旦失去了饭碗,绝对不会有什么好处,即便真能带来太平盛世也不行,而这一点,像康有为那些强烈渴望太平盛世立即实现的雅各宾党人,却是不很明白的。我说过,正是出于卑劣的本性,袁世凯摒弃了他的雅各宾朋友。像袁世凯和张伯伦先生一类人之所以改变政策,跟端方和英国的罗斯伯里勋爵的情况不同,后者是因为生性轻浮,而他们则完全是出于冷静的算计。袁世凯加入康有为及其雅各宾党徒一伙时,并没有康有为及其党徒们的那种热情,和他们那种对太平盛世的渴望,只是因为他盘算着李鸿章倒台了,而康有为及其激进党却有王牌在手。同样,看到他们出牌轻率不慎,即将输掉时,便又将这些朋友弃如敝履。事实上,像约瑟夫•张伯伦一样,袁世凯是一个完全没有热情和高尚冲动的人,也根本不理解热情和高尚的冲动为何物。正因为他对义和团运动那种高贵的疯狂完全没有能力理解并感到同情,从而使得他在山东巡抚任上,对省内那些误入歧途的疯狂的义和团农民青年不分青红皂白,一律残酷镇压,大下杀手。奇怪的是,他这种暴行,竟然得到那些同他一样的、没有头脑且卑鄙无耻的外国人的喝彩,为他赢得荣誉。简而言之,中国的袁世凯和英国的张伯伦先生这样的人,他们身上带有着群氓的一切卑劣和残暴的特性。

袁世凯步入政界,是从做吴长庆[182]将军帐下吃闲饭的随员开始的。

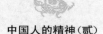

当时,吴将军受大清帝国政府派遣,率领中国军队进驻朝鲜仁川。袁世凯是早期镇压太平军的名将和统帅袁甲三[183]总督的远房亲戚。袁甲三的许多部将后来都成了将军,吴长庆就是其中之一。袁世凯尚未成年时,被认为是一个没有出息的无赖,被赶出家门,后由袁甲三的另一个部将,最近才升任长江巡阅使的程文炳抚养成人。程的一个儿子与袁世凯一块念过书,他告诉我,袁世凯从小就固执任性,自私自利,完全靠不住。

卡莱尔描述耶稣会创始人伊格内图斯·罗耀拉时, 说道:"(他是)一个年轻的西班牙下级贵族,带有嗜欲的比斯加亚血统,其特点是厚颜无耻,好色荒淫,公然无道,尤其是欲望极强。在他看来,这个宇宙就是一个饮食店,里面有大蒜,有牙买加胡椒,还有不幸的女人和其他调味品,再加上一些配菜,专供大胆的人去满足欲望。除此之外,宇宙间就只剩下谣言和空谈了。在这样的人生哲学和人生实践中,伊格内图斯已度过了差不多三十年。"

袁世凯早年在他的故乡河南项城,也是在上述人生哲学和亲身实践中混日子,一直到他身无分文,完全破产为止。他的朋友们乐于打发这个年轻的无赖,于是借给他赴朝鲜的旅费,在那里,正如我在前文提到的,他成了吴(长庆)将军帐下吃闲饭的随员。不过,袁世凯虽是一个彻头彻尾的流氓无赖,却并非没有能力和能量。他逐渐地向上爬,后来得到李鸿章的保荐,被任命为"驻朝总理交涉通商事宜"大臣。就这样,他成为天津李鸿章腐败的寡头政治集团中最年轻的成员。

同英国的约瑟夫·张伯伦一样,中国的袁世凯也是一个暴发户和骤起的新贵。暴发户和新贵的标志是狂妄自大,不可一世。这一点,凡是与袁世凯所宠爱的留过洋的中国人打过交道的外国人都能看到, 这些人生活奢侈,趾高气扬,他们的主要特征是——狂妄自大,不可一世。北京的中国文人学士称天津袁世凯的党徒为"票党"——狂妄自大党。两年前我在北京的时候,有一次,一个督察院的官员在街上与我同行。当他看到袁世凯口衔金烟嘴,叼着香烟,乘着新式洋马车,后面跟着耀武扬威的侍从马队,浩浩荡荡地从旁经过时，情不自禁地向我诵起《诗经》里的如下诗句：

> 骄人好好，
> 劳人草草，
> 苍天苍天，
> 视彼骄人，
> 矜此劳人。

事实上，袁世凯是在有意模仿满人荣禄的气魄；天津和北京的许多外国人，都错把袁世凯的这种狂妄自大，当成了荣禄的那种真正的气魄。已故的满人荣禄虽有不少缺点，但却是一个生来的贵族，而袁世凯则是一个暴发户和新贵。我曾对袁氏的同党唐绍仪[184]说，袁氏有百万富翁的作派而无百万富翁的钱财。其实，袁世凯装出的气魄或骄狂自大，正是手中并无百万的百万富翁所摆出来的架子。

英国的约瑟夫·张伯伦先生的骄狂，大大有助于南非布尔战争的爆发，同样，袁世凯派驻朝鲜时期的骄狂自大，则促使中日战争不可避免。等战争真正打起来的时候，他为自己骄狂的严重后果感到害怕，便逃回天津。

说句公道话，天津的李鸿章并不想打这场战争，他对导致战争的那个骄狂之徒、那个过于热心的暴发户十分气恼——因而对逃回天津的袁

唐绍仪

世凯不理不睬。这样，袁世凯就又一次流落街头，负债破产，只得千方百计四处求人向李鸿章说情，希图重新得到李氏的优遇。后来，他求到了李鸿章寡头政治集团中最有势力的人物盛宣怀[185]，但事情毫无进展。从此，他对盛宣怀怀恨在心。后来他升任直隶总督时，便将盛氏所担任的中国电报局总办和轮船招商局督办的职务全部免去——此事是盛宣怀亲口告诉我的。

未能重新进入李鸿章的寡头政治集团，袁世凯便另辟蹊径，去巴结北京的满洲贵族。经过离职回京的程文炳将军，即他那个早期保护人的引见和疏通，他得到了满人荣禄统帅下的新建陆军副统领之职。不过，他在满洲贵族手下立足未稳，李鸿章便垮台了，康有为及其激进派异军突起。袁氏认为时机已到，又赶忙去投靠康有为与激进派。但正如人们都知道的，到最后的紧要关头，他又叛卖了他的雅各宾朋友。此后，他就明确地投身到满洲贵族一派中，与之形成了一个集团，可以称之为"联合党"。

如同约瑟夫·张伯伦成为索尔兹伯里勋爵的亲信仆从一样，袁世凯则成了满人荣禄的心腹仆从和走狗。

我不必详细追述袁世凯的为官履历。他在天津小站编练"新军"的特种部队后，被任命为山东巡抚。他在任上，义和团的狂热风暴爆发了。我们已经看到，他完全没有能力理解那场误导和愚昧的暴乱之高贵动机，只是残忍地以玩世不恭和兽性的手段，去杀害那些误入歧途的疯狂农民。从山东巡抚，他继而成为直隶总督兼北洋大臣。在他到天津就任之前，占领天津的八国联军组成了临时政府，他们已经打扫和整顿了天津的环境，使天津成为现代欧化的自治城市。袁世凯从外国临时政府手中接管了天津市政，他坐享其成，得到了许多不该享有的荣誉。外国人看到天津进步和改革的表象，看到天津成为一个欧化的城市，便一味夸奖袁世凯。刘坤一死后，袁世凯，正如我说过的，他与张之洞和两广总督岑春煊一起，成为了左右中国政治的三大巨头。

我本不该对这位已经倒台的中国张伯伦的经历和品质不厌其烦地

讲这么多，但鉴于以下事实，我还想再唠叨几句。莫理循博士和所有中英两国的英文报刊，都以一种自以为是、甚至狂妄自大的权威腔调，极力推出袁世凯这座泥塑的偶像来，这种做法只是荒谬可笑，对于外国人正确地了解中国的真实情况倒也没有什么太大妨害。他们神化袁世凯，说他是拯救中国必不可少的惟一伟人，从而给现任摄政王的统治投去不信任的阴影。英国舆论过去曾一度奉李鸿章为偶像。有些与宓吉先生见识相仿佛的英国人，甚至称李鸿章为中国最了不起的老人。如今，英国人对宓吉先生所谓的那个最了不起的老人，还有什么好话可说呢？[186]

但公正地讲，李鸿章还不是一个邪恶的、不道德的和刻毒的人，他只是一个庸人。他庸俗粗鄙，但不暴虐恶毒。而康有为及其中国雅各宾党人不只是庸俗粗鄙，而且恶毒暴虐。在他们的雅各宾主义中，包含一种理想主义的成分，一种希冀立即带来太平盛世的强烈渴望。而袁世凯，则综合了庸人李鸿章的粗俗卑鄙和雅各宾党人康有为的暴虐刻毒。事实上，中国的袁世凯和英国的约瑟夫·张伯伦先生一样，两人都是雅各宾党人的

袁世凯和各国使节

叛徒。（187）

下面，我不再谈袁世凯。不过在此之前，我想明确指出，这种生性粗俗、庸陋和蛮横的人们，损害了他们本国真正改革和进步的事业，因而也必然危害他们所在国高尚的国民生活乃至世界文明。例如，约瑟夫·张伯伦先生，人人都知道，他采纳了比肯斯菲尔德勋爵的帝国主义。但是，意味着使大英帝国强大的帝国主义，对比肯斯菲尔德勋爵来说只不过是实现目的的手段，其目的是为了大英帝国的良治和世界文明。换言之，比肯斯菲尔德勋爵要使大英帝国强大，只是为了能使大英帝国政府正如他自己所说的，去做它认为对于大英帝国的良治、进而对于世界文明事业来说是正确的事情。而约瑟夫·张伯伦先生的帝国主义，也就是使大英帝国强大，则本身就是目的。无论如何，他的帝国主义与良治或文明没有关系。张伯伦先生帝国主义的目的，只是要让大英帝国境内的盎格鲁-撒克逊民族吃的东西更多，住的地方更好等等，事实上也就是要比地球上任何国家或民族在物质方面更加繁荣，然后能狂妄自大，趾高自扬，称霸全世界。比肯斯菲尔德勋爵的帝国主义，其结果是推进良治和文明的事业，使英国式的法律和英国式的公正——使大不列颠统治下的和平赢得全世界的尊崇。孔子谈起他那个时代一个著名的政治家时说道："微管仲，吾其披发左衽矣。"所谓"披发左衽"，就是成了野蛮人。同样，我们也可以说，如果没有英国比肯斯菲尔德勋爵和德国俾斯麦首相的政治才能，欧洲人民现在也要堕入无政府和野蛮状态了。相反，约瑟夫·张伯伦先生的帝国主义，其结果则是要使盎格鲁-撒克逊民族能有更多的牛肉吃，能住得更加舒适，能狂妄自大、趾高气扬地去欺辱全世界。它所带来的是在南非的布尔战争，是英格兰鼓吹女人参政的妇女，是印度投掷炸弹的无政府主义学生和每年预算六千万英镑的赤字。由此可见，我们中国人"有治人无治法"的说法，是千真万确的。

在中国，这一公理比在英国或欧洲要有力量得多。中国国家管理中的"宪法"，正如我所说过的，是一种道德上的宪法而不是法律上的宪法。

换句话说，我们中国人更多地是依靠道德法律，而不是纸上的宪法、国家法规或治安条例来约束上至皇帝下至地方官，使那些身居高位、有责有权的人们不敢为非作歹。简而言之，中国的良治完全仰赖我们统治者的道德品质。因而在中国，当不道德的人身居高位，大权在握的时候，他们的所做所为所造成的危害是无法想象的。而且，在中国，像一切专制独裁的政府一样，政府行好行坏的权力非常之大。因此，一旦像袁世凯这种生性庸俗、粗鄙、暴虐和刻毒的人在政府中享有了某种支配权，那后果便可怕至极。这里，且不谈那种奢侈浪费，为了维持袁世凯及其寄生虫们骄狂恣肆的排场，在天津，无论是官员还是商人都已破了产。在此，我只想从那些灾难性后果中举出一个实例。袁世凯，正如我所说过的，他成为了统治中国的文人士大夫中三头执政的成员之一。三巨头即张之洞、袁世凯和岑春煊，他们乃是当时中国文人士大夫所公认的领袖。已故皇太后正是依靠这三个人，来指导与推行改革运动或中国的欧化新政的，我说过，在1901年銮驾回京后，整个中华民族就决定采取这样一场欧化改革了。张之洞仍是三巨头中惟一有思想和能懂思想的人，他在反对雅各宾主义的宣言书中，指出中国的改革或欧化，必须首先从改进和变革公共教育入手。袁世凯则毫无自己的主见，他以其粗俗卑鄙的狐狸之智大体上抓住了张之洞的这一思想，然后立即狠命地催迫和促使那个可怜的老人，正如我曾说过的，那个缺乏道德勇气的张之洞，糊里糊涂就答应劝说已故皇太后不等到新的教育体制有个草案或经过讨论，就将整个现行的旧式公共教育机构悉行废除。其结果，是拥有四万万人的整个中华帝国，目前可以说绝对没有任何公共教育可言了。只有在一些大城市的几座造价高的、陋俗的欧式红砖楼房里，还有人在把一些蹩脚的英语和现代欧洲科学术语以及其它学科的日式译文混在一块，向学生灌输着。对这些东西，学生们丝毫也不理解，就被强行塞进脑中，结果使他们一个个变成了胡言乱语的白痴。这就是前文中我所谓像中国的袁世凯和英国的张伯伦这样的人，不能让他们有掌管教育或文化事务任何权力的一个实例。已

内农,法国著名东方语言学家,评论家

故的著名法国人内农[188]先生说:"人们健全的教育,乃是达到一定程度的高等文化教育的结果。像美国这样一些国家,已经发展了为数不少的大众通俗教育,却没有任何严肃认真的高等教育。而这种缺陷,就势必长期以他们知识分子的平庸行为,举止粗俗,精神上的浅薄以及普通智识的缺乏为代价。"中国旧式的公共教育尽管可以说有许多缺点,但它仍然致力于给人们一个像内农所说的严肃认真的高等教育。不仅如此,这种严肃认真的高等教育,还造就出像曾国藩侯爵乃至张之洞大人本人这样杰出的人物。

三头执政当中最年轻的一位,是岑春煊,他是前两广总督,现在在上海做寓公。他是著名的已故云贵总督岑毓英[189]的长予,其父曾被指控与马嘉理谋杀案[190]有牵连。岑毓英是一个厉害人物,他用克伦威尔挫败爱尔兰叛民的严酷手段,挫败了云南回民起义军。像乃父一样,岑春煊也是一个厉害角色。他是德国人所谓容克[191]党的党员,他的家族也来自蛮荒的仍处在半开化状态的广西省,即中国的波美拉尼亚。因此,他跟俾斯麦首相一样,是一个真正的中国波美拉尼亚的容克。在其政治生涯之初,他也同俾斯麦一样是个极端保皇主义者——plus royaliste que le roi。事实上,岑春煊在义和团事变爆发后才崭露头角,他以其极端的保皇主义精神引起了已故皇太后的注意。当朝廷逃至陕西西安时,他赶紧奔去救援,与1848年俾斯麦赶去救护柏林的朝廷一样。

　　他们两人的相同之处按下不表，且谈彼此之间的相异之点。俾斯麦是一个含辛茹苦、始终不懈地提高自身思想修养的人，而岑春煊则绝对没有任何思想修养。不过，正因为他完全没有文化修养，所以他是实实在在的，不像雅各宾党人——诸如卖弄博学和怀有空洞理想主义的康有为之辈。他不是空想家，而是一心一意务实的实干家。他确实没有满洲贵族的优雅之处，但同时也没有暴发户袁世凯那种狂妄自大、庸俗不堪、装模作样讲排场的鄙陋习气。到上海岑春煊的寓所拜访过他的外国人，都可看到，这位伟大的厉害总督的儿子，自己也是总督，他的生活却相当简朴。由此可见他是一位君子，不属于那种暴发户买办阶级。

　　总之，岑春煊是一个坚强有力、忠心耿耿的狂热保皇派。他主张对雅各宾党人和革命派以快刀斩乱麻的方法迅速处理。但是，正如弗里德里希·威廉（Friederich William）1848 年在谈论俾斯麦时所说的那样，岑春煊在当今中国是个不合时宜的人。目前中国正处在变革时期，需要的是善于妥协与和解的建设性政治人才，而岑春煊则太过强硬、不屈不挠，因此难当大任。歌德见了同时代的渥瓦茨[192]元帅，说道："再也没有比缺乏见识的行动更为可怕的事情了。"此刻，像希腊的阿喀琉斯[193]一样，这位厉害的总督离开了所有当权者，坐在上海马卡姆路他的寓所里满脸愠怒，毫不妥协。眼见中国越来越糟，他实在忍受不住气恼的折磨，便到杭州湖畔、普陀海滨逛逛散心去了。

　　也许将来有那么一天，这位中国的阿喀琉斯可能还要披挂上阵，前去为希腊人作战。然而，正如这位前总督几天前对我所说的，当那一天到来的时候，对于中国和每个人来说，将会是一个暗无天日的时刻。

尾 声

　　现在,我必须结束这个中国的牛津运动故事了。我并不想在世界公众面前,去批评现任摄政王统治下的帝国政府的政策和措施,作为现政府的一个下级官员,我认为这样做也是不合适的。如果我对于现政府有什么非说不可的话,还是宁愿说给自己的同胞听。其实,两年以前,在给帝国已故皇太后和光绪皇帝陛下的一封长长的上书中,我已经把关于中国目前局势的所有想法都陈述过了。但在这里,在结束这篇中国的牛津运动故事之前,我很想,也确曾承诺过,要说明目前的摄政王也是一个受益于中国牛津运动影响的人。摄政王的父亲是已故的七王爷[194],中国牛津运动非官方的保护人。他是已故光绪皇帝的父亲。这位七王爷在中国政治生活中所处的地位, 就如同英国已故的维多利亚女王的丈夫在英国所处的地位一样。英国那位已故的女王夫君,在试图指导当时自称为自由主义的散漫和无政府主义势力中丧了生,同样,中国的七王爷, 在发现他指望着能与李鸿章及其腐败的寡头政治集团之中产阶级自由主义斗争的中国牛津运动最终失败和崩溃的时候,也因极度伤心而过早去逝。现任摄政王,当今中华帝国的实际代理人,便是这位尊贵的七王爷——这位中国牛津运动的支持者和非官方保护人的第三子。因此,已故七王爷对孩子们的教育,是完全置于牛津运动者们的影响之下的。最后的一个王府教师,便是已故帝国大臣孙家鼐[195]。由于有这种因素,中国的牛津运动对于目前中国的政治,仍然施加着影响。

　　这里,我可以进一步指出,在帝国的亲王之中,已故皇太后认为配做她继承人、堪当指导民族命运之大任的只有两位。她心中牢记孔子所说的:"不得中行而与之,必也狂狷乎?狂者进取,狷者有所不为也。"最初,她看中的是有"拳匪"臭名的端王,并把他的儿子指定为大阿哥。如果义和团事变没有发生,今天中国的摄政王便是端王。端王是一个狂热型的人,如果他摄政,他会毫无疑问像孔子所说的那样有所进取。但是义和团事变招致了外国列强的干涉,使他无法当摄政王了。于是已故皇太后不得不选择目前的摄政王,他是那种有所不为的偏执型的人。如果他不是为了去创造新秩序而做得那么多,他一定能获得更多的荣誉的,因为这些事情做得越多,反而使中国的事态越糟。不仅如此,目前的摄政王正严格执行着已故皇太后的政策,这一政策就是:如果中国一定要闹一场革命——目前的欧化实际上就真正等同于一场革命,它必须是"一场合乎法律程序的革命"。现任摄政王称得上是一个具有满族的高贵灵魂和自尊自傲品质的年轻人。当外国人指责中国在他的统治下发展缓慢的时候,应该记住这位满洲亲王克己的力量是多么值得称赞。因为这种力量,使得他的私人生活纯洁无瑕,无可挑剔,使得他在国家事务中,情愿不以个人意志而以合法程序去引导革命。其实,谈起这位摄政王,我们可以同说过这样一句聪明话的智者一道说:"不轻易发怒,比暴跳如雷耍威风要好,善于控制自己的情绪,比攻城夺池还难。"

　　本书就要结束了,我想说的是,在讲这个中国牛津运动故事的过程中,我已尽力说明,自从欧洲人进入中国以后,我们中国人怎样努力与那现代欧洲那强烈的物质实利主义文明(materialistic civilzation)的破坏力量战斗,使它不致于危害中国的长治久安和真正文明的事业,然后我们又如何遭到失败,率领我们战斗的中国牛津运动的领导人现在都已亡故。眼下的问题是:今后该怎么办?我们是只能听任自己古老的文明被扫除净尽呢?还是有什么办法能避免这样一场灾难?在此,正如马修·阿诺德要说的,我觉得此刻我的敌人正以一种急不可待的喜悦,眼巴巴地等着我回答,但我却要避开他们。

　　我说过，义和团事变之后，整个中华民族、中国的统治阶层得出这样一个结论，即面对现代欧洲各国那种物质实利主义文明的破坏力量，中国文明的应战能力不足，无效无用。我还表示过要说明，为什么我们的统治阶层、中国的文人学士得出这样一个结论是错误的。在此，我将兑现我的诺言。在我看来，一个人或一国人用以反对和试图消除一个社会错误或政治错误，存在着四种方式。下面，我想对此做出具体的说明。假设在上海地区有一个纳税人，他诚心诚意地相信上海租界运行的有轨电车对于上海人民来说不仅是一种讨厌的东西，而且是一种很坏的、不道德的、伤风败俗、导致混乱的设施。怀着这种念头，他首先可以以一个纳税人的名义，抗议在上海街道上铺设有轨电车道。如果抗议无效，他可以孤身一人或邀上几个志同道合者站到马路中央，逼迫有轨电车司机要么停车，要么从他或他们身上碾过去。如果电车司机拒绝停车，他就用拳头和血肉之躯去与电车对抗，这时候，如果没有警察和市政人员来干预，愚蠢的纳税人就会粉身碎骨，而上海的电车道也仍将原封不动。端王及其义和团员用来抵御现代欧洲物质实利主义文明到来的方法就是这样一种方法。上海的那位纳税人，还可以用另外一种方法来阻止电车的运行。他自己或邀一些朋友，在上海合伙创办一个对立的电车公司。从财政方面或其他方面设法搞垮这家电车公司，终使其无法存在，无法开业。到这个地步，人们能够想象出上海将会是一幅什么景象。然而，这就是已故的张之洞主张采取的，用以防止欧洲物质实利主义文明进入中国并带来恶果的办法。上海纳税人能够用来阻止电车运行的第三种方式，正如我曾说过的，是消极抵制，洁身自好（boycon）。但消极抵制和洁身自好不是一种真正的道德力量，在消除或改良社会弊端方面决不会有效。而这就是伟大的俄国道德家托尔斯泰伯爵在给我的一封公开信中，劝告中华民族阻止现代欧洲物质实利主义文明进入中国的方法，也就是要我们消极抵制，不理会欧洲的一切。托尔斯泰伯爵所提议的这种对待社会罪恶的方法一点也不新鲜。佛教改革世界便是通过消极抵制。当世界腐败无道之时,佛教徒们就剃光脑袋进入寺庙,以此洁身自好。结果社会只能变得越来越糟,且最终连挤满各种光头和尚的寺庙也逃不脱被焚毁的命运。因此,世界上的社会罪恶绝不能通过消极抵制来革除,因为消极抵制乃是一种自私和不道德的暴行。马修·阿诺德指出,"茹伯说得很妙:'C'est la force et le droit qui reglenttoutes choses dans le monde; la force en atten-dant ledroit.——强权和公理是世界的统治者;在公理通行之前,只有依靠强权。强权之所以需要,是因为公理未行,因为公理未行,所以强权那种事物存在的秩序是合理的,它是合法的统治者。然而公理在很大程度上是某种具有内在认可、意志之自由趋同的东西。我们不为公理作准备——那么公理就离我们很遥远,不备于我们——直到我们觉得看到了它、愿意得到它时为止。对于我们来说,公理能否战胜强权,改变那种事物的存在秩序,成为世界合法的统治者,将取决于我们在时机已经成熟时,是否能见到公理和需要公理。因此,对于其他人来说,试图将其所醉心的新近发现的公理强加给我们,就仿佛是我们的公理一样,并以他们的公理来强制取代我们的强权的那种做法,是一种暴行,应当反抗。"

简而言之,当我们认为某种制度不合理时,便去消极抵制它,而想不到这是一种不道德的暴行,这是不对的。以这样一种不道德的行为,绝不能改革某种制度,即便它真是一个罪恶的和不道德的制度。

上海那个真诚相信电车是一种危险和讨厌的东西,是一种不道德的设施的纳税人,能够用以阻止上海电车运行的第四种方法如下:他不必不去乘电车,甚至可以保护它,但在私人生活或公职生活中,他却必须保持自尊和正直的品质,以赢得所有上海居民的敬重。由于邻里居民对他的敬重所激起的道德力量,他得以参加纳税人会议,又由于所有纳税人对他的敬重,都愿听从他的意见,而对其他人的意见置若罔闻。这时候,如果他能向纳税人说明——上海的有轨电车是一种危险的东西和伤风败俗的设施,那么,他将有机会使纳税人们心甘情愿地将电车废置。这,我以为就是孔子制止某种社会或政治罪恶及其改革世界的办法,即通过

1898年戊戌变法之前，光绪皇帝接见外国使臣的仪式

一种自尊和正直的生活，赢得一种道德力量，孔子曰："君子笃恭而天下平"。因此，我认为，将中华民族的古老文明，将此种文明中最优秀的东西，从现代欧洲各国物质实利主义文明的破坏势力中挽救出来的力量正在于此，并且这是惟一可靠的力量。

最后，我愿意在此指出，迄今为止，不但中国人作为一个民族在反对现代欧洲文明势力的过程中，对于中国文明所固有的这种惟一真正的力量的利用极其之少，而且我本人作为一个中国人，直到今天才意识到，自己立身行事一无所成，正是由于我不懂得在生活中通向成功的唯一正确的方法，也就是，"修己以敬"（order one's conversation aright）[196]，照孔子所说的，集中精力去过一种"笃恭"的生活。的确，要说起来，如果不是这本牛津运动故事中所提到那位名人（指张之洞）给予我20多年的庇护，我这条命恐怕早就丢了。我很清楚，在这篇故事中谈到这位老头领时，我并非只是一味褒扬。我写这篇故事的目的不是要臧否什么人或什么事。我的目的，是要帮助人们如实地了解中国的现状。Amicus Plato，magis amicaveritas（我爱柏拉图，但更爱真理）。但在这篇故事结束之时，我愿公开在这里表达我对已故帝国总督张之洞的感激之情，感激他 20 多年所给予我的保护。有了这种保护，我不致于在冷酷自私的中国上流社会降低自我去维持一种不稳定的生活。此外，尽管我时常固执任性，他却始终抱以宽容，很善意和礼貌地待我。而且我还荣幸地学会了作为一个新兵，在他的领导下去为中国的文明事业而战。他是中国牛津运动中最优秀的和最有代表性的人物，也是最后一位伟大的文人学士。两年前，当我在北京见到了他的时候，他告诉我他彻底绝望了。我尽力安慰他，并向他保证最后胜利仍属于我们，他摇了摇头。我希望能够再次在他的直接指挥下返回战场，但现在战局还未明了，我们的头领却死去了，Aveatque Vale！（告别了！）

附 录

关于已故皇太后

致《字林西报》编辑的信

编辑先生：

最近在这个国家举国同悲之日，贵刊上所发表的那篇文章和短评，谈到刚刚去世的皇太后陛下的那些话，在我看来是如此的冷酷，充满敌意和难听之至。因此，我感到不得不对它提出抗议。一个自然史的教授在描绘某些猛兽的有趣标本的时候，也没有你们在描述已故皇太后的生平时这样无情。我并不想在此阻止你们对皇太后的品德发表自己的看法；我要抱怨的，是你们那文章的腔调。我请问你们——在这个国家万民同哀的时刻，一份在中国出版的外文报纸重提那些诬蔑皇太后的残忍、谋杀和暴虐的传闻，那些无中生有的谣言，这公平吗？仅仅几天以前，她还是这个国家的国母，而外国人在这里过着一种特权客人的生活。

我并不想就已故皇太后实际上的品行问题，与你们展开争论，现在这个时候也不合适。对于这一问题的审慎意见，我已经在一本不成熟的小书中做过了阐述。这本书，你们曾经向读者加以推荐，给以好评。对于那些已死心踏地地认定皇太后是一个野心勃勃、刻毒残忍的妇人的外国人，我除了以哀怜之心，重复福音书中那句"Moriemini in peccatis vestris 你们将由于罪恶而死去）"之外，别无他话可说。但对于另外一些尚没有固执此见的外国人，如果你们允许，我倒愿意提供几点意见，或许可以帮助你们对于皇太后的品格，形成一个比你们所做出的评论更为公正的看法。

我要谈的第一件事，是已故皇太后生活中的支配动机问题，与你们的看法完全不同，我认为它不是——正如历史上一切伟人的生活动机一样，从来不是——卑鄙的野心。卡莱尔在谈起他心目中的英雄克伦威尔所涉及到的野心时说："势利小人以其可怜的奴才之心推想，每天让人把成捆的公文拿给你看，那该是一种多么惬意的事情。"以中国的皇太后来说，除了每天必须劳神于那一捆捆头绪纷繁的各色公文之外，她从实现野心中得到的另外好处是，无论冬夏，每天早晨必得四点半起床。不仅如此，她还不像纽约的社交妇女那样，尚能从次日数以百计的晨报上见到自己的大名，以及她所出席的豪华宴会的记述，从中得到某种补偿。这样一个付出如此之多，得到如此之少的雄心勃勃的妇人，想必一定是一个卑贱愚蠢之人了。然而，无论怎么说，已故的皇太后都绝不是这种卑贱的蠢妇。

如果不是野心，那么她生活中的支配动机又是什么呢？要回答这一问题，让我先来给你们讲一件事，一件我的朋友告诉我的事情，它发生在中法战争爆发前夕北京的太和殿。皇太后一直支持李鸿章不惜任何代价争取和平。当听到法军炮击福州的消息后，立即传谕大臣召开御前会议。

大臣们都异口同声要求宣战。这时，皇太后指着小皇帝对大臣们说："皇帝长大成人和我死以后，他要怎么干我管不着，但只要我还活着，我绝不允许有人说，一个妇道人家抛弃了祖宗留给她代为看管的遗产。"

因此，我认为，已故皇太后生活中的支配动机，是迟早要为尽可能完整无损地保卫帝国王室留给她管理的遗产而奉献一生。按照中国的道德法律，一个妇人的本质责任，不是只为她丈夫活着。她的本质责任是维护其家族的遗产和荣誉。因此，我认为已故皇太后生活中的支配动机，是一心一意要尽到中国道德法律所要求于妇人的本质责任。当她临死之前，也就是统治中国五十年之后，她能够满意地宣告："我们没有辜负祖宗的

慈禧太后

信任。"这并非是一句空头的夸口。孔子说:"夫孝者,善继人之志,善述人之事者也。"已故的皇太后就是这样的人。总而言之,她生活中的支配动机不是野心,而是责任。

我要谈的第二件事,是她的能力问题。已故皇太后能力的杰出之处,就在于她不陶醉于自己的聪明,而是善于利用他人的能力。在讨论高等教育(外国人普遍知道的"大学")的那篇专论里,载有这样一段——《尚书·秦誓》曰:"若有一个臣,断断兮无他技,其心休休焉,其如有容焉。人之有技,若己有之;人之彦圣,其心好之,不啻若自其口出。定能容之,以能保我子孙黎民,尚亦有利哉,"作为一个能干的政治家,已故皇太后成功的秘密正在于:她的胸怀博大、气量宽宏,心灵高尚。她绝不是那种

Voluntas reg-is supremalex（君王的意志就是最高法律）意义上的独断独行者，对于她来说，自始至终，judicium in eoncilio regis，supremalex——最高法律，就是她的御前会议做出的决定。事实上，在她统治的五十年期间，中国的政治并非一人独裁，而是由以她为首的执政班子共同治理。其精神，与其说是操纵控制，不如说是稳健、调节和激励。

总之一句话，她智识的杰出，来自于品德的高尚、灵魂的伟大。

下面，我想再谈谈她的趣味爱好问题。在你们丰富的想象之中，皇太后是一个东方专制暴君，而东方专制暴君总是穷奢极欲、吃喝穿戴无不腐化透顶。对于这种奢侈享乐的谣传，最为简单的回答是：已故皇太后是一位趣味高雅、无可挑剔的人而一个真正具有艺术品味的人，是决不会沉溺于吃喝、容忍过度奢华的装饰之中的。艺术品味的专横支配，在反对庸俗的消费和奢华的装饰方面，胜过宗教的禁令或戒条，它是一种比盾者更有说服力的严格纪律。我曾经进入过颐和园，见过太后的私人住所，还品尝过她享用的食品。从我在园中看到和听到的来判断，她甚至可以说是一个朴素生活的信徒。我在她住所看到的惟一可以视为奢华装饰的，是玫瑰色的泛滥。园中的人告诉我，她唯一醉心的一件事，是花，种植和培育牡丹花。顺便提一句，我在她的桌子上看到一本打开的书，是晚近出现的新版带注的《书经》，里面记载着中国圣贤的统治箴言。我参观颐和园的时候，皇太后已经 69 岁，她仍然在努力学习如何给她的人民一个良治。

不错，修建颐和园，尽一切可能让它更美一些，的确花费了一大笔"钱"。Mais, en rendant son peuple heureux, il faut bien qu'un foivive.（但是，为了让其子民幸福，一个君王应当存活下去）。除此之外，我们还应记住，当已故皇太后开始花钱修建她的颐和园的时候，她已经努力工作赚回了它。她为把太平天国叛乱时中国的混乱和惨象，变成今天中国相对繁荣的局面，操劳了整整三十年。在她将权柄移交给外甥光绪皇帝时，向她的人民、伟大的中华帝国的人民，提出想修建一个富丽堂皇的家，让她

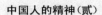

在那里度过余生，这难道是那么过分的要求吗？的确，当赫德爵士和莫理循博士向我夸述太后生活奢侈的时候，想到他们自己的生活状况，我当面对赫德爵士说，他拥有个人铜管乐队等奢华之物，依我看，其生活要比皇太后奢侈得多。

我要谈的最后一件事，是关于她的家庭关系问题。针对你们无端暗示她的儿子、已故同治皇帝秘密之死与她有关，并认为她对同治皇后阿鲁特氏之死负有责任乃无可争辩事实的胡言乱语，我只想替皇太后陛下辩护一句，以不幸的玛丽·安托万内特的话作为辩护词，当遭到同样恶毒的指控的时候，安托万内特平静地回答说："我求助于天下所有的母亲"。

那"严寒的冬夜"的故事，及其"孩子哭泣"的戏剧性插曲，显而易见，不过是地地道道的神话而已。如果当时真有谋立恭亲王儿子为帝那回事，老恭王怎么可能在已故光绪皇帝继位后，仍然能长期得到恩宠呢？如果真有那样一场密谋，老恭王的儿子现在就不可能像我去年在英国公使馆所见到的那样，四肢健全地活得那么自在了。

下面，我再来谈谈她与她的外甥、已故光绪皇帝之间的关系。人们指控她在儿子死后，不按合法程序立继承人，而是立了一个同辈的小皇帝作为儿子，以便能继续摄政。因为她野心勃勃，想大权独揽。其实这一点又犯了什么大不了的错误呢？要记住，中国之所以有今天，完全都是她操劳的结果。当她最初受命管理帝国遗产的时候，中华帝国不仅满目疮痍、混乱不堪，而且王朝统治已经摇摇欲坠，濒于崩溃。经过她二十多年辛辛苦苦的工作，终于不仅彻底保住了帝国遗产，而且将一个凄惨混乱的中国，变成了如今这般井然有序，乃至繁荣的局面。难道你们认为，让她眼睁睁，冒险让自己二十年的劳绩和帝国的遗产再度遭到破坏，以至万劫不复是应该的吗？不——她有太强的责任感了——一种按中国法律规定，妇人应维护家族遗产和荣誉的这样一种责任感。

也正是出于这种对于皇室负责的责任感，她对其外甥、已故的光绪皇帝感到格外气恼。这种气恼并非是其个人怨愤的结果，而实在是发自于责任。她为了保护祖宗遗产，已经奉献了整个一生，满怀希望地选择了光绪，原指望他能不负于自己纶牺牲。然而，他不仅辜负了她的期望，而且还犯下了试图毁弃她的功绩及其帝国遗产的罪行。在这最后几年的日子里，她仍然对光绪可能最终不负她的选择抱有一线希望。然而，当她看到他，这个她早年孀居时领养的孩子，这个她寄予了全部希望的孩子死在她之前的时候——她的生命之光便突然熄灭了。可怜的不幸的孩子已经死去，更加不幸的母亲能够做的，只能是立即随他进入坟墓。

唉，可怜的孩子，要是你战胜了艰难的命运，你将是马尔坎勒斯。请你们赐予手中的百合花，让我（在墓前）献上紫色的花朵。

就此搁笔。

辜鸿铭

1911 年 11 月

中国的皇太后：^{（197）}一个公正的评价

辜鸿铭评论德龄^{（198）}著《清宫二年记》

当此全世界都注视着中国满族权力悲剧性丧失的时候，这本由一位新式的满族现代妇女所著的书出版了。它给予了我们有关满族宫廷以及满族上层社会的第一手资料，读来十分有趣也很有意义。过去，在这方面，人们一般都认为，濮兰德和白克好司两位先生所著的那部书^{（199）}，是划时代的力作。可依我看来，倒是德龄女士这部不讲究文学修饰、朴实无华的著作，在给予世人有关满人的真实情况方面（尤其是关于那刚刚故去的高贵的满族妇人情况方面）要远胜于其它任何一部名著。不错，在濮兰德和白克好司先生的书中，确实存在许多有价值的材料，可是所有这些有价值的材料，都因作者的过分聪明而被糟踏了——这种过分聪明是现代知识分子的通病。孟子曾说："所恶于智者为其凿也。"（我憎恶你们这些聪明人，因为你们总是把事实歪曲）。对此，濮兰德和白克好司两先生的著作正是一个极好的说明。它向我们显示出对历史的歪曲竟可以达到何种的程度！刚刚去世的中国皇太后，是为世人所公认的伟大女性，她具有一切伟人所共有的品质——纯朴。孟子曾说："大人者，不失其赤子之心者也。"这句话的意思是说，如果你想成为一个伟人，切记不要丢掉你单纯的童心。梅特涅在他的回忆录里，也谈到过拿破仑智慧中那伟大的纯朴。

可是，皇太后不仅是一位伟大的女性，还是一位满人。满人，正如我在其它场合曾说过的那样，尽管他们现在有着许多缺点和毛病，但仍然是一些不狡诈、心地质朴的人。因此，如果说世界上还有一个既具有高尚的灵魂，又不失赤子之心的伟大女性，那么她就非中国刚刚故去的皇太后莫属了。可是，濮兰德和白克好司两位先生对此一无所知，相反却为我们提供了一幅夸张的、过分渲染的、畸形变态、腐化狡诈的超人妇女形象。而那些鉴赏力已然沦落的现代公众，因热衷于荒谬和耸人听闻的事情，对此也都众口一词："好一幅美妙的图画啊！"

本书的女作者也是一位年轻的现代妇女，但好在她不过分聪明。或许，正是她那满人的纯朴坦率使她避免陷入这种过分的聪明吧。不过，她毕竟受过现代教育，同所有受过现代教育描写中国的男女作家一样，她也奢望什么进步和改革，而这些东西恰如横亘在她头脑里的一条长虫。在她第一次觐见皇太后的路上，她说："我们得知恐怕将被要求留在宫内，我想要是果真如此，也许能对太后施加某种影响，促使其进行改革，而这对中国将是一件十分有意义的事情哩！"庞大帝国的复杂机器已然出现了故障，可这个纯朴的黄毛丫头却自信有能力将它修好！

该书的中心人物当然是刚刚故去的皇太后。她的形象被描绘成异常

左起：瑾妃、德龄、慈禧、容龄、容龄之母、光绪皇后

纯简而又质朴。唯其如此，它才堪称真实。而不像濮兰德和白克好司先生那幅大肆渲染的作品那样，仅是一幅被歪曲的漫画。女作者在描述她第一次觐见皇太后的场面时是这样写的："在正殿的门口，我们遇见了光绪年青的皇后，她说：'太后叫我来接你们'。接着就听得殿里高声叫道：'请她们马上进来'。于是我们立刻进入殿中，一眼就看见一位老太太，穿着一件绣满大朵红牡丹的黄色缎袍。珠宝挂满了她的冕，两旁各有珠花，左边有一串珠络，中央有一只用最纯的美玉制成的凤。"

"太后看见我们，就站起来和我们握手。她动人地微笑着，对于我们熟知宫中礼节表示惊讶。招呼我们以后，太后就对我母亲说：'裕太太，我真佩服你，把两个女儿教养得这样好，虽然她们在外国住了那么多年，可是她们的中国话竟说得跟我一样，并且她们怎么会那样懂得礼节？''她们的父亲平时管教她们非常严厉，'我母亲答道，'他先教她们念中国书，而且她们自己学习也很努力。''我真佩服她们的父亲，'太后说，'对他的女儿这样当心，并且给她们受这样好的教育。'她拉着我的手，看着我微笑，并亲了我的双颊，然后对我母亲说：'我喜欢你的。女儿，希望她们能留在宫中和我作伴。'"

上述这些场面，简直无异于《红楼梦》中林黛玉初见贾母一节。这位穿着美丽缎袍，带着动人微笑凝望并吻孩子的老妇人，与濮兰德和白克好司先生所描绘的那个狡黠、极度邪恶阴险的超人妇女，究竟有何相似之处呢？濮、白两先生曾谈及宫中的酒宴，本书对那些庄重的酒宴也有过一次描述："太后沿着小径走了一程，然后笑着对我说：'你看我现在不是舒服多了吗'？我要走长路，到那边山顶上去用午餐，那里有一块极好的地方，我想你一定也喜欢的，来吧，我们一起去。"

"太后走路极快，我们必须快步跟着，才不至落后。太监、宫女都在太后右边走，只有一个捧着黄缎椅的太监是跟在我们后面的，这黄缎椅就像太后的狗是随时随地跟着太后的。太后出来散步的时候，常喜欢坐在黄缎椅上休息。走了很长一段路之后，我开始觉得疲倦了，可是太后仍然

慈禧与德龄、容龄及其母

走得很快，丝毫没有一点倦意。"

"我们终于来到石舫。站了还没几分钟，一个太监携来黄缎，椅子，太后坐下休息了。在谈话中，远远瞧见移来两只华丽的大船，四周布满了小船。太后说，船在那儿，我们必须上船，划.到湖西去用餐。她站起身，来到湖边，在一左一右两个太监搀扶下上了船，我们也跟着上了船，太后坐在御座上，并让我们坐在船板上。太监送来红缎垫褥替我们铺好。我们身穿洋装很不方便，太后不知怎样发现了，就叫我们站起来，还让我们看看后面跟来的船。我把头伸向窗外，瞧见年轻的皇后和几个宫，女在那条船上。皇后挥手，我也挥手。太后微笑着说：'我给你一个苹果，你能掷给她们吗？'说着太后从桌子中央拣了一个大苹果给我，我用劲一扔，扑通一声苹果落入水中，太后大笑，让我再试，又未中。太后就自己掷了一个，恰巧打在一个宫眷的头上，我们都尽情地笑了。"

马修·阿诺德在谈到诗人荷马时，曾说："荷马纯朴而高贵。"我们说皇太后亦然。在前面我的两段摘录里所体现的那种特性——纯朴性，不仅为皇太后个人所拥有，而且为整个满族所具有的特性，确实贯穿全书，并得到了很好的体现。但我还说，皇太后不仅纯朴，而且高贵。这一高贵的性情，也就是马修·阿诺德所说的庄重高雅的风度。遗憾的是，皇太后性格的这一侧面，在该书中没有充分反映出来。然而通过下面这段文字，细心的读者对这位伟大的、高贵的女性这方面的特性，还是可以略见一斑的。在谈到那张由美国画家为太后所绘的肖像时，作者写道："第二天上午，我收到康格夫人[200]一封信，求我不要怂恿太后拒绝卡尔小姐来画像。

　　我把这信翻译出来给太后听，太后听了很是发火，道：'没有人可以用这样的口气给你写信，她怎敢诬蔑你说了卡尔小姐的坏话？你回信时告诉她，在我们国家里，宫眷从来不能干涉太后的事，而且你（做为一个满族人）也不至于这样卑鄙会在背后说人坏话。'"下面还有一章可以作为太后不仅纯朴而且高贵的例证。在描写太后大驾要曲颐和园返回城内的宫苑时，作者这样写道："这天早晨六点钟，全体起程离开颐和园，正好赶上大雪，许多马匹滑倒在路上，太后的一个轿夫也失足滑倒，将太后掀翻在地，一时人马嘈杂。我立刻觉察到有什么严重的事情发生了。太监们高叫'停下，停下！'于是人马立刻停止下来，路也被堵住了。最后，我们看

慈禧与美国公使康格夫人等的合影

到太后的轿子停在路边,便都下轿奔过去,看究竟发生了什么事情。等到了太后轿边,只见她安坐轿内,正对太监总管发令,叫其不要责备那个轿夫了,这不是他的错,实在是路太滑了。"拿破仑有一次在散步时,被两个身背重物的士兵挡住去路,当几个宫眷卫兵喝令二人为大皇帝让路时,拿破仑则说:"尊敬的夫人,请尊重负重者。"作为伟人,他必定是高贵的,而作为一般人,只有当他或她能够理解拿破仑这句"尊重负重者"的话时,才配称高贵。

我曾在我的著作中谈到过,作为满人,皇太后那高贵的满人理智,使她对欧洲文明的生活方式并无多大兴趣。下面,我们不妨看看她对欧洲服饰的看法。该书的作者曾给太后看过一张她身着晚礼服的画像。太后说,"你穿的衣服多特别,怎么连颈和臂都露在外面?我听说外国人穿的衣服都是没有领和袖的却没想到会像你所穿的那样难看。我不懂你怎么肯穿的。我想你穿了这种衣服一定会感到难为情。以后不要再穿这种衣服没了我看了这样的穿着打扮很不舒服。这也算是文明吗?这种衣服是在有特别事情时穿的呢,还是随便什么时候,甚至有男人在场的时候都可以穿的呢?"作者解释道这只是普通女人的晚礼服。太后听了笑着喊道:"越说越不成样了。我看外国好像变得越来越糟,似乎样样都在倒退。

我们在男人面前手腕都不准露一下,但外国对此则有截然不同的看法。皇帝(光绪)总讲要革新,但如果这就是所谓新法的话,我看我们自己固有的东西倒要强得多,还是守旧些好呢!"

如果说以上就是太后对欧洲服饰的看法,那么下面我们再来看太后对欧洲人举止的评价。"太后对我说波兰康夫人(俄国使臣的妻子)真是一位体面有礼的太太。以前来宫里的许多(欧洲人的)太太都没有像她那样知礼,有些太太举止就很不适当。"她又说:"她们似乎以为我们不过是中国人,因此很是瞧不起。可是,我很快就注意到并奇怪地发现:那自以为是文明的,有教养的到底是怎么一回事。依我看,她们所认之为野蛮的,比起她们来,倒好像要文明得多,举止得体得多呢!"该书在描述满族

宫廷和满族社会时,给人印象最深的,莫过于他们每人都有优雅得体的举止这一点。甚至于在濮兰德和白克好司先生书中所提到过的那个可怕的妖魔——太监总管李莲英,尽管他又老又丑,脸上布满皱纹,却也有着优美的举止和风度,从而有其可爱之处。优美的举止风度,恰是一个人道德品质健全完美的体现和确证。当然,我非常清楚,此时此刻对于满人的这一优点,无论我怎么说也是不会有人听的,但我在此还是要冒昧地说一句 c 今日中国那些沉默的、真正高贵的人——少数正与全民族抗争的人——虽然忍受着不可避免的失败和羞辱,但却应当赢得人们的尊敬,因为在反对这场下流无耻的诽谤运硝时,他们没有用有损尊严的一字一句进行过反击和报复。

我说过,刚刚故去的皇太后纯朴而高贵,不仅如此,她还是个了不起的女人。下面这段摘录就是关于她如何获取权力并成为伟大女性的原始资料。作者记述说:"七月照常是太后最悲痛的月份,因为该月的 18 日就是她丈夫咸丰皇帝的祭日。17 日早晨,太后去祭奠亡夫。她跪在咸丰帝的灵前,哭泣了许久。宫中也一律戒荤三日,以表虔敬。我当时是太后所喜爱之人,所以在这悲痛的日子里,她常叫我伴随她左右。这是一件倒霉透顶的差使。当太后哭时,我也得陪着她哭,然而她却每每停下来叫我别哭,说我无论如何还太年轻,不宜悲痛,同时也还不懂什么是真正的痛苦。在那段时间里,她告诉我许多她自己的身世。一次她对我说:'你知道在小时候,我的生活是很苦的,我没能从父母那里得到过丝毫欢乐'。我初进宫时,大家也都妒忌我的美貌,后来幸运我生了一个皇子,这才好了些。然而在,这之后,我的命运就又不济了。咸丰当朝的最后一年,他突然病倒,洋兵又烧毁了圆明园,我们于是不得不避难到热河,当然这件事是大家都熟悉的,那时我还很年轻,丈夫病危,儿子又还小。当皇帝处于弥留之际时,我急忙抱着儿子来到他身旁,对他说:'你的儿子在这里。'他听到这话,即微微张开眼来,说道:'当然是他继承皇位。'在那个时候,我觉得尚有同治可以依靠,能够获得一点愉快,但不幸的是,同治不到二十岁竟又死了。从此我的性情大变,对什么事都不感兴趣,因为我的一切幸福都连同死掉的儿子一起失去了。稍为慰藉的是,光绪带还只有三岁就被带到我的身边。他是个瘦弱多病的孩子,你知道,他的父亲就是醇亲王,他母亲便是我妹妹,所以他就像我的儿子一样,而且事实上我也是把他当成自己的儿子来待的。可是,尽管我为他想尽办法,他的身体却依旧很糟,这是你们都知道的。除此之外,我还有许多苦恼的事,现在说也无益。总之没有一件是我所希望得到的,样样都使我失望。说到这里,她又痛苦起来,接着又说:'人家都以为太后不知有多么快活,却不知我刚才所说的那些痛苦。然而我总算还很达观,顺其自然,因事而安,有许多小事也就不放在心上,要不然我恐怕恐怕早就躺在坟墓里了。' "

从不靠眼泪来度日,

从不坐熬那寂静的夜时,

哭泣到次日黎明——他知道你不会,

(因为)你拥有非凡的力量。

现在,我们可以明白这位纯朴而又高贵的满洲妇女,是在怎样一个环境中成为一个伟大统治者的了。在将近五十年的时间里,她保持了一个庞大而又纷乱的帝国的统一。孟子说:"天将降大任于斯人也,必先苦其心智,劳其筋骨,饿其体肤,空乏其身,行拂乱其所为,所以动心忍性,增益其所不能。"此是谓也。

下面,在本文即将结束之时,我再摘录一段,谈谈前面我们已经提到过了光绪的皇后——现在的皇太后隆裕[201]。该书的作者初见她时,她显示出极好的举止和风度,且并无丝毫造作之感。下面这段故事则体现了她品性的另一方面。一次作者在与宫眷们交谈并回答她们的提问时,庆王的四女儿问了一个可笑的问题:"难道英国也有国王吗?我一直以为太后是全世界的女皇。"这些人还问了我许多问题。最后,年轻的皇后说道:

隆裕太后（1868—1913）满洲镶黄旗人，
叶赫那拉氏，慈禧太后侄女

"你们怎么那样无知！我晓得每个国家都有个领袖，有些国家是共和国，像美国就是，美国和我们是很友好的。不过有一点我觉得很可惜，就是现在到美国去的中国人都是些平民百姓，使得美国人以为中国人就是那种样子。我希望能有些好的满人出去，让他们知道我们究竟是些什么样的人。"好一个年轻的皇后！这位当今的隆裕太后所希望见到的，不正是中国目前最迫切需要的首项改革吗？中国人最大的不幸，正是他们不为世人所了解，也就是说正因为欧美人都不了解我们真正的中国人——即太后的那句话——以为我们中国人什么都不懂，所以便瞧不起我们。欧美人的这种态度，是 1900 年中国庚子事件爆发的排外情绪的真正根源。因为这场运动本身，正是为了反抗外国人的歧视。同样，目前这场革命（辛亥革命），也是为了反对政府对洋人歧视的妥协和忍让。该革命的矛头所向并非是一个腐败的政府，而是一个软弱的政府——反抗一个软弱受欺的政府。革命的真正动机并非排满，而是源于遭受外人蔑视引发的巨大的羞耻感而生的盲目排外力量。这些拥有如此这般新学的盲目者，天真地想象我们受歧视的原因只是由于我们有辫子，而满族人则须对这一耻辱的标志负责。所以这些盲目的过激分子痛恨满人并坚持要摆脱和推翻满族的一切。正如聪明的辛博森实话所言:"目前这场割发革命,值得世界人民同情。"简而言之,1900年中国爆发的庚子事件,实际上是受到伤害的民族自尊心的狂热迸发;而当今这场革命,则是一次民族自大心理的狂热爆炸。然而,正是在这里,狂热分子不久就会发现他们犯下一个可怕的错误。洋人绝不会因为我们割去发辫,穿上西服,就对我们稍加尊敬的。我完全可以肯定,当我们都由中国人变成欧式假洋人时,欧美人只能对我们更加蔑视。事实上,只有当欧美人了解真正的中国人——一种有着与他们截然不同却毫不逊色于他们文明的人民时,他们才会对我们有所尊重。因此,中国目前最迫切的改革并非薙发或换发型,而实在是隆裕太后所希望看到的——派出我们的良民——最优秀的中国人——去向欧美人民展示我们的真相。简而言之,这种最优交往,或能有望打破东西畛域。

今日的德国人都深切地怀念着他们已故的高贵的普鲁士路易丝王后,我相信,我们中国人对我们的隆裕太后之同样的深情,不久就会到来。上个世纪初,遭受拿破仑·波拿巴践踏后的德国霍亨索伦王族,正如今日受到英国报纸攻击和侮辱的爱新觉罗皇室一样,遭受到全世界带着怜悯和嘲讽的蔑视,然而,据说那位忍受了巨大牺牲的普鲁士尊贵的王后,在那段孤寂凄凉的日子里,却一遍又一遍地默诵着我在前面引述过的、歌德的那句名言:绝不靠眼泪来度日。

尊贵的王后所作出的牺牲和忍受的痛苦,终于触发和震撼了全体德国人民的心灵,使他们不仅作为一个民族崛起并击败了拿破仑·波拿巴,而且最终形成了一个统一的强大帝国。有谁又能肯定,当今隆裕太后所受的痛苦,不会激发帝国那四万万沉默的人民也奋起进击,坚决反对并制止这场愚蠢而疯狂的革命,并最终依然在暂时失色的皇室领导下,去创造一个崭新的、纯粹的现代中国呢?正如德国诗人对尊贵的普鲁士王后所赞美的那样,以后我们中国人,也会对今日在北京被残忍背弃的帝国皇后放声歌唱:

你是一颗星,一颗光彩夺目的星,往昔的风暴和乌云全都已经过去。

注释索引

(1)指直隶总督、北洋大臣李鸿章集团。

(2)我在这里附录一段摘自 1900 年 9 月 12 日《字林周报》(即《字林西报》的星期日副刊；原称《北华捷报》——译者) 的文字——它在时间上比我最初写作此文的要晚 (辜氏此文写于 1900 年 7 月 27 日——译者)。该文写道：的确，皇太后是一个不同寻常的妇人。我们从《伦敦与中国邮报》(London and China Express) 上月 3 日所发表的下列文字中，可以瞥见这位昔日女仆之品性的另一面：皇太后的真实品性是一个无关紧要而又难以弄清的问题。她的形象已被描绘得五光十色，不过阴暗仍是其主调。人们在美国出版的一册书信中，可以找到对她的气质极尽赞美的观点。这册书信，出自一位美国驻华公使的妻子康格夫人之手。康格夫人同其他公使夫人一道，曾拜见过皇太后。她被那位肯定极力取悦于她们的女主人给迷住了。无论内心深处多么憎恶这些"外国魔鬼"，皇太后在表面上或言辞上都没有丝毫的流露。"她看上去很快活"，康格夫人说，"她的脸上充满了善意，见不到一丝残酷的踪影"。她简单地讲了几句欢迎我们的话，但其举止自然而热情。她站起来向我们问好。然后向每一位夫人伸出双手，并极为诚挚地说道，'我们彼此是一家'。她非常亲切，当我们接过递上来的茶时，她上前一步，向我们频频举杯。她呷了一口茶，接着换了一边再呷一口，又说道："我们彼此一家，普天之下都是一家"。
不过，最近几月所发生的事变，可能会使康格夫人对皇太后的真诚及其以 '一家人' 相待的方法之信任，发生几许动摇。——原注

(3)比如文祥：参见"美国外交通讯"，那里曾提到他。——原注

(4)这是真的——已故的前湘军将领彭玉麟在接到皇太后陛下赐给的礼物时会跪在地上，哭得像个孩子。

(5)法利赛人是古犹太教一个派别的成员，墨守传统礼仪，基督教《圣经》称其为泥于形式的、言行不一的伪善者。

(6)李秉衡(1830~1900)，字鉴堂。祖籍山东福山。生于辽宁海城。1879 年起先后任冀州知州、永平知府、浙江按察使、广西布政使、代理广西巡抚等职。1884 年中法战争时，积极筹措粮饷、器械支持抗法；同时创设医局，医治伤员。1894 年升任山东巡抚。1897 年，德国借口"巨野教案"强行在胶州湾登陆，因主张抗击被革职。1900 年，起用为长江巡阅水师大臣。八国联军攻陷大沽后，奉命北上抗击。因兵败，于 7 月 13 日在通州张家湾吞金自杀。

(7)赵舒翘(1847~1900)，清末大臣。陕西长安(今西安市)人，字展如，同治年间进士，授刑部主事。1886 年出任安徽凤阳知府。1893 年为浙江按察使。次年初迁布政使。1895 年，升江苏巡抚。1897 年，为刑部左侍郎。1898 年，会同王文韶督办矿务、铁路总局，旋任刑部尚书。1899 年，为总理各国事务衙门大臣，继任军机大臣，兼管顺天府尹。"义和团"运动兴起时，他曾奉慈禧太后命至涿州(今涿州市)试探"义和团"虚实，并附和慈禧太后利用"义和团"的政策。八国联军攻陷北京时，随慈禧太后逃往西安。清政府与八国联军议和时，被指为"祸首"之一。次年，慈禧下诏令其自尽。

(8)卡莱尔(Thomas Carlyle,1795-1881):19世纪杰出的英国思想家、预言家、文学家和史学家,也是近代浪漫主义思潮的主要代表。他曾强烈谴责新兴的资本主义社会存在的弊端和近代工业文明的缺陷,是对辜鸿铭思想影响最大的西方人之一。据相关资料记载,辜氏少时在爱丁堡大学留学,卡莱尔正是他的导师。

(9)此句是辜鸿铭对《论语·为政》中一段话的翻译,这段话原文是:哀公问曰:"何为则民服?"孔子对曰:"举直错诸枉,则民服;举枉错诸直,则民不服。"此句翻译历来有争议。杨伯峻先生将其译为,"提拔正直的人放在邪恶的人之上,百姓就服从了,若是提拔邪恶的人放在正直的人之上,百姓就不会服从。"

(10)《京报》:清代民间"报房"商人以抄录邸报(清王朝出版的政府官报)而翻印出版的报纸,因其封面多用黄纸,俗称"黄皮京报",内容以报道官吏任免消息和皇帝谕旨为主。

(11)这种集会称"Pro-Broer"。

(12)贝尔福(Arthur James Balfour, 1848-1930):英国首相(1902-1905)和外交大臣(1916-1919),保守党首领之一,是1902年《英日同盟条约》和1904年《英法协约》的策划者。他曾于1917年发布《贝尔福宣言》,表示英国赞同"在巴勒斯坦为犹太人建立一个民族之家"。

(13)指1891年的长江教案。

(14)此文原作于1891年长江教案时期,最初发表在《字林西报》上。

(15)清光绪四年(1878年)八月初三,因英传教士胡约翰非法私购位于乌石山道山观房地和文昌官公地,还扩大占地,乌石山董事林应霖等百余人控告其侵占公地。官吏会勘屋基时,该传教士谩骂呵逐民众。林依奴等遂怒烧新洋楼一座,结果被判罪。林应霖等不服上告,迫使英方派员查卷会勘,在领事馆法庭上,英驻华最高裁制长不得不承认在乌石山所购公地不合法、宣布房契无效,民众保地获胜。

(16)外国人也有将中国称之为花国的,如美国北长老会教士克陛存1857年所写的关于中国华北宗教和迷信的著作就被称为《花国的蒙昧》(Darkness in the Flowerly Land)。

(17)吾岂好辩哉,吾不得已也。——原注

(18)喀西尼(Arthur Palovitch Cassini, 1835 -?):俄国外交官。1891-1897年任驻华公使。与李鸿章往来甚密。1905年和威特代表沙俄与日本签订日俄和约。

(19)伊藤博文(1841-1909):日本政治家,1885年起曾四任日本首相。在日本进行欧化改革。任内曾发动侵华的甲午中日战争。1898年曾来华游历。

(20)外国人通常译作"to humbug"(哄骗)——原注

(21)窦纳乐(Dhrde Maxwell MacDonald,1852-1915):英国外交官,陆军出身。1896-1900年任驻华公使。义和团运动发生后,窦氏被外交团推为使馆区司令。后调任驻日公使。

(22)它发表在日本人佐原笃介编辑的(拳匪纪事,一书中。——原注

(23)人们反复指称中华帝国政府发布过一个灭绝洋人的政令,然而绝不存在这样一个政令。5月24日的政令,只是一份宣战书。戳穿西洋镜是有益的。——原注

(24)比如对保定府那个司库的处罚,就假定他真是像所指控的那样是罪犯。但在这一事件中,联军没有意识到他们的动机是不友好的,因此,中国人将这种处罚看成是一种背信弃义行为。刘(坤一)总督对此感到"哀愤"。——原注

(25)实际上,皇太后陛下将审判特大政治犯的事宜,委托给公认的最高法庭来执行。这一法庭称之为"三法司"。它由相当于上议院的大理寺卿,都察院(相当于下议院)左都御史,和刑部尚书组成。在目前这个案件中,因为罪犯里有亲王,所以以内务府总管取代大理寺卿。——原注

(26)总理衙门是一个专门商讨对外事务的委员会，就像美国的外交事务委员会一样。它是一个审议和协商机构。其最大缺点，无疑是没有一个主事人。但目前的设置是有理由的。首先，在北京的各部衙门实际上都是审议和协商机构。唯一的执行机构是军机处或内阁(被误称为最高议事会)。其次，因为中国是一个真正的立宪政府，即必须仰赖知识阶层清议支持的政府。因此，在各大都市的政府部门中，设立一个由所有知名人士参加的对外事务协商委员会，还是必要的。然而，外国使臣不努力去了解总理衙门存在的理由，却反对它的名称，仿佛玫瑰换了别的名字，闻起来就不香了似的！——原注

(27)《议和大纲》规定："诸国人民被戕害凌虐之各城镇，五年内概不得举行文武各等考试。"

(28)前任上海道台。——原注

(29)比肯斯菲尔德(Beaconsfield，1804-1881)：英国政治家和作家，近代英国保守党的主要缔造者，所谓托利民主政治的奠基人。1868年受命组阁。从1874-1880年几度出任首相期间，与格莱斯顿领导的自由党人进行了激烈斗争。1876年被授予伯爵爵位。

(30)威妥玛(Thomas Francis Wade，1818-1895)，英国外交官，汉学家。陆军出身。参加过侵华的鸦片战争。退伍后开始了在华外交官的生涯，1871-1882年任驻华公使。曾与李鸿章签订《烟台条约》。归国后于1888年任剑桥大学第一任汉文教授。他编有英汉字典，著有《语言自迩集》等书。所创汉字罗马拼音方法，至今仍为研究汉学的外国人所用。但他对中国态度非常傲慢，并不像自己所标榜的那样友好。

(31)见其《尤利西斯之弓》——原注。弗劳德(Jarlles Anthony Froude，1818-1894)：英国历史学家和作家。卡莱尔的友人和信徒，也是卡莱尔遗嘱指定的处理其文学遗著者之一。曾发表卡莱尔的回忆录，著有《信仰的因果》、《托马斯·卡莱尔——他的一生的前四十年》等。因为卡莱尔的缘故，辜鸿铭也常看弗劳德的书。

(32)西摩尔(Edward H.Seymour，1840-1929)：英国海军上将，曾参加侵华的第二次鸦片战争。1862年他又参与镇压太平天国的战争。1900年他任英国东亚舰队总司令，率队进攻北京，在廊坊附近曾为义和团和清军挫败。

(33)罗斯金(Ruskin，1819-1900)：近代英国著名政治家、文艺评论家、浪漫主义文化思潮的重要代表。他谴责近代资本主义制度的不合理和罪恶，痛恨资本主义文明的功利主义、实用主义和商业主义精神，具有浓烈的返古意识。他还将其乌托邦的复古计划付诸实践，其思想对辜鸿铭影响颇大。

(34)这种说法严格说来不确切。太平天国起义，一般认为从1851年11月11日(道光三十年十二月十日)开始，地点是在广西金田，而不是广东。

(35)见其有关外交的四篇演讲，1868年发表于伦敦。——原注。

(36)这是贺拉斯(Horace)讽刺诗第二集第一首中的一句。在这首长诗中，贺拉斯说明了他写讽刺诗的原因，他说他有一种"不能抑止的内在冲动"。

(37)端王，即载漪(1856-1922)，爱新觉罗氏。1894年封端郡王。其妻为慈禧太后侄女。1900年慈禧曾立其子溥儁为"大阿哥"(即皇储)，准备废黜光绪帝，义和团运动中，他主持总理各国事务衙门，利用义和团捧外，以达"废立"目的，并，力主攻东交民巷各使馆，坚持处死反对宣战者，后随慈禧西逃。庚子议和时，被指为"首祸"，发往新疆监禁。

(38)腓特烈大帝：普鲁士国王(1740-1786)，

(39)张伯伦(Joseph Chamberlain，1836-1914)：英国帝国主义扩张政策的倡导者，初为自

由党急进派,后成为保守党右翼。1895 年任英国殖民大臣,推行扩张政策,力图加强控制各自治领的经济,宣扬保护关税,倡议实行帝国特惠制。任职期间,曾挑起与非洲布尔共和团的战争。

(40)德兰士瓦:原为布尔共和国的城市,现为阿扎尼亚省名。

(41)犹大:耶稣的十二使徒之一,出卖耶稣者。这里指伪装亲善的叛卖者。

(42)此地曾囚禁过拿破仑。

(43)《圣经·新约》中,在耶稣受难之前,其门徒彼得曾三次不识其主。

(44)指知道自己的利益所在。

(45)译者采纳其大意,作了如此翻译。

(46)指秦始皇"焚书坑儒"之史事。

(47)本是古罗马的独裁者,后成为西方帝王习用的头衔,这里用的是后一种意思。

(48)辜鸿铭这里指的是法国大革命。

(49)本文最初是写给《日本邮报》编辑的信。——原注

(50)"张们",指张之洞这样的人;"刘们",指刘坤一这样的人。他们当时一为湖广总督,一为两江总督,是"东南互保"的中方盟主,对慈禧太后忠心耿耿,且当时都有备战措施。

(51)原文为拉丁文,Tu regere imperio populos,Romane,memento!

(52)罗斯伯里(Rosebery,Archibald Philip Primrose, 1847–1929),英国政治家,曾任首相。

(53)比肯斯菲尔德伯爵,即本杰明·迪斯雷利(Benjamin Disraeli, first Earl of Beaconsfield, 1804 年–1881 年),英国保守党领袖,曾两度担任英国首相(1868□874~1880)。1876 年 8 月维多利亚女王加封其为比肯斯菲尔德伯爵□进入英国上院。

(54)"允执厥中",出自"人心惟危,道心惟微;惟精惟一,允执厥中。"这十六个字乃是儒学乃至中国文化传统中著名的"十六字心传"。此语在《尚书·大禹谟》中有记载,据传,当年尧帝把帝位传给舜的时候以及舜帝把帝位传给大禹的时候,其所托付的是天下与百姓的重任,也是华夏文明代代相传的火种。其中寓意深刻,意义非凡。这里化用此语,意在表现该语的特殊意义:在公允统治方面,中西可谓殊途同归。——译者注

(55)即 Claude MacDonald,当时的英国驻华公使。

(56)阿诺德(Matthew Arnold,1822–1888):英国 19 世纪著名诗人、社会批评家,浪漫主义文学思潮的重要代表。他对近代资本主义文明十分厌恶,认为近代工业革命发生以来,社会各阶层都丧失了文化教养,常对希腊、罗马的典章、文物制度表示向往。他的思想对辜鸿铭产生了较大影响,辜氏经常引用他的言论。

(57)洋泾浜英语称之为"Savcy"。——原注

(58)歌德,《浮士德》的作者,18 世纪德国大文豪,辜氏最为推崇的欧洲人之一。

(59)俾斯麦(Bismarck,1815–1898),普鲁士王国首相(1862–1890)和德意志帝国宰相(1871–1890),曾推行"铁血政策",通过三场王朝战争统一了德意志诸邦,确立了德国在欧洲大陆的霸权。

(60)毛奇(Moltke,1800–1891),一称老毛奇。德国军事家,曾担任普鲁士和德意志军队的参谋总长。策划和指挥过普法战争。他著有多种军事著作,其军事思想在德国军人中存在很大的影响。

(61)约翰·诺克斯(John Knox,1505–1572),苏格兰著名的宗教改革者。

(62)此处指的是腓特烈二世(Frederick Ⅱ,the Great 1740–1786),他执政期间,锐意改革,使普鲁士崛起,步入欧洲强国之林。

(63)指瓦德西(Waldersee, 1832–1904),德国军官,曾于 1888–1891 年任德国陆军参谋总长,是老毛奇的继任人。八国联军侵华时,被推选为联军统帅。

(64)虔敬派:一译"虔诚派",是德国路德宗教会中的一派。他们认为宗教的要点不在于持守死板的信条,而在于日常生活中表现出"内心的虔诚"。他们提倡精读《圣经》,主张路德宗应作两大改革:讲道的重点不应放在教义上,而应放在道德上,只有在生活上作虔诚表率的人,才可担任路德宗的牧师。17 世纪 70 年代后曾在德国盛极一时,18 世纪 30 年代以来,逐渐成为少数狂热者的宗教社团。

(65)布莱特·哈特(1836–1902),美国近代小说家,生于纽约州的奥尔伯尼。1854 年随家迁往西部,做过矿工。1860 年定居旧金山,担任教员和编辑。1848 年,加利福尼亚发现金矿后,淘金者蜂拥而至。哈特曾用短篇小说的形式描写了淘金者的生活,他因特殊的写法被称为"西部幽默小说家"。哈特成名后迁居东部,曾出任美国驻德国和英国的领事。这里提及的 Ah sin 是他笔下的信异教的华仔阿辛。哈特围于当时流行的俗套见解,创造这样一个相貌不扬、性格古怪、阴险狡诈的华人形象。

(66)即拿破仑三世,又称路易·波拿巴。拿破仑之侄,1852 年建立法兰西第二帝国。在位时四处发动和参与侵略战争。普法战争中在色当战役失败被俘。巴黎革命时被废。

(67)海克尔(Haeckel, 1834–1919):德国自然科学家,达尔文学说的著名支持者。著有《人类的进化》等。

(68)波美拉尼亚:旧时普鲁士北部一省。

(69)伏尔甘(Vulcan):或译武尔坎,古罗马神话中的火和锻治之神。

(70)该隐(Cain):基督教《圣经》中亚当的长子,曾杀害他的弟弟。

(71)原文为法文:C' est le malheur dens gens honnetes quils sont des laches.

(72)原文为法文"1echeliar sans peur et sans, reproche。"

(73)那瓦尔的亨利(Henri de Navarre),即亨利四世 Henri IV(1553 年–1610 年),也称亨利大帝(Henri le Grand),1589 年–1610 年任法国国王。是波旁王朝的创建者。亨利四世结束了困扰法国多年的宗教战争。1598 年,亨利四世颁布了著名的"南特敕令"。在他统治期间,法国的经济在他统治时代发展起来,他也成为一个深受人民的爱戴的君主。

(74)此处指的是路易二世孔代亲王,他是亨利二世孔代亲王之子,历史上被称为"大孔代(the Great Condé)"。他初期参加了投石党运动,与政府作对,后来归顺了路易十四并成为其手下名将。

(75)梅特涅(Metternich, 1773–1859):奥地利帝国外交大臣和首相、公爵,近代外交理论的奠基者,极度敌视自由主义和革命运动,与拿破仑屡有接触。1848 年奥地利革命爆发时,被迫下台,流亡英国。

(76)墨丘利(Mercury):罗马神,为众神传信并掌管商业、道路等事务。

(77)柏伽索斯(Pegasus):希腊神,有双翼的飞马。被其马蹄踩过的地方有泉水涌出,诗人饮之可获灵感。

(78)胡格诺派教徒(Huguenot):16 至 17 世纪法国加尔文派教徒的称呼。

(79)耶稣会教义(Jesuitism);这里指虚伪、阴险、狡诈——这是一种主张只要目的正当,就可以不择手段的信条。这里的"耶稣会"为天主教会之一,反对宗教改革运动。

(80)美杜莎(Medusa):希腊神话中蛇发女怪,被其目光触及的人会化为石头。

(81)贝拉姆(Balaam):基督教《圣经》中遭驴子责备的先知。

(82)无套裤汉(Sansculone):法国大革命时期贵族阶级对激进的共和主义者的蔑称。

(83)田贝(CharlesDenby,1830-1904):美国外交官,1885-1898年任驻华.公使.陆军出身。写过不少关于中国的文章。

(84)北堂:北京著名的天主教堂。

(85)在《中法北京条约)的中文文本中有一条规定"并任法国传教士在各省租买田地,建造自便"字样。但在法文文本中,这一条连影子也看不着!此款乃是担任译员的天主教主教伪造的。——原注

(86)甘必大(Leon Gambetta,1838-1882):法国资产阶级政治活动家,第二帝国时期共和派左翼领袖,曾领导共和派反对保皇派恢复帝制的阴谋,捍卫了第三共和国。1879-1881年任众议院议长,1881-1882年任总理兼外交部长,推行殖民政策,主张对德国进行复仇战争。

(87)康格(Conger,1843-1907):1898年继田贝为驻华公使。1900年义和团运动时被围于东交民巷,使馆解围后奉召回国,以后的交涉由柔克义主持。《辛丑条约,签订后,又来华复任。1905年辞职回美。

(88)"人面兽"(Yahoos):英国作家斯威夫特的小说《格列佛游记》中的人形兽,指人面兽心之人。

(89)维吉尔(Virgil):古罗马著名诗人。

(90)坦慕尼协会(Tammany):纽约市有实力的民主党组织。

(91)语出《中庸》,或译为《"永恒秩序"之经》(The Book of Universal Order)。——原注

(92)我遗憾地看到有些日本兄弟已经沉醉于这种抹煞智愚差别的美国观念,他们希望废除或限制使用中文书法,因为在日本有人学不会中文书法和日文书法!——原注

(93)原文为法文;1es chevaux dolvent mener le cocher.

(94)有教无类,语出《论语》第15章。——原注

(95)德穆兰(Camille Desmouiins,1760-1794):18世纪法国资产阶级革命时期活动家,新闻记者。后参加雅各宾俱乐部。雅宾专政时期,与丹东一起公开反对实行革命恐怖和普遍限价政策,1794年4月被处死。

(96)辛迪加:一种企业联合组织。

(97)语出马蒙太尔的小说《Beliasaire》。在这里,我冒昧地建议懂法语的日本王储陛下应读读此书,有可能的话,令人将其译成日文。——原注

(98)"尊王攘夷":这里的"夷"(heathen)字,在条约中已被禁止使用。它一般被错误地译成"barbarian"。"尊王攘夷"四字,1860年曾被日本爱国者用作他们的口号。这些日本爱国者被那些进步的无可挑剔的外交官们称之为"夷",并被当作"反动分子"受到追捕。1900年"义和团"的口号"扶清灭洋"(扶助清朝、打倒洋人),是这四个字的意译。——原注

(99)丁尼生(Alfred Tennyson,1809-1892):英国诗人。1850年发表诗集《悼念》,得到女王赏识,被封为"桂冠诗人",作品格律严谨,声调和谐,被认为是维多利亚时代最杰出的诗人。

(100)理雅各(James Legge,1814——1897):19世纪英国最伟大的汉学家。1839年启程来华,1840年到马六甲,出任英华书院院长。奠定他汉学地位的,是他从19世纪60年代开始翻译出版的《中国经典9系列》,在25年内陆续出齐。这些翻译以严谨著称,不少至今仍受到推崇。1875年,牛津大学特别为他设汉文讲座,一直任教至死。除翻译中国经典外,他的著作还有(孔子的生平及其学说》、《孟子的生平及其学说)、《中国的宗教》等。

(101)德川家康(1542——1616):日本江户幕府的创建者。1590年随丰臣秀吉灭北条氏,

领有关东八州,筑江户城。为丰臣氏"五大老"之首。秀吉死,辅秀赖。1600 年打败秀赖一派,掌握全国大权。1603 年任征夷大将军,开幕府于江户。1615 年灭丰臣氏,次年病死。

(102)日本《外史》卷 22。——原注

(103)"贼"字用作动词时,是指存心、残忍的伤害,所谓"害也"。——原注

(104)无政府状态(Anarchy):不少学者将此词译作"混乱",亦可。

(105)原文为德文:

Was ist abet die grosse aufgabe unserer Zeit?

E' ist die Emancipation,nicht bloss die der lrl~nder,

Grieehen,b–e.,Sondernes ist die Emancipation derganzen

Welt,absonderlich Eurcpa's,das mundig geworden ist.

(106)乌尔班二世(Urban Ⅱ,约 1042–1099),罗马教皇(1088–1099 在位),为扩张教权,与德皇亨利四世、法王腓力一世相争。1088–1089 年企图使东罗马帝国的教会听命于教皇,无结果。1095 年召开克勒芒会议,煽动第一次十字军东侵。

(107)1895 年,德皇威廉二世送给俄国沙皇尼古拉二世一幅《黄祸图》。他画的是一幅草图,后来再由一位德国名画家加工而成。图中的意思是"黄种人"的崛起将给欧洲白人带来威胁,欧洲白人应当联合起来,抵制来自他们的入侵。辜鸿铭对"黄祸论"的驳斥,是近代中国人中最早的。但他对德皇绘制《黄祸图》动机的解释,却只是他的一厢情愿,并不符合事实。

(108)麦嘉温(John Macgowan,? –1922):英国伦敦会在华传教士,近代汉学家。1860 年来华,在中国生活了几十年。曾著有《近代中国的人和生活方式》、《中华帝国史》等书,对中国人的自治能力甚为欣赏。

(109)赫胥黎(Huxley,1825–1895):英国杰出的生物学家,主张生物进化论的达尔文系统的普及者。

(110)卡诺沙(Canossa);意大利北部的古城堡(在今勒吉奥的附近卡诺沙村)。神圣罗马帝国皇帝亨利四世因同罗马教皇格列高利七世争夺主教叙任权,被后者是开除教籍,帝国境内诸侯乘机叛离。1077 年 1 月,亨利被迫冒着风雪严寒,翻越阿尔卑斯山到卡诺莎向教皇"悔罪"。据载,亨利身着罪衣,立于城堡门口三昼夜,始得教皇赦免。后来"往卡诺莎去"成为屈辱投降的同义语。但辜鸿铭这里有意指回归教士统治时代。

(111)此信录自 1923 年《北华正报》社重版《尊王篇》一书书前附言部分。艾文斯(Robley Dunglison,1846–1912):美国海军将军。1902 年任美国亚细亚舰队总司令,1907 年奉罗斯福总统命率美国海军舰队访问全球。此信写于中国海岸,他收到辜鸿铭所赠《尊王篇》——书,阅后复信。信中所谈即此书。

(112)这段美国文豪爱默生的话,辜鸿铭一生常挂在嘴上,曾在论著中反复使用。不过使用时,可能是凭记忆之故,常略有出入。

(113)莫理循(George Ernest Morrison,1862–1920):生于澳大利亚的英国人。1897 年,他担任《泰晤士报》驻北京记者,是当时舆论界的活跃人物。他主张中国在政治上推行"西化"改革,经济上加强同英国的贸易关系,因而为辜鸿铭所厌恶。

(114)濮兰德(John Otway Percybland,1863–1945):英国人,曾任职于中国海关,担任上海英租界工部局秘书长,后为中英公司驻华代表。他是一个敌视中国的新闻记者,经常在《泰晤士报》上发表反对中国的文章,著有《中国:真遗憾》等。

(115)此段引文与 1910 年版略有差异。

(116)雅各宾主义:即所谓过激主义。这里是对法国大革命时期雅各宾派激进革命主张与实践的蔑称。

(117)一个中国官员:这是辜鸿铭假托,实际上是他自己。

(118)辜鸿铭在此指的是武昌起义和辛亥革命。他以为这场革命形同义和团暴乱,不过暴乱者具有所谓"新学"知识。

(119)伍廷芳(1842-1922),广东新会人,生于新加坡。曾留学西洋,任香港律师。后回国入李鸿章幕,曾任修订法律大臣,会办商务大臣,驻美国公使等职。武昌起义后,宣布赞成共和,并与陈其美等发起成立"共和统一会",旋任南方良军代表,与袁世凯派出的代表进行南北议和,南京临时政府成立后,任司法总长。

(120)指戊戌变法。

(121)辜氏原译将孟子此言顺序打乱了,译为"得乎天于为诸侯,得乎诸侯为大夫,得乎邱民为天子。"他将"邱民"译成"普通国民"。

(122)纽曼博士(John Henry Newman,1801-1890)英国国教会内牛津运动的主要领导人,初系英国国教会信徒,抨击天主教。1833 年与凯布勒发起牛津运动,呼吁恢复英国国教会的早期传统,提倡恢复严谨的纪律,持守正统教义,维持圣事和教会礼仪等。后发表文章公开表示撤回对天主教的抨击并加入了天主教。引起英国国教内的极大震动。1864 年发表名著《为自己的一生辩护》(即通常所谓"辩护书")1878 年,被教皇利奥十三世选为红衣主教。

(123)马基雅维利主义(Machiavellism):意大利政治家兼历史学家马基雅维里的政治学说,指为达到目的,可以不择手段的理论旨意。

(124)罗伯斯庇尔(Maximilien de Robespierre,1758-1794):18 世纪法国资产阶级革命时期雅各宾政府的实际首脑。

(125)梁敦彦:字崧生,广东顺德人。第一批赴美的留学幼童之一。回国后长期。在张之洞手下任职,曾官至外务部尚书。民国时曾参予张勋复辟,负责外交联络。

(126)指出任上海黄浦浚治局督办。

(127)高教会派:英国注重教会礼仪的圣公会中的一派。

(128)知识,如果其内在固有的"优雅"不复存在,就是英国人所说的"常识"。这种"常识",或曰丧失了优雅的"知识",如果它因为遭到滥用而变形扭曲,变得麻木而僵化,就是卡莱尔所谓的"狐狸之智",马修·阿诺德称之为"庸人市侩的知识"。卡莱尔将这种知识称为狡猾的"狐狸之智",乃是因为它被人的欲望扭曲了。这种狐狸或庸人的知识,对于我们日常工作有用——例如征收关税、搞统计等——但绝不能用在与教育有关的工作上。究其原因,乃是在于此种知识能予人才智,但不能提升人之品德;能够开化人的头脑,但不能滋养人的心灵。孔夫子在谈到教育时曾说:"大畏民志,此谓知本,此谓知之至也。"(要以一种焦急而敬畏的心态关注人民的爱好,这是教育的根本问题——也就是最高的教育。)再者,"狡猾的狐狸之智",对于修铁路、开纱厂、造电机来说是有用的,却不能用在与文化有关的课题上——因为它"不仁",不知道同情为何物。

穆罕默德说:"真主将同情放在你的心中。"正因为这种被欲念所强化的"狐狸之智"已不知同情为何物——现在已不幸地成为控制各民族生活和文明命运的至上力量——从而使我们能够说明,对于下述问题,何以那些受过教育的大人们看不到或意识不到:一味追求自己生活上的舒适、奢华和绚丽多彩,却不顾周围的人们正在挨饿或仅能解决基本的温饱问题,硬要强迫他们与之进行贸易并修铁路,这不仅不道德、不公正,而且在情趣上也卑劣至极,太不像话。爱默生说:"过一种相当克己或极为慷慨大方的生活,似乎是一种(舍己为人)的苦行主义。一般善良的

人们，常常认定那些悠闲富裕者即是如此。理由是，他们对受苦受难的广大民众怀有兄弟般的情谊。"——原注

(129)典出《圣经》：位于耶路撒冷的死海崖边长着一株苹果树，人们听说树上的果实相当甜美，但是一旦摘下苹果想咬的时候，它就会立刻变成砂土散落而下。

(130)在中国，太平军发动的那场旨在根除国家癌变的叛乱，是在南方的广州附近发起的。因为在那里，这种国家的癌变突然加剧，至于原因，则应归咎于中外贸易和英国的特殊商品，鸦片。义和团运动对这一癌变的涤荡——正如我们从发生在天津的那场短促而又可怕的暴乱中可以看到的，其内在意义也在于这一点。义和团运动起于天津，因为那里的人民最为深切地感受到了李鸿章及其所谓的"新学"所导致的国家癌症的痛楚。——原注

(131)曾国藩曾说："我令儒生率农夫以平天下。"——原注

(132)帕麦斯顿(Henry John Temple Palmerston，1784-1865)，一译巴麦尊。此人曾三度出任英国外交大臣，两度出任英国首相(1855-1858，1859-1865)。原先为托利党人，后来成为辉格党人。在他任内，曾两次发动侵略中国的鸦片战争，并协助清政府镇压太平天国叛乱。

(133)文祥(1818-1876)，满州正红旗人。瓜尔佳氏，字博川，号文山。道光年间进士。1861年，他与恭亲王奕䜣、大学士桂良奏请设立总理各国事务衙门，任衙门大臣。他官至户部、吏部尚书、晋武英殿大学士。自1861年至死，他兼任军机大臣和总理衙门大臣达15年之久，是著名的洋务派首领之一。

(134)同文馆：也称"京师同文馆"，清末最早的洋务学堂。由奕䜣、文祥等奏设。最初主要是为了培养翻译人才。除学习外国语言外，还开设算学、化学、万国公法等课程。在经费、人事等方面，多受总税务司、英国人赫德控制。美国人丁韪良曾任总教习多年。1902年，并入京师大学堂。

(135)即丁韪良(William Alexander Parsons Martin，1827-1916)，美国教会长老会传教士。1850年来华传教。1865年为同文馆教习，1869年被赫德荐为总教习直至1894年，后还担任过京师大学总教习。著有《花甲记忆》等书。

(136)约翰·纽曼(John Henry Newman，1801-1890)，英国著名天主教主教、哲学家、教育家，毕业于牛津大学三一神学院，后来又以牛津大学为基地，和皮由兹等人一起，发动了英国近代基督教史上的改宗天主教的"旋风"。

(137)李鸿藻(1820-1897)，直隶高阳(今属河北)人。字寄云，号兰孙。咸丰年间进士，曾为同治帝师，掌管翰林院。曾任军机大臣、总理衙门大臣，授协办大学士。光绪初年，以清流议政，名重一时，称为"清流头"。以他为首的清流党，则称为"前清流"。

(138)张佩伦(1818-1903)，直隶丰润(今属河北)人。字幼樵，同治年间进士。曾任翰林院侍讲学士，充日讲起居注官。他是19世纪70、80年代清流派的主角，与张之洞并称为"清流角"，是"翰林四谏"之一。1884年，他被派赴福建办理海疆事务。在马尾海战中，因没有做充分准备而致使福建水师全军覆没，被革职充军。后来，他进入李鸿章幕并成其女婿。值得一提的是，此人的孙女乃是著名女作家张爱玲。

(139)陈宝琛(1852-1935)，福建闽县(今闽侯)人。字伯潜，又字庵，同治年间进士，授翰林院庶吉士。入阁后以敢谏著称，是"清流党"健将，称为"清流尾"。1896年被黜，回原籍赋闲二十年。辛亥革命前夕起用，任山西巡抚，未到任。后来，他被留作溥仪的师傅，成为"末代帝师"，并支持溥仪复辟。

(140)徐致祥：浙江嘉定人，同治年间进士。亦为著名的清流人物，曾官至大理寺卿。

(141)1893年，徐致祥上奏，劾张之洞"辜恩负职"、"滥用公款"、"起居无节"等。经两广总

督李瀚章(李鸿章之兄)核查,将徐氏之参驳回。

(142)格莱斯顿(William Ewart Gladstone,1809-1898),英国自由党领袖,曾两次担任英国首相,长达 14 年之久。他对内实行温和改革,对外推行殖民政策。

(143)李提摩太(Timothy Richard,1845——1919),英国传教士,威尔士人。1870 年来华传教,并与清朝官僚结交,曾对张之洞、李鸿章等洋派官僚产生过一定影响。后任广学会总干事,出版《万国公报》等书刊宣传基督教,传播西学,并支持康有为领导的维新变法运动。其一生主要致力于宣传让中国接受外国人的"保护"、"开化"和统治管理的所谓"新政策"。

(144)宓吉(Alexander Michie,1833-1902),英国人,1853 年来华经商。后任伦敦《泰晤士报》驻华通讯员,并担任李鸿章的顾问。著有《英国人在中国》一书,即《阿礼国传》。

(145)即著名的《劝学篇》。该书署名作者为张之洞,出版时间是光绪二十四年(1898 年)三月。全书 24 篇,4 万余言,分内外篇,内篇强调封建伦理纲常有关世道人心,不能动摇,此为"本";外篇认为有关工商业和学校报馆诸事,可以而且应该举办,此为"通"。"内篇务本,以正人心;外篇务通,以开风气"。全书贯穿"中学为体,西学为用"的宗旨,猛烈攻击维新派"开议院、兴民权"之说,又竭力颂扬清王朝"德泽深厚",一味"教忠明纲",故得慈禧太后和光绪赏识,认为其"持论平正,通达",下令广为刊布,实力劝导。该书出版后,当即被外人译成英法文出版。1900年,美国传教士吴板桥将其译为英文,题为《中国唯一的希望》。

(146)当梁王问孟子不远千里而来,有没有对梁国有利的办法时,孟子对曰:"王何必曰利,亦有仁义而已矣!"但现代那些基督教在华传教士,那些新学的倡导者们,如果清朝大臣们问及基督教中正义的完整意义时,将答曰,"何必曰义,亦有铁路、最惠贷款而已矣。"借此机会,我想指出的是,我出席过许多在华传教士与总督、巡抚和各种清朝官员的谈话会,但从未听到他们谈论像"基督教中正义的完整意义"这一类问题。所有的谈话全都是关于铁路、科学、财政,医药、技术教育和反缠足的。——原注

(147)这里是指引狼入室,引祸进门。在特洛伊战争的第十个年头,希腊人制造了一个大木马,内置勇士若干,特洛伊人听信一个战俘的谎话,将木马拖入城内。结果希腊人得以里应外合,攻陷特洛伊城。

(148)裕禄(约 1844-1900)满州正白旗人,喜塔腊氏,字寿山。监生出身,1887 年授湖广总督,因反对修芦汉铁路被降职。1898 年升为军机大臣、总理衙门大臣。旋任直隶总督兼北洋大臣。义和团运动初起时主张镇压。后清廷改剿为抚,他亦改为利用义和团以达到排外的目的。八国联军攻占天津后,他败闯北仓,北仓败,自杀于杨村。

(149)荣禄(1836-1903)满洲正白旗人,瓜尔佳氏,字仲华,荫生出身。百日维新开始后不久,出任直隶总督兼北洋大臣,为慈禧太后所宠信。后得袁世凯密报,帮慈禧镇压了维新运动。义和团运动期间,他任军机大臣,节制北洋海陆各军。他曾屡次请求镇压义和团,保护外国公使馆。

(150)目前这一代皇室后人或满洲贵族成员,由于离群索居,其为人行事从某种程度上说,比较刻板生硬,过分自律,不够镇定自若,加之从小家境优裕,生长于温室之中,所以"不善交际"(gaucherie)。就连那桐和铁良也不例外,他们没有自信,也缺乏在上流社会有广泛交往、见过世面的人们的那种涵养(Savoinivre)。——原注

(151)子路,儒家学派中的"彼得",这个孔子最勇敢的弟子在初次见孔子的时候,孔子问他:"汝何好乐?"对曰:"好长剑。"孔子曰:"吾非此之问也。徒谓以子之所能,而加之以学问,岂可及乎?"子路:"学岂益哉也。……南山有竹,不柔自直,斩而用之,达于犀革。以此学之,何学之有?"孔子曰:"栝而羽之,镞而砥之,其入之不亦深乎?"子路再拜曰:"敬而受教。"——原注

(152)赛希尔(Cecil):索尔兹伯理勋爵的本名。

(153)董福祥(1840-1908)甘肃固原人,造反起家,后被左宗棠收编。所属官兵多为甘肃人,称甘军。曾参与收复新疆之役。1897年调防北京,编为荣禄所辖武卫后军。义和团运动爆发后,参与围攻使馆,杀死日本公使馆书记生杉山彬。(辜鸿铭此处有误,德国公使克林德并非为甘军所杀,而是被端王的虎神营士兵打死的)。庚子议和,董氏被指为"首凶",但因他握有甘军实力,虑"激变",清廷仅予革职处分。

(154)庆王,即奕劻(1836-1918)爱新觉罗氏,乾隆帝第十七子永璘之孙。1884年封庆郡王,1894年封庆亲王。八国联军攻入北京后,他奉命留京,与李鸿章为全权大臣,与列强议和。后任内阁总理大臣。此人贪鄙昏庸,纳贿卖官,结私揽权,是袁世凯在京的靠山。

(155)罗伯特·沃波尔 (Robert Walpole, 1676-1745)英国民主党领袖,两度任财政大臣(1715-1717, 1721-1742),后一任时间极长,成为内阁事实上的掌权者。

(156)在我与黄浦江的污泥之龙奋力拼搏的时候,一个上海的高级律师告诉我,按照英国的法律,除了法官和警察之外,受贿不算犯法。在华外国人,当他们听说一个中国官员,像上海道台这样的公职人员捞钱致富的时候,会立刻厌恶地指手划脚说,中国必须改革。而当上海和其他地方的国有公司经理,那些和上海道台或两江总督一样的公职人员,以自己公司的股份进行投机,稳操胜券地赚大钱,发大财的时候,英国人却说:"这当然是不道德的,'它违反了最高的道德'。但是,唉,罢了,天天如此嘛。"——原注

(157)这里,我转述一幅弗雷德里克·特力乌斯(Frederick Treves)爵士在《灯笼的另一面》一书中所提供的画面,它是描写中国的伯明翰——广州的。中国的约瑟夫·张伯伦,即袁世凯的朋友和追随者们,还有中国的伦敦佬,那个布雷特·哈特(Bret Harte)笔下的阿新,都来自这个地方。特力乌斯写道:"广州是一个梦魇般的城市,一切都是那样令人不可思议。街道阴暗狭窄不见天日,空气中散发着令人窒息的恶臭。巷子里挤满了菜色的人群,有的衣着肮脏,有的裸露着黄皮肤。他们光着脑袋龇牙咧嘴,他们战战兢兢,鬼鬼祟祟,从一条巷子移向另一条巷子,带着诡秘奇异的神情,使人一看见他们,就不由自主地想到他们的邪恶、可怕的暴乱和刻毒的残忍。"对于这样一个没有思想的英国贵族来说,一个衣着肮脏,拖着豕尾,黄皮肤的中国人,只不过是一个低劣的人而已。他无法透过表面的黄皮肤看到其内在之物——那种中国人的道德特质和精神价值。如果他能够的话,他将看到在拖着豕尾、黄着皮肤的中国人的内里,还别有洞天。在那里,他将看到道教及其胜过古希腊男神女神的神仙群像,他将看到佛教及其无限悲天悯人的诗歌,它们与但丁那深邃的诗歌一样的美妙、伤感和深沉,最后,他还将发现儒教及其"君子之道"。几乎没有英国人能够料到,这种包含"君子之道"的儒教,总有一天将改变欧洲的社会秩序并摧毁欧洲文明。但那个没有思想的英国人看不到这一切。对于他来说,一个留着豕尾、黄皮肤包裹着的中国人,就只不过是一个黄皮肤包裹着、留着豕尾的中国人而已,再也没有任何别的意义。——原注

(158)兰斯东(Henry Charles Keith Lansdowne, 1845——?),英国政治家,此人是一个强权人物,曾任驻印总督。

(159)铁良(1863-1938),满洲镶白旗人。字宝臣。曾任户部、兵部侍郎。1903年赴日考察军事,回国后任练兵大臣,继任军机大臣,陆军部尚书。1910年调任江宁将军,辛亥革命时,负隅顽抗,兵败逃。

(160)上海的纳税人们应该好好反省一下了:否则,那个"警察"——我指的是"警察"的鬼魂——将逐渐膨胀,直到将整个租界建成一个大兵营供其居住,而所有非警察人员都将没有房

子栖身。除非上海志愿队向道台衙门甚或南京进军,以武力迫使道台或两江总督把江苏全省都划归他们,扩大租界。有头脑的英国人应当铭记戈登将军的话:"一个心怀不满的民族,意味着更多军队。"军队或警察越多,纳人要掏出的钱就越多。聪明人一点就透。——原注

(161)真正的军国主义甚或战争,即真正的武力,并不是不道德的。但是,侵略主义或假军国主义,比如欧洲目前建造无畏战舰的竞赛,不惜浪掷金钱维持那些穿红色硬领制服的人们(指军人)无度的消费来保证"和平",这种侵略主义或假军国主义,在中国,正如我们知道的,它意味着捍卫各种条约中的"神圣权利",意味着不惜浪掷金钱前来拜见已故皇太后,向她表示"真诚的友谊",不是吻她的双颊或握她的手,而是在她的面前,在她那些扬子江岸饥饿的人民面前,把无畏战舰开来开去,耀武扬威。我说过,侵略主义,比如现代欧洲的假军国主义,不是真正的武力,而是腐朽的酿乱力量——它是不道德的。古斯塔夫·阿道弗斯(Gustavus Adolphus)、奥立瓦·克伦威尔和腓特烈大帝的真正军国主义,都不是不道德的。因为这些军国主义带来的结果,正如我们知道的,是持久的和平,对于欧洲人民来说,是一个更好的社会秩序和繁荣局面。但是,路易·拿破仑的侵略主义或假军国主义则不道德,其结果是一场大毁灭和巴黎公社的出现。约瑟夫·张伯伦的侵略主义或假军国主义也是不道德的,其结果并未带来和平与繁荣,而带来的是鼓吹妇女参政的那些女人,她们尖声叫喊并与英国警察搏斗。海军上将阿列克谢耶夫(1843-1909,俄国东亚舰队总司令——译者)的侵略主义,连上海人也该知道,它带来了——不说别的——起码是给上海带来了贸易萧条和一段难熬的岁月。——原注

(162)辜鸿铭始终认为日本文明是真正的儒家文明,日本妇女是真正的中国式妇女。

(163)杨格非(Griffith John,1831-1912):英国伦敦会传教士,1855年来华,先在上海传教。1861年从上海出发,遍历华中各省,为第一个深入华中的基督教传教士,最后卜居汉口,在两湖传教,有"街头传教士"之称。据说所设福音堂达百余座。曾在汉口创办博学书院,后改为杨格非学院,培养华籍传教士。著有(对中国的希望、《中国的呼声》等书。

(164)《犹大书》:《新约》中的篇名。

(165)潘神(Pan),希腊神话中的人身羊足,头上有角的畜牧之神。

(166)今日英国那些"市井之人",那些没有高贵品质的悲观主义者和犬懦,他们对法国人以其更灵敏和细腻的感觉称之为 "la brutalite des journurnx anglais"("英国新闻的暴行")的东西,那种他们无法理解的东西负有责任。——英国的市井,他们不是公正地考虑和人道地对待"女拳民"或英国如今的那些女权主义者,而是用粗俗和不正经的称呼来嘲弄这些贫苦的不堪折磨的高贵疯妇,以此表明其无耻的犬儒主义或卑鄙的恶毒,就像上海的一份最有名的英文报纸习惯于称中国富有"贵族之风"的妇人——已故皇太后为"女仆"一样。——原注

(167)端方(1861-1911),满洲正白旗人。托忒克氏。字午桥。1899年护陕西巡抚。1900年慈禧逃到西安,他拱卫周祥,得宠署湖广总督。1904年调江苏巡抚,摄两江总督。1905年与载泽等五大臣出国考察宪政,四国后,建议朝廷预备立宪。1909年因在东陵拍摄慈禧葬仪,被摄政王免职。1911年起用为督办铁路大臣。在镇压四川保路运动中,被起义新军所杀。

(168)韦利尔斯(George Villiers,1592-1628):英国海军将领,曾获白金汉公爵称号。

(169)德赖登(John Dryden,1631-1700):英国诗人和戏剧家。

(170)那桐:(1856——1925),系内务府镶黄旗满洲人,叶赫那拉氏,字琴轩,光绪年间举人。初任户部主事,八国联军攻入北京后,充留京办事大臣。1903年为外务部会办大臣。1906年授体仁阁大学士。1909年为军机大臣。皇族内阁成立时,为内阁协理大臣,辛亥革命后卒于天津。

(171)即吴懋鼎,字调卿,安徽人,早年为天津汇丰银行买办。为李鸿章的淮军购买军火。戊戌变法时期为农工商总局的三名主事之一,曾创办天津火柴厂等实业。

(172)福开森(John Calvin Ferguson, 1866–1945),美国人。1888年来华传教,创办汇文书院。1897年辞教会职,协助盛宣怀创办南洋公学。曾充盛宣怀和端方的顾问。民国后,还曾任北洋政府和国民党政府的顾问。他研究中国美术有成绩,是著名的"中国通"。

(173)联芳:汉军镶白旗人,字春卿。同文馆卒业,曾赴法留学。1910年由部侍郎升任荆州将军。

(174)锡良(1853–1917),蒙古镶蓝旗人。巴岳特氏,字清弼。同治进士。山西任知县,逐级升迁。1900年任山西巡抚。后又曾任湖北巡抚、河南巡抚、都统、四川总督、云贵总督。1909年授钦差大臣,任东三省总督。

(175)已故阿奇博尔德·福布斯(Archibald Forbe,)先生谈起1871年巴黎被围期国民的苦难时,说道:"在那次围困中,最遭罪的是那些过于自尊的、固定工资到不了手的人们,最难以救济的也是他们。那些女人倔强至极,自尊过分。有一座楼房的守门人,总是对分配食物的布施者说,在某层有两个老太太一定在大挨其饿,可你去按她们的门铃时,出现在你面前的却是庄重大方、毫无饿态的人。'不错,英是一个善良的民族,仁慈的上帝会报偿他们。顶楼上有些可怜人正迫切需要食物,送给他们,他们会感激你,哦不,他们不会接受施舍。行行好,早安,先生!'接着头盖脸一下关上门。哎,这真是一件令人伤感的事情。"中国的满族家庭也是那些尊有和固定俸禄的人所组成的。那俸银,由于国库空空,也就微不足道。中国的.族妇女同样倔强至极,自尊自傲透顶。我认识一位广州老太太,她丈夫在英法联占领广州时被杀害。两个月后她生下儿子,并节衣缩食,把他抚养成人,还供他读书,给他娶了媳妇。我认识她的时候,她的儿子也就是我的挚友,当时正在邮传做小职员,月薪30两。然而这位高贵的老夫人,为了庆祝她的教女(8ddau8ht 叮,过洗礼的女儿)也就是我去世不久的妻子的生日,花钱就像一个王妃那样慷慨大方。——原注

(176)指的是张人骏。直隶丰润人,字千里,安圃。进士出身。1905年任山西巡抚,1907年升两广总督,1909年转两江总督。为人行事有儒者之风。武昌起义后,抗击革命军,后不知所终。

(177)指立宪活动。

(178)即载沣(1883–1951)清宣统帝父。爱新觉罗氏。袭封醇亲王。1908年宣统继光绪位,他任摄政王。次年罢免袁世凯,设立禁卫军,代为海陆军大元帅,集军政大权于皇族。1911年5月成立皇族内阁。武昌起义后,被迫辞职。后病死。

(179)见《论语·泰伯》。但此言并非孔子所说,而是曾子所言。辜鸿铭记忆略误。

(180)岑春煊(1861–1933),广西西林人,字云阶,岑毓英之子,光绪年间举人。1900年因护送慈禧有功,升任陕西巡抚,后又升任四川、两广总督。1907年调任邮传部尚书,因与奕劻、袁世凯争权,被免职。民国后,曾参与反袁和护国运动。

(181)杰克·凯德(Jack Cade, ?–1450),英王亨利六世的反对派领袖。1450年曾领导商人造反。5年后爆发的约克族与兰开斯特族之间的"蔷薇战争",也与他有关。

(182)吴长庆(1834–1884),安徽庐江人,字筱轩,曾参与镇压太平军,是著名的淮军将领。后又随李鸿章镇压捻军。1882年奉命率部赴朝鲜汉城,镇压兵变。袁世凯随他进入朝鲜。

(183)袁甲三(1806—]863),河南项城人,袁世凯的叔祖父,道光年间进土。1853年南下攻捻,任帮办团练大臣。在攻捻过程中屡受挫折,又遭排挤。但终成捻军劲敌,他一生主要是镇压捻军,辜鸿铭将捻军与太平军混为一淡,似不妥。1861年,袁甲三任钦差大臣漕运总督,两年后病死。

(184)唐绍仪(1860-1938),广东香山(今中山)人。字少川。为避溥仪讳,曾改名绍怡。辛亥革命后恢复本名。曾官费留美七年。曾在朝鲜和天津小站练兵时期与袁世凯共事。1907年出任奉天巡抚,1910年任邮传部尚书。辛亥革命时,充袁世凯内阁全权代表,与民军谈判议和。曾任民国第一任国务总理,与袁不和,愤而辞职。后参加护法军政府,成为国民党中央监察委员,国府委员。1938年被军统特务刺死。

(185)盛宣怀(1844-1916),江苏武进人。字杏荪,号愚斋。早年入李鸿章幕,颇得信任。曾任轮船招商局督办,中国电报局总办。积极协助李鸿章办洋务。一生经办过许多个厂矿企业,1902年因与袁世凯发生冲突,曾失势。后内结奕,又复起。辛女革命前曾任邮传部尚书。

(186)上海仅有两座公共塑像,一座是李鸿章的,一座是巴夏礼爵士的。(巴夏礼 Harry Parkes,1828-1885,英国外交官。1841年来华,次年充英国侵华军全权代表璞鼎查随员,参加鸦片战争。1956年代理广州领事期间,制造亚罗号事件,挑起第二次鸦片战争,后又参加北京天津战役,是臭名昭著的侵略分子。)两人都不是好东西——一个民族的品质,可以从他们所崇拜的天神或英雄身上看出来。上海的中国人和德国犹太狗把李鸿章尊为英雄,英国人崇拜的则是巴夏礼爵士。巴夏礼爵士同李鸿章一样,是马太·阿诺德所谓的中产阶级自由主义庸人。那位可怜的到中国来过的唯一真正的基督教武士戈登将军,却被人与福开森博士相提并论。上海有一条僻静的槽糕透了的马路,竟以戈登与福开森两人的名字命名。不过,说起来,上海人的英雄崇拜观真是可笑至极。他们曾把一个家庭生活最理想的卓越人物的大名,送给了家庭生活最不足为范的人们常来常往的一条大街。——原注

(187)1910年版的《中国牛津运动故事》一书没有这段文字。它是1912年的版本增补的。

(188)内农(Ernest Renan,1823——1892),法国著名东方语言学家,评论家。

(189)岑毓英(1829-1889),广西西林人,字彦卿,秀才出身。1856年云南回民起义爆发,他率团练到遭西助攻起义军。曾迫使义军头领"二马"(马复初,马如龙)投降,"二陶"(陶新春,陶三春)败亡,并杀掉起义领袖杜文秀。1883年升任云贵总督。

(190)马嘉理谋杀案,也称"云南事件"或'滇案'。说"谋杀",乃是不实之辞。实际情况是,1874年,英国为在我国西南地区扩张势力,修筑从缅甸到云南的铁路,命军官柏郎串二百多人组成的武装"探路队",要入云南。英国驻北京使馆派职员马嘉理(Augustus Raymond Margary,1846-1875)前往迎接。马嘉理带领"探路队"私自进入云南内地,与当地居民发生冲突,被打死。后英国借此生亭,逼迫中。国签订《烟台条约》。

(191)容克(Junker,辜鸿铭写作"Yunker"),意为地主之子或"小主人"。原为普鲁士的贵族地主阶级。16世纪起长期垄断军政职位,掌握国家领导权。19世纪中叶开始资本主义化,成为半封建型的贵族地主。它是普鲁士和德意志各邦在19世纪下半叶联合后右翼势力的支柱。

(192)渥瓦茨(Vorwans):普鲁士陆军元帅,曾参与滑铁卢战役。

(193)阿喀琉斯(Achilius):希腊神话中的人物。出生后被其母倒提着在冥河水中浸过,除未浸到水的脚踵外,浑身刀枪不入。在特洛伊战争的第十个年头,因希腊军统帅夺去他的女俘,二将发生争吵,阿喀琉斯断然退出战争,闷闷不乐。下文所提到阿喀琉斯"闷闷不乐"一事即指此。

(194)指奕□(1840-1891),爱新觉罗氏。道光帝第七子,故称七王爷。慈禧大后的妹夫,光绪皇帝的生父。1872年进封醇亲王。1884年,奕□被革除一切职务后,他曾左右军机处。其思想较为保守。

(195)孙家鼐(1827-1909),安徽寿州(今寿县)人。字燮臣。咸丰状元。历任工部、礼部、吏

部尚书等职。曾与翁同龢同为光绪帝师。后升擢文渊阁大学士,武英履大学士。

(196)可参见辜鸿铭英译《论语》第十四章,这是他的独特翻译。从字面意思上看,即慎言,言之有矩。

(197)本文是辜鸿铭于辛亥革命后发表在上海英文报纸《国际评论》上的一篇读书评论。

(198)德龄(约 1884-1944):一般称德龄公主,实际上是郡主。她是满洲贵族裕庚公爵的女儿。裕庚充任法、美等国出使大臣时,她随父在欧洲生活多年,掌握了英语。1903 年回国,与其妹一起入清宫,担任慈禧太后的贴身女官。1905 年父死出宫,嫁给美国驻华副领事,随夫往美。曾将她在官中见闻写成《清宫二年记》(或称《在紫禁城的两年生活》)、《御香飘纱录》、《御苑兰馨记》等书。应该指出的是,这些书失实之处不少,但可供治史者参阅。

(199)指濮兰德和白克好司合著的《慈禧外记》一书。白克好司(Backhouse,1873-1944):英国人,汉学家,曾任京师大学堂英文教习。此人人品较差,曾伪造《景菩日记》。

(200) 美国驻华公使康格的妻子。庚子事变以后常被邀请到清宫,曾著有《北京信札——特别是关于慈禧太后和中国妇女》一书,详细叙述当时北京宫廷生活。

(201)隆裕太后(1868-1913)满洲镶黄旗人,叶赫那拉氏,慈禧太后侄女。1889 年慈禧强立她为光绪皇后。溥仪为帝时,尊为皇太后,垂帘听政,以载沣为摄政王监国。1912 年 2 月 12 日,在革命形势的逼迫和袁世凯的要挟下,发布逊位诏书,宜布清帝逊位。

图书在版编目(CIP)数据

中国人的精神 (贰)/辜鸿铭著. —西安:陕西师范大学出版社,
2006.10
ISBN 7-5613-3747-7

Ⅰ.中... Ⅱ.辜... Ⅲ.民族精神-研究-中国 Ⅳ.C955.2
中国版本图书馆 CIP 数据核字(2006)第 117092 号
图书代号:SK6N0952

责任编辑: 周 宏
封面设计: 门乃婷工作室
版型设计: 祝志霞
插 图: 张 娟
出版发行: 陕西师范大学出版社
(西安市陕西师大 120 信箱)
邮 编: 710062
印 刷: 北京高岭印刷有限公司
开 本: 787×1092 1/16
印 张: 17
字 数: 220 千字
版 次: 2006 年 10 月第 1 版 2006 年 10 月第 1 次印刷
书 号: ISBN 7-5613-3747-7/C•64
定 价: 29.80 元

注:如有印、装质量问题,请与印刷厂联系